붓다와 함께 쓰는 시론

근대시론을 넘어서기 위하여

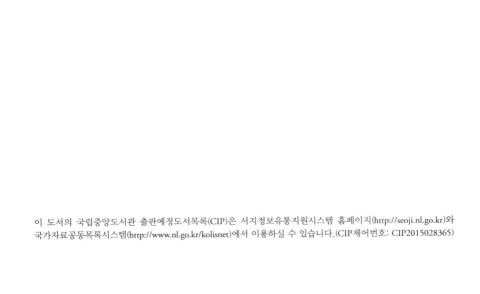

이 도서의 국립중앙도서관 출판예정도서목록(CIP)은 서지정보유통지원시스템 홈페이지(http://seoji.nl.go.kr)와
국가자료공동목록시스템(http://www.nl.go.kr/kolisnet)에서 이용하실 수 있습니다. (CIP제어번호: CIP2015028365)

푸른사상 학술총서 33

근대시론을 넘어서기 위하여

붓다와 함께 쓰는 시론

정효구

Poetics and Buddhism
—Beyond Modern Poetics

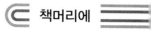

시학자로서 내게 가장 중요한 질문은 '시란 무엇인가'였다. 좀처럼 그 실체가 드러나기 어려운 질문이었지만, 이 물음이 계속되는 시간과 노력과 열정에 비례하여 이에 대한 답은 풍성해져갔다. 그렇더라도 그것을 체계화시켜 한 권의 책으로 서술하는 일은 쉬운 것이 아니었다.

우리 시학계의 발전에 적잖은 기여를 한, 이른바 서양의 근대시론은 내게도 큰 참고서이자 디딤돌이 되었다. 다들 아시다시피 우리 시학계의 시론 형성에 서양의 근대시론은 너무나 큰 영향을 미쳤다. 거칠게 말하자면 이 서양 근대시론의 영향으로부터 자유로운 우리의 근현대시론은 거의 없다고 하여도 과언이 아니다. 이러한 서양의 근대시론과 그 영향 아래 형성된 우리 시학계의 시론들 앞에서 느끼지 않을 수 없는 아쉬움, 낯섦, 결핍감, 소외감 등은 언젠가는 해결되어야 할 문제였다. 그것은 서양 시론 자체의 맥락에서도, 그리고 그것을 이 땅에 수입

한 우리 시학계의 맥락에서도 마찬가지였다.

나는 서양의 신비평 이론을 바탕으로 석사학위 논문(1983년)을, 그리고 기호학 이론을 원용하여 박사학위 논문(1989년)을 썼다. 부족한 점이 너무나 많으나, 논문을 쓰는 과정은 흥미로웠고, 시 연구가 인상주의 비평의 수준을 넘어설 수 있는 한 방법을 만난 듯하였다. 그러나 나는 이런 가운데서 뭔가 모를 허전함과 소외감을 느끼며 동양의 경전과 만나는 시간을 갖기 시작하였다. 특히『중용』과『주역』과『노자도덕경』은 당시 가난하고 들뜬 나의 마음을 좋은 탕약처럼 가라앉혀주었다.

그로부터 많은 시간이 흐른 후, 구체적으로 말하자면 2000년대 초반이 되면서, 나는 서양의 근대시론과 다른 새로운 시론을 쓸 수 있을 것 같은, 써야만 할 것 같은 내적 소리와 충동을 자주 듣고 느꼈다. 무위(無爲)의 시론, 허(虛)의 시론, 도(道)의 시론, 자연(自然)의 시론, 중(中)과 화(和)의 시론 등과 같은 가제를 붙여보면서 그 방향과 내용을 구상해보곤 하였다. 그러나 글을 써보려고 하면 여전히 문장이 매끄럽지 못하였다. 공부가 덜 된 까닭이었다.

동양 경전과 사상에 마음이 가 있던 내게 2006년도는 특기할 만한 해였다. 나는 동양사상의 토대를 이루는 음양오행론을 한 전문 연구자이자 임상학자로부터 배우게 되었고, 그간 인연이 닿지 않아 가까이 가지 못했던 불교와 만나는 행운도 누리게 되었다. 이 2006년도부터 지금까지 나는 한편으로 여전히 우리 근현대시를 공부하고 가르쳤지만, 실제로 이보다 더 마음과 시간을 바친 것은 동양 경전과 사상, 그리고 그 가운데서도 음양오행론과 불교의 세계였다. 특별히 불교의 세계는 내가 공부했던 경전과 사상들을 회통시키는 데 크나큰 역할을 하였고, 젊은 시절 내가 한동안 교회당에 드나들며 의지했던 기독교의 세계까지도 함께 아우르도록 하였다. 나는 이런 나의 관심과 공부를 결합시켜 보고자 몇 권의 책(『한국 현대시와 평인(平人)의 사상』, 『일심(一心)의 시학 도심(道心)의 미학』 등)을 써보기도 하였다.

작년에, 그동안 마음속에 품고 다녔던 새로운 시론의 개요가 만들어졌다. 『한용운의 『님의 침묵』, 전편 다시 읽기』를 출간하고 난 이후였다. 이 개요를 작성하면서 묘한 전율을 느꼈다. 내 안에서 무르익어 솟아오르는 틈 없는 세계가 손에 쥐어지는 듯한 느낌이었다. 그동안 서양의 근현대시론과 우리 시학계의 근현대시론 앞에서 느꼈던 소외감, 결핍감 등을 얼마간 털어낼 수 있는 기쁨이 찾아온 것이었다.

이번에 내놓는 시론은 불교를 통하여 우주와 삶과 시를 같이 읽어본 글들이다. 그것은 우주와 삶과 시가 서로 분리될 수 없는 한 몸이며 이들을 한 몸으로 이해하고 체득하지 않는다면 시 공부도, 삶을 사는 것도, 이 우주 안에 몸을 두는 일도 '분리'가 주는 소외감으로부터 벗어날 수 없다는 판단에 바탕을 두고 있다. 우주와 삶과 시, 이 세 가지가 한 몸으로 움직이는 묘용을 보고 느낄 때 우주 속에서 삶과 시가, 삶 속에서 우주와 시가, 시 속에서 우주와 삶이 살아 움직이는 신비를 경험할 수 있다.

이 책을 모두 4부로 구성하였다. 제1부인 「시심불심(詩心佛心)」은 시심이 곧 불심임을 드러내고자 한 일반론이다. 그리고 제2부인 「시경심경(詩經心經)」은 불교 경전 가운데서도 에센스에 해당하는 『반야심경』을 주종으로 삼아 글을 이끌어가되 『법화경』과 『화엄경』을 포함시켜 시경이 심경임을 설명해보고자 한 특별론이다. 또한 제3부인 「시상심상(詩想心想)」은 그동안 근현대시론들이 시의 구성요소나 특징들로 언급해온 것들을 중심으로 삼아 시의 주요한 요소들을 불교적으로 새롭게 해석해본 각론이다. 이어서 제4부인 「시인평인(詩人平人)」은 불교와 더불어 음양오행론을 적용하여 시와 관련된 여러 가지 주변의 화제와 문제들에 대하여 사유해본 테마론이다.

책의 제목을 '붓다와 함께 쓰는 시론'이라고 붙였다. 인류 지혜사의 스승이자 삶의 도반인 붓다에 의지하여 그와 함께 가는 길을 기록해보고 싶었다. 나는 아직 불교적 지식도, 불교적 수행도 부족하기 그지없다. 겨우 붓다가 가리키는 길을 보고 있을 뿐, 몸과 마음의 발걸음은 어린아이의 걸음마처럼 위태롭다. 그렇더라도 그 방향을 바라보며 위태로운 걸음마 속에서 어눌한 말이라도 펼쳐보고 싶은 간절한 마음이 이 글을 쓰게 하였다. 우리 시학계에 작은 도움이라도 되었으면 좋겠다. 그리고 1908년 최남선의 「해에게서 소년에게」에서부터 시작하여 지난 2008년에 100주년을 기념하는 잔치를 성대하게 치르고 그 이후의 시간을 경영해가고 있는 우리 근현대 시단과 시사가 새로운 성찰과 모색을 시도하는 데 기여할 수 있었으면 좋겠다. 지금 우리 시단과 시사는 앞으로 열어 나아가야 할 길을 심각하게 숙고해야 할 중요한 시점에 와 있다.

존재하는 모든 것들에 감사의 마음을 바친다. 특별히 푸른사상사의 한봉숙 사장님과 직원 여러분들께는 따로 감사의 마음을 드린다.

2015년
정효구

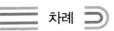
책머리에 5

제1부
시심불심(詩心佛心)

제2부

시경심경(詩經心經)

제3부
시상심상(詩想心想)

제 4부

시인평인(詩人平人)

제1부

시심불심(詩心佛心)

1. 시, 불성(佛性)에 대한 믿음으로 밀어(密語) 나누기

인류는 왜 시를 써왔는가? 그리고 지금도 시를 쓰고 있는가? 인류는 왜 시를 읽어왔는가? 그리고 지금도 시를 읽고 있는가? 무엇이 인간들로 하여금 이처럼 긴 시간 동안 변함없이 시를 쓰게 하고, 시를 읽게 하였던 것일까? 그것은 한마디로 말해서 시가 지닌 높은 가치와 그에 대한 존중의 마음이 사람들의 마음속에 자리잡고 있기 때문일 것이다.

인간사 속에서 시에 대해 이와 같이 높은 가치를 부여하고 그에 대해 존중의 마음을 보인 일은 시를 '경(經)'의 세계로까지 들어올려 '시경(詩經)'이란 이름으로 시 모음집을 편찬하였던 2천여 년 전 공자(孔子)의 시기에 절정을 이루었던 것이 아닌가 한다. 다들 아시다시피 『시경』은 유가의 정신적 거점인 사서삼경 가운데 하나였고, 공자는 제자들에게 6경을 가르치는 교과과정 속에서 『시경』을 맨 먼저 교육하였다는 소문도 전해진다. 여기서 우리는 시라는 존재가 단순한 기예로서의 예술적 차원을 넘어 인류의 지혜를 담은 본격적인 지혜서로 자리매김되었던 역사를 만나볼 수 있다.

그렇다면 시의 어떤 점 때문에 시라는 것이 그토록 중요하고 높은 위상을 부여받을 수 있었던 것일까? 그리고 지금까지 사람들에 의하여 존중을 받으면서 지속적으로 쓰이고 읽히게 된 것일까? 우리는 누구나 시로써 현실적인 생계 문제를 해결하기가 어렵다는 것을 알고 있음에도 불구하고 시야말로 현실적인 생계 너머의 어떤 차원을 열어 보이는 최전선에 놓여 있다는 것을 느끼고 있다. 그리고 시가 지닌 현실적인 생계 문제의 해결 능력 여부와 관계없이 시에 대한 자발적인 애정과 존중의 마음도 갖고 있다.

그렇다면 무엇이 사람들로 하여금 자발적으로 시를 쓰게 하고, 읽게 하며, 시의 높은 위치와 위상을 마음속 깊은 곳에서 받아들이게 한 것일까? 이런 질문에 대하여 우선 짧게 답한다면 그것은 시라는 것이 기본적으로 인간이 지닌 불성(佛性)을 신뢰하고 그것을 드러내어 소통하며 공유하고자 하는 차원 높은 인간적 행위이기 때문이라는 것이다. 시를 쓰는 시인 자신은 물론 그것을 읽거나 읽게 될 모든 인간들이 불성을 지니고 있다는 이 믿음과 대전제야말로 이 세상에 존재하는 수많은 인간 이해의 견해 가운데 단연 최고의 자리에서 인간을 바라보는 입장이다. 인간이 불성을 지니고 있다는 것, 다시 말하면 부처의 성품인 불종자(佛種子)를 지니고 있기에 언젠가 성불할 수 있다는 이 믿음과 기대, 이것은 인간이 자기 자신은 물론 다른 인간들에 대하여 가질 수 있는 최대의 긍정적 진단이자 최고의 평가이다.

인간 모두를 이처럼 불성을 지닌 존재라고 신뢰할 때 세상은 부처가 될 진리의 사람들로 가득 찬 '불성 공동체'가 된다. 여기서 사람들은 그 불성에 의존하여 말을 하며, 그 불성이 깨어날 것을 기대하고 다른 사람의 말에 귀를 기울인다. 실제로 시인들이 이와 같은 불성을 의식적인 차원에서 자각하고 시를 창작하고 있는지 그렇지 않은지에 대해서는 분명하게 말하기 어렵다. 그러나 시가 그간 존재해온 사정을 놓고 볼 때, 시인들의 시쓰기는 그것이 의식적인 것이든 무의식적인 것이든 불성에 대한 믿음과 기대 속에서 시작되었다고 볼 수 있다. 그리고 사람들의 시읽기와 시에 대한 존중의 마음 또한 그와 같은 믿음과 기대 속에서 이루어졌다고 말할 수 있다.

그렇다면 불성이란 무엇인가. 이에 대해 누구도 인간적 언어로 산뜻하게 말할 수 없다. 그러므로 위험을 무릅쓰고, 일종의 방편이라는 생각으로 말을 꺼낼 수밖에 없다. 불성이란 거칠게 표현하자면 우주의 마음이다. 에고로서의 나의 마음이 아니라 에고를 넘어선 무아로서의 우주의 마음이다. 이 우주의 마음은 존재와 세계를 일체로 보며 평등하게 본다. 일체감과 평등심 속에서 존재와 세계는 '화엄의 장'이 된다. 다시 말하면 연기(緣起)된 일체의 장이자 무심한 조화의 장이 되는 것이다.

시인들의 시쓰기와 독자들의 시읽기는 이와 같은 불성에 대한 믿음에서 시작된다. 에고로서의 나의 마음을 넘어선 우주심의 세계를 만나고, 보여주고, 확인하고, 나눌 수 있다는 믿음이 시쓰기와 시읽기를 가능하게 하는 것이다.

그리고 보면 인간은 참 괜찮은 자질을 가진 존재이다. 에고의 두께에 가려져 보이지 않는 저 심해의 불성, 아니 우리들의 몸 전체에 편재해 있는 이 우주심의 소리를 들을 수 있고 듣고자 하는 존재가 인간이지 않은가. 그리고 그 소리를 듣고, 들을 수 있다는 믿음을 생래적이라 할 만큼 두루 견고하게 지니고 있는 존재가 인간이지 않은가. 인간에 대한 믿음, 그 불성과 우주심에 대한 믿음이 시를 낳고 품는다. 그런 점에서 시쓰기와 시읽기는 불성에 대한 믿음에서 싹을 틔우고 그곳에 거처를 두고 있다. 그 믿음이 존재하는 한 시쓰기와 시읽기는 계속될 것이다. 그리고 시에 대한 존중의 마음 또한 지속될 것이다. 세월의 흐름과 더불어 시의 외적 형태가 바뀐다 하더라도 그 마음과 처소는 바뀌지 않을 것이다.

우리는 너나없이 서로를 믿고 싶어 한다. 그리고 존중하고 싶어 한다. 잠시라도 자신의 속마음을 경청해본 사람은 이 말에 대하여 이의를 달지 않을 것이다. 그러면서 그것이 불성의 소리이며 불성에 대한 그리움인 것을 알게 될 것이다.

시의 출발과 과정과 현존은 이 불성에 대한 믿음을 근거로 한다. 인류란 불성 공동체임을 믿는 마음이 시를 가능케 한다. 시는 인간의 참된 본성을 토대로 삼고 있는 '참나'의 장에 서 있는 것이다.

2. 시, 불성(佛性)의 만개를 꿈꾸는 주술(呪術)언어

불성은 잠재태로 존재한다. 누구나 다 지니고 있지만 꺼내 쓰지 않으면 부재하는 것과 마찬가지이다. 그러나 일단 그것을 꺼내 쓰고자 한다면 불성은 한량없는 무한의 경지를 펼쳐 보인다. 점입가경의 진경이 끝도 없이 펼쳐지는 것이다. 따라서 불성은 그것을 꺼내 쓰는 정도에 따라서 제로 상태로부터 무한 지점에 이르기까지 그 수준이 천차만별이다. 이것을 가리켜 불가에서는 허공에서 보배비가 끝도 없이 무한정 쏟아지는데 중생들은 그것을 자신들의 근기에 따라 다르게 받아 지니고 살고 있다고 표현한다. 허공의 보배비처럼 불성은 한계 없이, 차별없이 언제나 무한으로 쏟아지고 있는 것이다. 그런데 그것은 받아 안고 꺼내 써야만 무슨 일인가가 시작되는 무심의 지대인 것이다. 따라서 우리에게 요구되는 것은 그것을 어떻게 받아 안고 꺼내 써서 꽃피워내느냐 하는 문제이다.

이와 같은 요구 속에 놓여 있는 인간들의 생의 목적은 얼핏 보면 만인만색이다. 그러나 그 심층을 들여다보면 모든 인간들의 생의 참목적은 하나같이 불성의 만개에 닿아 있거나 이어져 있다. 따라서 인간들의 생이란 너 나 할 것 없이 불성의 만개를 향하여 가는 여정이라고 하여도 지나침이 없다. 그런데 이처럼 보편적으로 누구에게나 목적이 되어 있는 불성의 만개라는 문제가 왜 유독 시라는 인간 행위와 관련하여 특별히 역설되어야 하는 것일까. 그것은 시를 쓰고 읽는 일이야말로 그어떤 삶의 행위보다도 불성의 만개를 간절하고 뜨겁게 꿈꾸는 일이며, 불성이 작용해야 비로소 시가 움트고 시심이 작동하기 때문이다.

시인의 몸은 불성의 움직임을 감지하기 시작하였을 때 열리기 시작한다. 여기서 몸이 열린다는 것은 에고의 경계가 무너지며 자아의 확장이 일어나기 시작한다는 말이다. 그러나 오해하면 안 될 것은, 여기서 말하는 자아의 확장이란 소유의 마음으로 대상과 세계를 지배하는 데서 일어나는 에고의 확대가 아니라 초월의 마음으로 대상과 세계를 방하착(放下着)하는 데서 비롯된 무아의 확대라는 것이다. 웬만한 사람들은 다 경험을 하였을 것이다. 우리가 자기중심적으로 소유하고 지배하는 마음을 내었을 때 참자아는 그에 비례하여 축소되고, 이와 달리 초월하고 방하착하는 마음을 사용하였을 때 참자아가 확대된다는 것을 말이다.

시쓰기는 이처럼 불성을 감지하는 일로부터 시작된다. 그리고 그 불성을 꽃피우고자 하는 심층적인 소망으로부터 이루어진다. 시인이 불성을 감지하였을 때 시인은 그것을 언어로 전환한다. 그것은 앞 단락에서 말한 몸의 열림과 더불어 이루어지는 묘유(妙有)의 양태인 것이다.

이것을 조금 부연해 설명해보자. 시인에게 일단 불성이 감지되면 나무가 물을 끌어올리고 물이 나무를 밀어올리듯이, 시인은 불성을 끌어올리고 불성은 시인을 밀어올림으로써 시의 언어는 새싹처럼 솟아나는 것이다.

이처럼 시인의 몸이 열림으로써 탄생된 불성의 언어는 주술적 능력을 갖고 있다. 참다운 의미에서의 주술이란 우리의 에고를 깨고 우리로 하여금 잠재해 있는 불성과 만나도록 이어주는 언어이다. 시인의 언어는 바로 이런 주술적 힘을 발휘하는 것이다. 주술적인 힘을 가진 시인의 언어는 시를 쓰는 사람과 시를 읽는 사람의 불성을 이어줌으로써 불성 공동체를 탄생시킨다. 언어가 서로를 배척하지 않고 포용하며 합일하는 일은 불성이 작용하거나 그에 근거해 있을 때에만 가능하다. 따라서 세속의 모든 언어들이 등을 돌리고 서로 다른 길을 가며 무정한 것은 그 언어 속에 불성이 깃들지 않았기 때문이다. 그런 점에서 모든 세속의 언어는 도구적이다. 그리고 소외된 언어이자 소음의 언어이다. 이와 같은 언어가 난무하는 세상에서 사람들은 서로 타인이 되면서 멀어져간다.

불성이 만개되었다는 것은 한 인간의 자아실현이 온전히 이루어졌다는 말과 다르지 않다. 불성이 만개되었을 때 사람들은 일심의 장 속으로 들어가게 되고, 시인의 언어는 세속의 도구성을 넘어 지혜의 말이 되어 영원히 음미된다. 이것을 시인에게 적용해본다면 시인에게서 불성이 만개되었다는 것은 그의 예술이 완성되었다는 말과 다르지 않다. 그는 모든 시비 분별을 넘어 에고가 범접할 수 없는 청정한 경지를 열어 보인 단계로 진입한 것이다.

그러나 불성의 만개는 그 누구에게도 쉽게 다가오지 않는다. 우리도, 시인도 그것을 꿈꾸며 그곳으로 나아갈 뿐이다. 그러는 사이에 불성의 꽃은 조금씩 밝음과 따스함을 더하며 좀더 아름답게, 풍성하게 피어나는 것이다. 그리고 우리의 삶도 시인의 언어도 존재와 세계를 깨어나게 할 수 있는 주술적 능력을 보다 크게 갖추게 되는 것이다.

그러나 불성의 만개를 향하여 가는 길은 그 자체로 소중하다. 그것은 동쪽으로 가던 사람이 서쪽으로 방향을 바꾸기 시작한 것과 같이 삶과 마음의 대전환이 일어난 것을 뜻하기 때문이다. 우리는 알고 있지 않은가. 일단 방향 설정이 제대로 되기만 한다면 조금 늦을 수도 있고, 더딜 수도 있지만, 언젠가는 그 목적지에 도달할 수 있다는 것을 말이다. 불성의 만개를 향해 길을 가는 일은 이런 점에서 의미심장하다.

시어가 주술성을 상실하면 그 언어는 그저 세상을 떠돌 뿐이다. 그러나 시어가 주술성을 획득하면 그 언어는 세상의 빛이 된다. 인류가 지금까지 시와 시인에게 존중의 마음을 보인 것은 바로 시어가 가진 이런 주술성의 힘을 믿고 기대하고 있기 때문이다.

3. 시, 불심(佛心)이 창조한
증도(證道)의 세계

불심이란 부처의 마음이다. 불성이 하나의 가능태라면 불심은 그것을 현실태로 만드는 마음작용이다. 우리는 이와 같은 불심을 역사 속의 성인인 석가모니 부처님의 삶에서 본다. 그러나 그것은 모범적인 하나의 실례일 뿐, 부처의 마음작용은 모든 사람들 속에서 일어날 수 있다.

앞서 불심을 부처의 마음이라고 하였는데 그것을 달리 말하면 불심은 깨친 자의 마음이며 깨달은 자의 마음이다. 그렇다면 도대체 무엇을 깨치고 깨달았다는 것인가. 그것은 존재와 세계가 '공(空)'하다는 사실을 깨치고 깨달았다는 것이다. 존재와 세계가 '공'하다는 말의 의미는 이 우주 속의 모든 존재가 연기성과 중도성 속에 있다는 것이다. 여기서 연기성은 이 세상이 끝도 없는 연관의 장이라는 뜻이고, 중도성은 이 세상이 절대적으로 고정된 어떤 가치나 정답이 없는 무유정법(無有定法)의 세계라는 뜻이다. 이 연기성과 중도성을 사무치게 깨달았을 때, 우리에겐 자연스럽게 이 세상의 모든 것이 일체(一體)로 보이기 시작한다. 다시 말하면 연기적 일체, 중도적 일체가 체득되고 증득되기 시작하는 것이다.

이처럼 세계의 공성을 터득하였을 때 우리는 그것을 가리켜 지혜의 성취가 이루어진 것이라고 한다. 그리고 세계의 일체성을 느끼기 시작하였을 때 우리는 그것을 자비의 탄생이라고 한다. 지혜와 자비, 이것은 불교의 근간이자 핵심이다. 아니 불교의 모든 것을 함축한 양 날개이다. 불심은 바로 이와 같은 지혜 위에서 작용하는 자비의 마음이다. 우리들의 몸 속에서 이와 같은 지혜 위의 자비가 움트고 작동하기 시작할 때 세계는 불성 공동체를 넘어 불심 공동체가 된다.

일반적으로 우리가 쓰는 마음은 두 가지이다. 하나는 불심을 쓰는 것이고 다른 하나는 사심 혹은 중생심이라고 불리는 오도된 마음을 쓰는 것이다. 불심을 썼을 때 세상은 일체가 포용의 대상이 되지만 사심을 썼을 때 세상은 주관적 호오에 따른 배제의 대상이 된다. 달리 말하면 전자의 마음을 썼을 때 세상은 나와 일체가 되지만 후자의 마음을 썼을 때 세상은 나와 분리된다. 또한 전자의 마음을 썼을 때 세상은 있는 그대로 '존재'하지만 후자의 마음을 썼을 때 세상은 왜곡된 '지배'와 '소유'의 대상이 된다.

불심은 세상을 끝없이 실상으로 '존재'케 한다. 주관적 업식(業識)에 의하여 오도되고 오염된 모든 작위적이며 도구적인 사슬들을 풀어놓는 것이다. 시가 할 수 있는 중요한 역할 가운데 하나는 바로 이 도구성을 존재성으로 전변시키는 것이다. 그때 시인이 사용하는 마음은 불심이다. 그것을 시인이 알든 모르든 이때 시인의 심저에선 불심이 작동하고 시인은 그 힘과 매력에 의하여 도구성을 해체하고 존재성을 구축한다.

우리들은 시의 역할에 대하여 끝도 없는 다양한 견해를 제시할 수 있다. 그런데 그 가운데 가장 중심적이며 비중 있는 견해는 시야말로 이 도구성을 존재성으로 전환시키는 데 그 역할이 있다는 것이다. 달리 말하면 존재의 참모습을 회복시켜주는 데 시의 본뜻이 있다는 것이다. 그런데 존재의 참모습은 보통 사람들의 눈에 잘 보이지 않는다. 우리들의 눈은 사심, 소아(小我)의식, 중생심 등에 의하여 가려져 있기 때문이다. 불가에선 이를 가리켜 육근이 오염되었다고 말한다. 육근은 한 존재가 세계를 바라보는 최전선의 인식기관으로서 안이비설신의(眼耳鼻舌身意)를 가리킨다. 이 안이비설신의는 본래 청정한 것이었으나 우리들의 사심과 소아의식 그리고 중생심에 의하여 혼탁해진 기관이다. 이 혼탁해진 육근은 끝도 없이 잘못된 정보와 경험을 만들어낸다. 그 높이가 수미산 같다. 그리하여 다시 불가의 말을 빌리면 이들은 마의 산을 쌓는 여섯 가지 도적과 같다. 이 도적을 쫓아 보내는 일 그것이 불교 수행의 과제이다.

그렇다면 이 도적들은 어떻게 쫓아 보낼 수 있을까? 어떻게 하면 청정한 세계를 회복시킬 수 있을까? 그것은 한 마디로 말하여 불심을 사용해야 가능하다. 그러니까 시쓰기에서 중요한 것은 용심(用心)의 문제이다. 우리가 지닌 마음을 불심으로 쓸 것인가, 사심으로 쓸 것인가가 관건인 것이다. 이 둘은 똑같이 마음의 문제이지만 전자가 세계를 자비심의 힘으로 살려낸다면 후자는 세계를 이기심으로 도구화시키고 재단한다.

시는 안이비설신의라는 우리 몸의 기관을 정화시켜 앞서 말한 세계의 도구화와 차별화를 바로잡는 행위이다. 이와 같은 안이비설신의의 정화에 전제되는 것이 불심의 탄생이거니와 불심이 밝고 크고 원만하게 작용할수록 안이비설신의의 성능은 신뢰할 만한 것이 된다.

시인들이 창조한 언어와 세계가 사람들에게 신뢰감을 주는 까닭은 그들의 안이비설신의가 잘 닦여진 상태에서 기능하기 때문이다. 그들은 견자(見者)라는 이름을 부여받을 만큼 보통 사람들과 다른 육근으로 새롭게 보고, 깊이 보고, 널리 본다. 물론 이와 같은 육근의 기능이 가능하기 위해서는 불심이 작용해야 한다.

그런 점에서 시인들이 창조한 언어와 세계는 '증도(證道)'의 기미를 띤다. 도를 구체화한 언어, 도를 품고 있는 세계, 도를 그리워하는 기운, 도에 다가간 에너지와 파장이 그들의 시에 깃들어 있는 것이다. 시인들마다 불심이 작동하는 수준과 범위는 다르지만 그 불심으로 인한 '증도'의 기미는 시를 도구화된 세속의 언어와 구별시켜준다. 시인들이 창조한 이런 증도의 언어는 세속의 언어와 세속의 마음을 돌본다. 우리들이 살아가는 세속 사회가 영 막무가내의 상태로 어찌할 수 없을 만큼은 파탄나지 않도록 시인의 불심과 시의 증도적 힘이 기능을 하고 있는 것이다.

4. 시, 보살심(菩薩心)이 피워낸 사랑의 세계

보살은 대승불교의 중심인물이다. 보살은 '깨달은 중생'으로서 여전히 성불을 향하여 수행의 길을 가고 있는 미완의 존재이지만, 보살 가운데는 불교의 궁극인 성불을 완전하게 구현하고도 자발적으로 현실 세계에 남아 중생 구제에 목숨을 바치는 원력보살이 있다. 문수보살, 지장보살, 관세음보살, 보현보살 같은 분이 그 대표적인 예이다. 말할 것도 없이 전자의 보살과 후자의 보살 사이에는 언어로 표현하기 어려운 차이가 있다.

그러나 전자의 경우이든 후자의 경우이든 보살의 마음은 상구보리(上求菩提) 하화중생(下化衆生)에 그 뜻이 있다. 그 가운데서도 하화중생을 통하여 이 땅을 정토(淨土)로 만드는 데 그 본뜻이 있다. 정토란 예토(穢土)와 대비되는 개념으로서 일체가 보살심을 중심에 두고 살아가는 보살들의 나라이다. 예토의 중생들이 자기중심적 욕망에 의하여 이기적이고 편파적인 삶을 살아간다면, 정토의 보살들은 자아초월적 소망에 의하여 이타적이며 전체적인 삶을 살아간다.

보살심의 대표적인 예는 원력과 회향의 마음이다. 그리고 그 원력과 회향의 마음은 실천행으로 이어진다. 방금 말한 원력은 이 땅의 모든 사람과 생명들의 깨달음과 행복을 위해 자신의 모든 능력을 자발적으로 헌신하고자 원을 세우는 일이며, 회향은 자신의 모든 능력과 공덕을 세상으로 되돌려 보내는 환원의 삶이다. 원력 속에서 세상은 일체가 되고, 회향 속에서 세상은 무주(無住)의 순환하는 땅이 된다.

보살은 이 세상에서 사욕을 위해 그 무엇도 구하지 않는다. 그것은 이 우주 속에서 구할 바가 없음을 알기 때문이며, 비록 구한다 하더라도 그것이 영원히 존재할 수 없음을 알기 때문이다. 더욱이 구하는 일을 통해서는 이 땅에서 영원히 '온전한 행복'에 도달할 수 없다는 것을 알기 때문이다. 이와 같은 보살이 오직 구하는 바가 있다면 그것은 진리를 구하는 보리심과 중생을 구하려는 제도의 마음이다. 원력과 회향은 이 보리심과 제도심을 이 땅에 펼치는 현실적 방안이다. 그럼으로써 원력을 통하여 사욕은 공욕이 되고, 회향을 통하여 소유는 존재가 된다.

위에서 말한 원력과 회향의 마음 및 그 행위는 그 한가운데에 '사랑'의 마음을 품고 있다. 물론 여기서 사랑은 호오의 주관적 감정에 의한 시비 분별의 형태가 아니라 보리의 터득으로 인한 자연스러운 동체 의식이자 일체감이다. 하지만 이렇게 말하더라도 사람들은 사랑에 대하여 오해를 할 것 같다. 그것은 이 땅에서 '사랑'이란 말이 너무 세속적인 함의를 품고 혼탁하게 사용되었기 때문이다. 그래서 참다운 사랑의 특성을 다음과 같이 상세하게 열거해 본다: 그것은 세상의 불성을 본 자의 마음이다, 그것은 세상의 모든 것을 일심 속에서 보는 자의 마음이다, 그것은 세상의 모든 존재를 평등하게 볼 수 있는 자의 마음이다, 그것은 세상의 모든 것이 지닌 다름의 신비를 볼 수 있는 자의 마음이다, 그것은 세상의 모든 것이 연기적 존재들임을 알고 그들에 대한 연민심을 낼 수 있는 자의 마음이다. 물론 방금 언급한 것들 이외에도 사랑의 특성으로 여러 가지 점을 더 제시할 수 있다. 그러나 방금 제시된 항목들만으로도 원력과 회향 속에 깃든 사랑의 마음이 어떤 것인지를 감지할 수 있을 것이라 생각한다.

시인에게 원력과 회향의 마음은 시가 세상으로 퍼져나갈 수 있게 만드는 근본 동력이다. 원력에서 비롯된 언어가 아니라면 그 언어는 폐쇄된 사적 욕망의 영역에서만 소란스럽게 머문다. 그리고 회향에서 비롯된 언어가 아니라면 그것은 닫힌 사적 울타리를 넘어 보다 큰 세계로 돌아갈 수가 없다. 원력의 힘으로 인하여 언어는 다른 사람들의 선한 심중과 연속되고, 회향의 힘으로 인하여 언어는 다른 사람들의 삶 속으로 헌신되며 확장된다. 요컨대 원력과 회향의 힘으로 인하여 언어는 사적 장벽과 울타리 속의 한계를 벗어나 세상이라는 드넓은 공동체 속으로 나아갈 수 있는 것이다. 이때 시인의 언어는 수많은 사람들과 공감할 수 있는 터전이 되며 사람들 사이에 울타리 없는 일심의 강물을 형성한다. 그리하여 그 언어는 시인의 개인적 언어로 소유되지 않고 세상의 공동언어로 중생(重生)하며 존재의 차원으로 도약하게 된다.

필자는 앞에서 원력과 회향의 마음을 논하면서 그 안에 깃든 사랑에 대하여 언급한 바 있다. 시인에게 이 사랑의 마음은 원력과 회향을 가능케 하는 씨앗이며 원력과 회향이 열매를 맺고 현실 속에 뿌리내릴 수 있게 하는 놀라운 힘이다. 이 놀라운 사랑의 힘이 부재하면 시인의 언어는 참마음 속에서 움틀 수 없다. 그런 점에서 사랑은 언어의 따뜻한 대지모신이며 원력과 회향에 온기를 불어넣는 봄바람과 같은 존재이다.

시란 언어의 일이고, 언어란 마음의 일이며, 마음이란 마음씀(용심)의 일이므로 원력의 마음 속에선 원력의 힘을 지닌 언어가 탄생하고, 회향의 마음 속에선 회향의 향기를 지닌 언어가 탄생한다. 좋은 시는 그 속에 모든 개인들을 일체로 만드는 원력의 마음과 힘을 내재시키고 있다. 또한 좋은 시는 사적인 성취를 공적인 성취로 비약시키는 회향의 힘을 그 속에 깊이 내재시키고 있다.

5. 시, 선지식(善知識)을 찾아가는 구법(求法)여행

　법(진리)에 대한 간절한 그리움이 없으면 구법여행은 시작되지 않는다. 그러나 의식적인 차원이든 무의식적인 차원이든 법에 대한 갈망을 갖고 살지 않는 사람이 이 세상 어디에 있겠는가. 그런 점에서 우리들 모두는 법을 그리워하는 이 땅의 법우(法友)들이다.

　공자님도 법이 그리워 '조문도(朝聞道) 석사가의(夕死可矣)'라는 그 유명한 말을 하면서 구법을 위하여 『역경(易經)』 공부에 힘썼다고 전해지지 않는가. 그러다가 마침내 얼마나 열심히 『역경』을 탐구했는지, 그만 책의 끈이 세 번이나 끊어졌다고 하는 '위편삼절(韋編三絶)'의 에피소드까지 남기지 않았던가. 우리들 대부분은 인류의 대성인으로 추앙받는 공자처럼 그렇게 대단한 공부인의 반열에 올라가 있는 사람들은 아닐지라도, 그러나 이 평범한 우리들의 마음속에도 앞서 말했듯 법을 갈구하고 사랑하는 꿈이 자리잡고 있는 것이다.

　이처럼 우리가 법에 대한 그리움과 사랑을 품고 바라다보면 이 우주

속의 만유가 다 우리로 하여금 법을 배울 수 있게 하는 선지식(善知識)
이다. 미물도 거물도, 유정물도 무정물도, 땅의 것도 하늘의 것도, 근처
의 것도 먼 곳의 것도 다 선지식의 자격을 갖고 있는 것이다.

　우리는 불교 대승경전의 꽃인『화엄경』속의「입법계품(入法界品)」에
서 선재동자가 53선지식을 찾아 구법여행을 떠난 것을 알고 있다. 거
기서 선재동자는 다양한 선지식들을 방문한다. 그 선지식의 면면을
살펴보면 고승대덕에서 매춘부에 이르기까지 그야말로 인간계에 있
을 수 있는 모든 사람들이 포함된다. 우리가 언뜻 생각할 수 있는 것
처럼 고승대덕이나 성자 반열의 사람들만을 선지식으로 삼지 않고 인
간계 전체를 두루 포괄한 것이다.

　이와 마찬가지로 구법의 간절한 뜻을 지닌 시인들에겐 인간계의 만
인들은 물론 이 우주 속의 만유가 다 선지식이다. 그들 하나하나는 그
들만의 고유한 내적 질서와 삶의 경험 그리고 지혜를 지니고 있으며,
더 포괄적으로 말한다면 그들 모두의 존재와 삶 속에는 불성의 빛이 항
시 빛나며 작동하고 있는 것이다.

　선지식을 찾고자 꿈꾸는 구법여행자로서의 시인은 이들 우주만유
를 다 방문한다. 그들은 하늘의 모든 별들을 방문하고, 허공의 쏟아지
는 빛들을 두루 방문하며, 지상의 지수화풍을 밤낮으로 방문하고, 이
땅의 수많은 생명들을 사계를 거치며 방문하고, 인간들이 만든 사물들
을 수시로 방문하며, 인간들의 관념과 감정과 감각과 이미지들을 부지
런히 방문한다. 어디 이뿐일까. 시인들은 여기서 언급되지 않은 일체
의 우주만유들을 방문 목록에 넣고 주야로 그 목록을 점검한다. 시인들

에게 방문의 대상은 따로 없고, 시간 또한 따로 없으며, 장소 역시 따로 없다. 시인들의 선지식에 대한 갈망은 그만큼 대단한 것이다.

이와 같은 폭넓은 방문 속에서 시인들은 만유를 향하여 간절히 묻고 그들이 전해주는 말을 듣는다. 여기서 물음은 청법(請法)이요, 들음은 청법(聽法)이다. 그 청법과 청법 속에서 시인들은 만유의 실상에 점점 가까이 다가간다. 그들의 방문이 다양해지고 넓어지고 잦아질수록, 또한 그들의 방문 경력이 길어질수록 그들의 실상 파악은 향상 일로 속에 놓이는 것이다. 시인들은 세속 사람들과 달리 무한경쟁보다는 무한향상을 애호한다. 이 무한향상 속에서 시인들은 종착점이 없는 길을 자발적으로 간다. 그리고 이 무한향상을 도모하였을 때 다가오는 환희심이야말로 그들을 추동하는 원천이며 근간이다. 시인들은 이 환희심에 힘입어 산 너머 산을 넘어가듯이, 물 건너 물을 건너가듯이 끝도 없이, 그침도 없이 무한을 품고 선지식을 찾아가는 순례객이 되는 것이다.

이와 같은 시인들은 보통 사람들과 달리 수많은 선지식들에게 수도 없이 묻고 그 물음만큼이나 많은 것을 들은 자이다. 그럼에도 불구하고 그들은 더 많은 선지식들을 만나서 더 많은 물음을 던지고 더 많은 말씀을 듣기 위해 더 험한 길을 찾아나서는 자들이다. 우리는 시인들의 이 구법여행에서 듣고 보고 깨우친 내용을 그들로부터 '시'라는 이름으로 전송받는다. 그것은 어느 누구도 듣고 보고 깨우친 내용을 혼자서만 간직할 수 없는 교감과 소통의 장이 이 세계이자 우주이기 때문이다.

오늘 어떤 시인은 바람의 선지식이 전해주는 소리를 들으러 떠났을 것이다. 또한 내일 어떤 시인은 바다라는 선지식이 전해주는 소리를 들으러 떠날 것이다. 그리고 그 다음 날은 어떤 시인이 하늘이라는 선지식이 전해주는 소리를 들으러 떠날 것이다.

아, 이렇게 말하고 보니, 시인들은 앞으로도 몇 생쯤은 시인 생활을 더 해야만 할 것 같다. 우주만유는 제각각 그만의 목소리로 설법을 하고 있는데 그것을 다 받아 적으려면 이번 생만으로는 어림도 없을 것이기 때문이다. 그리고 그들이 귀 기울여 들은 모든 소리들을 종합하여 참법의 핵심에 도달하려면 정말로 많은 노력과 인내가 필요할 것이기 때문이다.

6. 시, 도반(道伴)과 함께 가는
수행(修行)의 길

이 세계의 어떤 존재도 혼자 살 수는 없다. 더군다나 목숨을 가진 모든 생명들은 찰나조차도 혼자 살 수 없다. 그것이 미물이든, 지능이 발달한 영장들이든 존재하는 모든 생명들은 다 마찬가지이다.

이처럼 모든 존재가 함께 살도록 되어 있는 이 세계를 가리켜, 불교는 중중무진의 연기세계라고 한다. 하지만 여기서 그치지 않는다. 불교는 다시, 이 중중무진의 연기세계는 일체를 이루고 있는 일심의 땅이라고 말한다.

그렇다면 이 세상의 모든 존재들은 원하든 원하지 않든 중중무진의 연기 속에서 일체를 이루며 살고 있는 도반이다. 즉 도의 길을 가는 도우(道友)이자 법우(法友)인 것이다. 나와 태양도, 나와 너도, 나와 바람도, 나와 대지도, 나와 바다도 다 도반의 관계인 것이다. 그리고 한 몸인 것이다. 그러니 나는 언제나 태양과 함께 길을 가며 그와 몸을 섞는다. 그리고 나는 너와도, 바람과도, 대지와도, 바다와도 함께 가며 몸을 섞는다.

그러나 인간의 자아의식은 이 세상이 혼자만을 위한, 혼자만에 의한, 혼자만이 중심이 되는 곳이라고 때로 속삭이며, 때로 자신을 유혹하며 세상을 어지럽게 만든다. 그 소리는 너무나도 매력적이어서 이에 길든 인간들은 대우주로부터, 대자연으로부터, 대생명계로부터, 대인간계로부터 참으로 멀리 떨어져 나와 갇힌 집 속에서 고통스러워한다. 이와 같은 인간들의 고통은 너무나도 현실적이어서 불교에선 이를 가리켜 아예 '고성제(苦聖諦)'라는 말을 쓴다. 하지만 인간들의 자아의식이 제아무리 혼자만의 집을 자아중심주의에 근거하여 설립하겠다고 청년 같은 의욕과 자신감을 내비쳐도 이 세상에 실제로 지어진 모든 집은 누구나의 집이며 함께 지은 집이다. 그리고 그 자아의식이 아무리 멋진 포즈를 취하여도 그것은 아견(我見)과 아애(我愛)와 아만(我慢)과 아치(我癡)의 소산일 따름이다.

시인들은 시를 쓴다. 그리고 그 작품 밑에 자신의 이름 석 자를 적어 넣는다. 그러면서 소유권을 주장해본다. 그러나 그 시 역시 혼자 쓴 것이 아니다. 그리고 누구의 것도 될 수 없다. 이 시는 태양과 바람과 나무들이 함께 쓴 것이며, 그 누구도 소유할 수 없는 '불가득(不可得)'의 것이다.

이처럼 시인들의 시쓰기 또한 중중무진의 연기 속에서 이루어진다. 그리고 그 연기성은 일체의 장에서 움직인다. 그러나 그렇다고 하여 각 시인의 개성과 차이성까지 부정하는 것은 아니다. 현상적으로 볼 때 모든 시인은 다 다르기 때문이다. 그리고 이렇게 다른 것이 자연스러운 것이며 정상적인 것이기 때문이다.

이런 이중적 관계 속에서 시인들은 다른 존재들이 다 그렇듯이 개체이면서 전체이고, 전체이면서 개체이다. 달리 말한다면 따로이면서 함께이고, 함께이면서 따로이다.

이와 같은 시인들에게 이 세상 모든 것들은 다 도반이다. 그 가운데서도 시인동네의 사람들은 너무나도 가까운 도반이다. 시인들은 이들과 더불어 시를 쓰며, 이들을 위하여 시를 쓰고, 이들의 격려 속에서 시를 쓴다. 넓은 의미에서의 시단과 시인동네는 혼자서라면 할 수 없는 시쓰기를 계속하여 쓸 수 있게 만드는 수련장이고 도량이다.

이와 같은 시인들에겐 특별히 엄격한 의미에서의 도반이라는 칭호를 붙일 만한 도반들이 존재한다. 그야말로 시쓰기를 도에 이르는 길로, 도를 구현하는 일로, 도를 사랑하는 일로 삼는 깨어 있는 사람들이 그들이다. 그들에게는 이들 서로서로가 선방의 법우들처럼 서로를 자극하고 일깨우며 이끌어주는 같은 길 위의 동행자들이다.

나는 앞에서 심각하고 중후하지만 다소 낯선, '도반'이라는 말을 사용하였다. 이 말의 낯섦을 없애고 그 뜻의 참모습을 알기 위하여 잠시 이에 대해 생각해보기로 한다. 도반은 말 그대로 진리인 도를 관(觀)하고 그에 계합된 삶을 살고자 하는 동반자들이다. 이와 같은 도반들에게 필수적인 것이 '수행'이거니와 수행이란 도에 이르는 길이며 도를 실천하는 길이다. 그러니까 도반들에게 공통적인 것은 수행의 삶을 살고자 한다는 것이다. 풀어 말하면 수행이란 행을 닦는다는 의미를 갖고 있는 바, 이때의 행이란 인간 행위의 총칭이라고 할 수 있는 신행(身行), 구행(口行), 의행(意行)을 가리킨다. 불교에서 업의 원천으로 삼고 있는 신구의, 이 세 가지가 만들어내는 행을 말하는 것이다.

신구의 삼행은 아무리 닦아도 때가 나온다. 아상(我相)이 제로 상태에 이르고 실상이 고스란히 드러날 때까지는 이 땟국이 삼행 속에 배어 있다. 그러나 흥미로운 것은 아상의 무게가 줄어들고 수행이 깊어질수록 그에 비례하여 이 삼행으로부터 맑고 향기로운 기운이 배어나오고 그 행들은 자유와 평화와 생명감을 이 땅에 선사한다는 것이다.

도반의 마음을 갖고 있는 시인들은 서로가 수행으로 교류하고 대화한다. 그들의 닦아진 신구의 삼행을 전하고 전달받으면서 수행의 끝을 기대하는 것이다. 그것이 돈오돈수이든, 돈오점수이든, 점오점수이든, 점오돈수이든, 각자의 근기에 맞는 방법을 찾아서 행을 닦아 서로 나누는 것이다.

잘 닦인 시인들의 언어에선 맑고 향기로운 기운이 흘러나온다. 맑음은 지혜의 기운이요, 향기로움은 자비의 기운이다. 시란 외형으로 보면 언어의 일만 같다. 그것도 재주 있는 천재의 언어 활동인 것만 같다. 그러나 시인의 언어는 그 이면에 의행(意行)을 품고 있다. 뜻이 곧 시의 근원인 것이다. 그리고 그 언어는 의행에 기반한 구행(口行)으로서의 모습을 갖는다. 또한 이 언어는 의행과 구행을 겸비한 신행으로서의 모습을 갖는다. 요컨대 시인들의 언어란 신구의 삼행의 종합이자 그 결과물인 것이다.

이렇게 볼 때 잘 닦인 시인의 언어에서 맑고 향기로운 기운이 흘러나온다는 뜻이 이해될 것이다. 그리고 언어란 도구나 표현물이 아니라 수행물이라는 사실을 알게 될 것이다. 이런 맥락에서 도반을 가지고 있고, 수행의 언어를 창조해가는 시인의 삶이란 복되다. 그들이 있는 곳은 그곳이 어디나 수련장이자 도량이고, 그들이 만들어내는 언어는 언제나 도를 가리키고 있기 때문이다.

7. 시, 선심(禪心)이 창조한 격외(格外)의 언어

선심은 선정(禪定) 상태의 마음이다. 선정에 들었을 때 우리의 마음에선 세상의 모든 관념과 이미지가 사라진다. 관념과 이미지란 인간이 만든 주관적이며 왜곡된 상(相)이다. 그것은 그대로 믿을 것이 못 되는 환영이고 고집이다. 그러나 사람들은 이 환영과 고집에 저당잡혀 한 세상을 좌충우돌하며 살아간다.

인간이란 참으로 특이한 존재이다. 그 부족하기 짝이 없는 인식 능력을 가지고 그것을 절대시하며 살아가는 까닭이다. 웬만큼 성찰 능력이 있는 사람이 아니라면 대부분의 인간들은 그들의 인식 능력과 인간 존재의 인식 능력에 대하여 회의하지 않는다. 회의는커녕 그들은 그 인식 능력이 모든 것인 줄 알거나 이에 우월감을 느끼고, 그들이 모인 인간 사회에서 인식 능력의 고하와 질을 겨루며 투쟁의 삶을 살아가기 일쑤이다. 성찰이 부재하는 사람들은 대체로 이 세상이 그들의 믿기 어려운 인식 능력이 읽어낸 상과 동일하다는 대책 없는 믿음을 견지한다.

그러나 불교는 인간의 이와 같은 인식 능력을 크게 신뢰하지 않는다. 그것은 오염되었고 성능도 형편없다는 것이다. 인간의 인식 내용이란 안이비설신의라는 육근에 의한 것이요, 이 육근은 생물로서의 인간 생명의 생존욕의 도구일 뿐, 실상을 인지하는 기구와는 거리가 멀다는 것이다. 불교는 이런 육근을 가리켜 '도적'이라고까지 부르면서 경계한다. 우리 몸의 최전선에 자리잡고 있는 이 육근의 작용을 제대로 보지 못한다면 우리는 한평생 육근이 인식한 대상에 '끄달려서' 환영놀음을 멈출 수가 없다는 것이다. 불교에서 그토록 찾고자 갈구하는 이른바 '참나'는 부재하고 육근이 인식한 환영만이 가득한 삶, 그것이 자신들의 인식능력을 성찰하지 않은 보통 사람들의 삶이고 중생의 삶이라는 것이다.

　　환영놀음에서 깨어나고자 하는 사람들은 이와 같은 육근의 부작용과 인식 작용의 한계를 타파하기 위하여 '선정'에 든다. 육근의 활약을 멈추고 인식작용의 결과물을 지우고 모든 상을 가라앉히며 오직 들숨날숨만이 있는 '즉자'가 되는 세계로 진입하는 것이다. 여기서 언제나 세상을 제식대로 읽고 그에 집착하며 날뛰는 아상은 사라지고 사람들은 '생각' 이전의 자리로 돌아간다. 그야말로 회광반조(廻光返照)가 이루어지는 것이다.

　　이 자리에서 보면 인간세상은 격식과 틀의 아수라장이다. 아무것도 없는 곳에 장벽을 세우고, 아무것도 없는 자리에 틀을 만들고, 아무것도 없는 땅에 금을 그어놓은 '바벨탑'의 나라이다. 각각의 사람들은 제 이름을 만들고, 제 집을 만들고, 제 재산을 만들고, 제 관념을 만들고,

제 감정을 만들고, 그야말로 저만의 상을 앞에 놓고 시비 분별 속에서 싸움꾼처럼 살아가는 것이다.

그러나 또 달리 보면 세상은 격식과 틀로 다스려진 질서의 땅이다. 사람들은 일체로 무사하게 돌아가는 세상을 카오스라고 칭하며 그것을 감당하기에는 벅찰 수밖에 없어 격식과 틀의 질서 체계를 만든 것이다. 그러나 전자가 무위법이라면 후자는 유위법이다. 제아무리 잘 정돈된 질서의 세계라 하더라도 그것은 흐름의 생생한 세계를 욕망으로 고착시킨 머무름의 땅이다.

시인들은 이 격식과 틀로 억압되고 경직된 땅에서 그 격식과 틀을 허무는 자들이다. 시인들은 틈만 나면 이 격식과 틀의 부자연스러움과 횡포 앞에서 그것의 제거를 꿈꾸며 저항한다. 시인들에게 격식과 틀의 질서화는 존재와 생명의 숨길을 막는 일이다.

그렇다면 시인들이 이와 같은 격식과 틀을 벗어난 이른바 '격외의 언어'를 말하기 위해서는 어떤 노력이 필요할까. 여러 가지 말이 가능하겠지만 잘 생각해보면 선정의 상태에 들어가 선심을 작동하게 하는 것이 우선적으로 필요하다. 선정 속에서 일체의 세속적 격식과 틀은 무화된다. 그리고 선심은 세속적 격식과 틀이 무화된 자리에서 최초의 언어를 창조한다. 세상을 나누는 언어가 아니라 통합하는 언어, 세상을 틀 짓는 언어가 아니라 해체시키는 언어, 세상에 순응하는 언어가 아니라 일탈을 불러일으키는 언어, 세상을 가두는 언어가 아니라 해방시키는 언어, 세상을 다투게 하는 언어가 아니라 화해하게 하는 언어, 세상을 차별하게 하는 언어가 아니라 평등하게 하는 언어, 세상을 인위화시키는 언어가 아니라 자연화시키는 언어, 세상을 편리하게 하는 언어가 아니라 싱싱한 혼돈을 보여주는 언어, 이런 언어가 선심 속에서 창조되는 것이다.

따라서 시인들은 수시로 수행하는 선객들처럼 '할'과 '방'을 외치며 자신을 본래 자리로 되돌려야 한다. 그리고 죽비소리의 경책으로 육근의 허술함을 경계해야 한다. 인간세상이 시끄러우면 그러할수록 시인들의 '할'과 '방' 소리는 잦아지고 심각해져야 한다. 그리고 죽비소리 또한 커져야 한다. 특히 시인 자신의 내면이 시끄러울 때 시인들은 '할'과 '방'을 어느 때보다 매섭게 내리쳐야 한다. 그리고 기절할 정도의 죽비소리도 내야 한다.

이 세상엔 언어가 너무나도 많다. 모든 사람들이 쏟아내는 하루치의 언어만 해도 그것은 수미산을 뒤덮고 넘을 정도이다. 그러니 시인의 언어는 남달라야 한다. 선정에서 나온 선심의 언어, 격외의 언어가 아니라면 그 모든 언어는 차이가 있을지언정 물든 언어라고 할 때, 시인의 언어는 이것을 넘어서야 한다. 염색된 언어와 오염된 언어는 굳이 시인들이 더 내놓지 않아도 이 세상에 홍수처럼 밀려든다. 그러니 시인들은 새로운 언어를 내놓아야 한다. 그런데 흥미로운 것은, 사람들은 시인들의 언어를 보자마자 그 언어가 어디에서 나왔는지 즉각 안다는 것이다. 비록 그들이 그와 같은 언어를 자발적으로 창조해내지는 못한다 할지라도 그들에겐 언어의 출처와 진위를 알아낼 수 있는 '신명(神明)', 곧 불성이 있기 때문이다.

이 세속사회에서 시와 시인이 대접을 받는 것은 그 언어의 출처가 보통 사람들이 들어가기 어려운 선정과 선심의 자리이기 때문이다. 이 자리에서 나온 언어가 아니고는 그 어떤 화려한 수사와 기교의 언어도 사람들의 심중을 움직이며 시인의 위의를 지킬 수 없다. 흥미로운 것은 인간의 심중이란 노력하지 않아도 그 순도를 알 수 있는 '앎의 능력'을 지니고 있거니와, 이 심중이 내는 소리를 거부할 수 있는 사람은 이 세상에 아무도 없다는 것이다.

그런 점에서 진정 시인이 된다는 것은 쉬운 일이 아니다. 시는 욕망의 일이거나 기교의 일이 아니기 때문이다. 앞서 언급했듯이 시란 무심의 선정에서 피어난 '말 없는 말', 곧 격외의 언어인 것이다. 그러고 보면 시인이 얼마나 자기 자신을 본래 자리로 되돌리느냐에 따라 격외의 언어는 결정되는 것이다. 이와 같은 토대가 없이 언어는 결코 꽃피울 수 없는 것이다. 실로 격외의 언어는 아무데서나 피어나는 꽃이 아니며 아무렇게나 피워낼 수 있는 꽃도 아니다. 꼭 시인이 만들어낸 선정과 선심의 토대가 있어야만 그 위에서 어렵게 피어나는 드문 꽃인 것이다.

8. 시, 자유인이 발화한 방생(放生)의 언어

인간들이 사용하는 말 가운데서 '자유'라는 말만큼 매력적인 것은 달리 없을 것이다. 자유는 세속 사회에서도 탈속 세계에서도, 또한 세속의 이치가 작용하는 속제(俗諦)에서도 탈속의 진리가 움직이는 진제(眞諦)에서도 인간들이 도달하고자 하는 최고의 지점이다. 이와 같은 자유를 획득한 사람, 아니 그와 같은 자유를 품어 안고 사는 사람들을 가리켜 우리는 '자유인'이라 부를 수 있을 것이다.

그러나 누가 이 땅에서 인간의 육신과 목숨을 받고 완전한 자유인으로 살 수 있을까. 아마도 부처님과 같은 대성인이 아니라면 이는 거의 불가능할 것이다. 그렇다면 우리들에게 이토록 성취하기 어려운 자유와 자유인의 세계는 어떤 의미를 갖는 것일까. 거칠게 말한다면 그것은 우리들에게 있어서 도달하고자 하는 지점, 가끔씩 도달했다간 되돌아오곤 하는 미완의 경험, 우리를 한없이 유혹하고 이끄는 견인과 추동의 밝은 에너지원이다. 그런 만큼 비록 그 세계에의 완전한 도달이나 그 성취는 어렵다 할지라도 그 세계가 존재함으로 인하여 우리는 길을 갈 수 있고, 그 길을 간 만큼 성취의 기쁨을 느낄 수 있다.

불교에선 이 자유의 다른 이름으로 '해탈'이라는 말을 사용한다. 그리고 그 해탈의 방법으로 석가모니 부처님이 깨닫고 설법한 '연기공성 (緣起空性)'의 터득과 체득을 말한다. 이 연기공성이 터득되고 체득되었을 때 인간들은 비로소 자신을 포함한 모든 존재가 '실체 없는 무아와 무상'의 상태임을 깨닫고 해탈감을 느끼게 된다는 것이다. 그러나 이것은 지독한 자아의식과 현상계의 경계에 고착된 우리의 오관과 의식으로는 참으로 터득하기도 체득하기도 어려운 세계이다. 그렇기는 하지만, 우리가 다양한 수행 방법을 통하여 자아의식과 현상계의 이면과 심층을 깊이 통찰해 볼 때 우리는 이 연기공성에 토대를 둔 무아와 무상의 모습이 세계의 진실이자 진리임을 인정하지 않을 수 없다.

그렇다면 우리 인간들은 도대체 무엇 때문에 이 엄청난 진실과 진리의 세계를 보지 못하고 사는 것일까. 그리고 그것을 보지 못하는 과보로서 부자유한 삶을 살고 있는 것일까. 여러 가지 말이 가능하겠지만 그 가장 본질적인 이유는 우리가 생존욕과 생명욕을 가진 생물이자 생명으로서의 연기적 표상물이라는 사실에 있다. 우리가 생명으로 진화되었든, 생명으로 연기되었든, 이 사건은 그 속에 뛰어넘기 어려운 조건과 과보를 간직하고 있다. 그 조건과 과보란, 모든 생물과 생명들은 그들이 살고자 이 땅에 나온 만큼 이유 여하를 막론하고 생존욕과 생명욕을 불태운다는 것이다. 그야말로 이 생존욕과 생명욕이 인간 삶의 모든 행위와 양상을 결정한다는 것이다. 이 맹목적이라 할 만큼 뿌리깊고 전면적인 갈애(渴愛), 즉 생존욕과 생명욕 앞에서 인간들은 한없는 부자유를 느낀다. 그 부자유의 핵심 감정은 두려움이다. 좀더 쉽게 말하면 죽을까 봐 두려운 마음이다. 바로 이 생명과 생물로서의 두려움이라는 감정이자 카르마를 벗어버릴 때, 인간들의 삶은 그 순간 부자유에서 자유로 전변된다.

하지만 누가 이 생존욕과 생명욕의 한가운데 자리잡고 있는 두려움의 실체로부터 벗어날 수 있겠는가. 인간을 포함한 생명 가진 모든 것들의 죽음이라는 문제 때문에 출가를 하였고, 6년간의 고행과 수행 끝에 새벽별을 보고 견성하였다는 석가모니 부처님의 그 깨달은 바를 동일하게 체득하고 실행에 옮길 수 있게 되지 않는 한, 누가 이 두려움을 벗어나 부자유에서 자유의 지대로 옮겨갈 수 있단 말인가. 참으로 어려운 문제이다. 몸을 가진 생물이자 생명으로서 생존욕과 생명욕을 넘어선다는 것은 정말로 지난한 과제이다.

그러나 흥미로운 것은 우리가 이런 욕망과 구속 가운데서도 자유와 해탈을 그리워하고 있으며, 연기공성을 체득하고 실행하는 정도에 따라 부족하나마 그에 걸맞은 자유와 해탈감을 갖게 되고, 우리가 의식하든 그렇지 않든 간에, 사실은 모든 중생들이 이 자유와 해탈의 우주적 움직임에 동참하고 있다는 것이다.

그렇기 때문에 『화엄경』은 이 세상을 '허접한 꽃들의 축제'라고 말하였던 것이고, 『법화경』은 모든 중생들에게 부처님이 될 가능성이 있다는 '수기(受記)'를 준 것이다. 그리고 석가모니 부처님의 마지막 법어인 『열반경』에선 "일체중생이 실유불성(悉有佛性)이니 자등명(自燈明) 법등명(法燈明)의 삶을 살아가라"고 당부하신 것이리라.

시란 무엇인가. 시란 자유를 추구하는 자유인으로서의 시인들이 만들어낸 언어 행위이다. 시인들이 이 자유를 꿈꾸고 성취하지 못한다면 그들의 언어는 보통 사람들의 세속 언어와 다를 바가 없을 것이다. 보통 사람들의 세속 언어는 눈만 뜨면 천지사방에 가득하다. 그 중생들의 언어는 언제나 과잉 상태이다. 철저하게 생물과 생명으로서의 생존욕과 생명욕을 한가운데 두고 만들어진 중생들의 이 세속 언어에는 불교적 언설을 빌린다면 탐진치(貪瞋痴) 삼독(三毒)이 강하게 배어 있다. 따라서 사람들은 그 언어 앞에서 서로서로 상처를 주고받으며 긴장하고 기진맥진한다. 자유와 자유인의 땅이 아닌 생존욕과 생명욕의 지대에서 탄생하는 언어는 이처럼 독하고 탁하다.

이 절의 제목에서 나는 시인의 언어를 '방생의 언어'라고 규정하였다. 방생은 살생의 상대적 표현이며 죽임과 대비되는 살림의 세계이다. 시인들이란 세상의 이치를 진속(眞俗) 이제(二諦)의 차원에서 함께 깨치고 그로써 해탈과 자유의 땅을 만나며 경작하고자 하는 꿈과 능력이 다른 사람들보다 뛰어난 존재라고 할 때, 그 시인들이 발하는 언어는 '방생'의 언어가 될 수 있기 때문이다. 시인들은, 그들의 언어 자체가 힘을 가지게 하려면, 이 자유의 땅에 들어서야만 한다. 더군다나 그것이 '방생의 언어'로서 탁월한 힘을 가지게 하려면 시인들은 이 자유 지대에서의 자유인의 삶을 끝없이 가꿔나가야 한다. 그때 시인의 언어는 이 세상의 세속적 언어에 깃든 탐진치의 독함과 탁함을 정화시킬 수 있을 것이다. 그리고 그 삼독심의 부작용에 의하여 시들어가는 사람들의 마음을 돌보고 살려낼 수 있을 것이다.

정말로 이 시대는 참다운 자유의 땅에서 자유인이 발한 방생의 언어가 다른 어느 시대보다도 간절히 요구되는 때이다. 말들의 독성에 감염되어 힘겨워하는 사람들에게 시인들의 방생의 언어가 살림의 감로법문처럼 다가가야 할 때이다.

9. 시, 침묵에서 태어난
무설(無說)의 언어

　침묵은 나무의 뿌리와 같은 분별과 생각 이전의 자리를 가리킨다. 모든 분별심과 생각을 쉬었을 때 우리는 침묵의 세계가 대지처럼 드러나는 것을 볼 수 있고 그 세계로 돌아가 일심(一心)을 경험할 수 있다. 지금 우리는 대지와 같은, 나무의 뿌리와 같은 침묵의 세계로부터 너무나 멀리 떨어져 나와 있다. 마치 한여름의 무수한 이파리들이 나무 꼭대기에서 서로를 분별하며 소아적 견해 속에서 서로 뽐내고 차별하는 것처럼 우리는 우리의 본향인 침묵의 뿌리를 잊은 채 지엽말단에서 서로를 구별하며 살고 있는 것이다. 이러한 삶이 지배적인 시대를 가리켜 말법시대라고 한다면 우리가 살고 있는 시대는 말법시대이다. 또한 이와 같은 삶이 중심이 되는 것을 가리켜 인간의 타락이라고 부른다면 우리는 타락한 삶을 살고 있다. 또한 이와 같은 삶을 가리켜 인간의 바벨탑이 솟아오른 시대라고 부른다면 우리는 바벨탑의 환경 속에 살고 있는 것이다. 또한 이와 같은 삶을 가리켜 소외와 단절의 삶이라고 부른다면 우리들은 소외와 단절의 고통 속에서 삶을 영위하고 있는 것이다.

대지와 같은, 나무의 뿌리와 같은 침묵의 세계를 본다는 것은 존재의 근원성과 전체성을 본다는 말이다. 이 근원성과 전체성을 보지 못할 때 인간들은 출처도 귀의처도, 저변도 없는 고독한 부평초처럼 그저 아상(我相)의 백가쟁명 속에서 단견(短見)의 생을 살다 가고 만다. 이와 같은 삶 속에선 이긴 자도 진 자도 모두 패배자이다. 또한 잘난 사람도 못난 사람도 다 불안하고 허무하다. 뿐만 아니라 이와 같은 삶 속에선 오래 산 자도 짧게 산 자도 모두 대상에 예속된 자들이다.

불교는 이와 같은 삶과 인식을 멈추라고 말한다. 지엽말단의 착각이 빚어낸 환영으로는 결코 생의 한계를 넘어설 수 없다고 말한다. 그러면서 불교는 근원을 보라고, 전체를 보라고, 근원과 전체는 일심이자 일체이고 침묵임을 깨달으라고 충고한다. 파도의 물방울이 바다가 근원이자 전체로서의 자신의 몸임을 알듯이, 지구를 포함한 태양계의 행성들이 항성으로서의 태양이 제 뿌리임을 알듯이, 인간사 이전에 무시무종의 시간이 거대한 뿌리처럼 누적돼 있음을 이해하듯이, 지엽말단의 단견과 고집을 내려놓으라고 불교는 거듭 안내한다. 내려놓지 않고는 도달할 수 없는 세계, 멈추지 않고는 만날 수 없는 세계, 그 세계가 침묵인 진신(眞身)의 세계라는 것이다.

이와 같은 침묵은 말이 없다. 그것은 분리되기 이전의 전체이기 때문이다. 말이란 분별과 생각의 산물이라고 할 때 이들 이전의 세계에선 굳이 말을 필요로 하지 않는다. 그런 점에서 침묵은 '무설'의 세계이다.

말할 것이 아무것도 없는 세계이다. 또한 말로써 설명될 수 없는 세계이다. 이런 점을 보여주기 위해서인지 신라 천년의 고도인 경주의 불국사에 가면 '무설전(無說殿)'이 있다. 설할 바가 없는 것을 설하는 설법당인 것이다. 석가모니 부처님은 45년간 설법을 하고 나서도 "나는 한마디도 말한 바가 없다"고 단호하게 말씀하셨다. 자신이 내놓은 모든 언어들은 달로 표상되는 진리 혹은 침묵을 가리키는 손가락으로서의 방편과 같은 것에 불과했음을 선언하는 말이다.

침묵은 이처럼 존재의 아랫도리이다. 지엽말단의 우리가 제아무리 분망하게 자신을 주장해도 그것은 다 부처님 손바닥 안인 것과 같은 이치이다. 이 침묵을 떠나거나 그것을 부정하지 않고 우리가 이 침묵으로 돌아갈 때, 우리는 지엽말단의 존재가 느끼는 불안함을 넘어서 안정된 전체로서의 삶을 살아갈 수 있다.

시인의 언어는 어디에 토대를 두고 있는가. 시인에 따라 다를 것이다. 만약 어떤 시인이 자신을 분별하고 아상을 휘두른다면 그의 언어는 지엽말단에서 나온 소음과 같은 것이다. 이런 소음을 오래 귀 기울여 들을 사람은 아무도 없다. 아마도 본인 자신조차 이런 소음에 거부감이 들 것이다. 그러므로 시인이 소음의 언어를 구사하면 그러할수록 시인의 언어는 단절되고 힘을 잃고 고독해진다.

그러나 많은 좋은 시인들은 그들이 분명하게 의식하든 그렇지 않든 이 침묵의 지대에 자신을 접선시킨다. 그리고 그 침묵이 전하는 소리를 들으며 침묵으로 돌아가고자 노력한다. 이런 시인들은 실제로 침묵의 자리에서는 어떤 말도 필요 없다는 것을 안다. 말은 잉여이고 장식이며 도구라는 것을 안다. 그와 같은 시인들은 자신들이 내놓는 언어 앞에서 주저하며 부끄러워한다. 말할 필요가 없는 세계 앞에서 말을 하는 것은 수다이거나 헛된 욕망의 발현에 지나지 않기 때문이다.

그렇다면 시인은 말을 버리고는 시인이 될 수 없는데 어떻게 이 점을 극복하는가. 물론 말을 하지 않고 침묵 자체가 되는 것이 최상급이다. 또한 그 침묵의 '무설설(無說說)'을 듣는 것이 최상급이다. 그러나 굳이 말을 사용한다면 그들의 말은 침묵으로부터 나오고 침묵으로 돌아가기를 꿈꾸어야 한다. 어떻게 그것이 가능한가. 그것은 '한마음' 혹은 '일심'에서 나오는 말을 사용하는 것이다. '한마음' 혹은 '일심'에서 나오는 말엔 아상으로 인한 분별과 생각이 없다. 그 말들은 침묵 그 자체를 닮았기에 모든 존재를 '하나'로 모은다. 그리고 누구도 이 말로부터 소외를 경험하지 않도록 한다. '한마음' 혹은 '일심'에서 나온 말에는 아무런 독성이 없다. 독성 대신 그 말들에선 향기가 난다. '침묵'만이 낼 수 있는 향기가 여기에 있는 것이다.

무설의 세계인 침묵의 지대를 아는 시인과 그렇지 않은 시인 사이에는 하늘과 땅 사이만큼 커다란 차이가 있다. 전자의 시인들이 침묵의 언어로써 사람들을 감동시킨다면 후자의 시인들은 소음의 언어로써 자신의 아상을 만족시킨다. 요즘 우리 시단에서는 전자의 시인이 줄고 후자의 시인이 늘어나고 있다. 침묵을 보지 못한 채 시의 이름을 빌려 아상의 식견을 내놓는 시인들이 증가하고 있는 것이다. 그러므로 오늘의 시단은 풍요 속의 빈곤을, 과잉 속의 결핍을 보여준다. 수많은 곳에서 문예지가 발간되고, 시집이 출간되고, 시문화 행사가 벌어지고, 기억할 수도 없을 만큼 많은 시인들이 상을 받는다고 소문이 전해져 오지만 그 외양에 걸맞는 내실이 갖추어지지 않고 있는 것이다. 침묵을 보지 못한 이런 외양의 사적 언어가 난무할 때 시단은 피로해진다. 시단이 피로해지면 시는 사랑을 받지 못하게 된다. 사회도, 독자도 시에 대한 기대를 줄이게 되는 것이다. 정말로 말을 아낄 때이다. 그리고 침묵의 말을 듣고 쓰도록 노력해야 할 때이다.

10. 시, 선인(善因)을 심고 선연(善緣)을 가꾸는 길

　보통 사람들도 '인연'이라는 말을 자주 사용한다. 그 사람과 인연이 닿았다느니, 그 사람과 인연이 다 되었다느니 하는 식으로 '인연'이란 말을 생활 속에서 사용한다. 그러나 이 '인연'이라는 말은 불교와 불법의 핵심적인 언설로서 매우 심각하고 심오한 함의를 지닌다. 인연은 불교에서 모든 존재를 읽는 존재론의 한 방식인 것이다.

　사실 존재의 문제만 해결된다면 삶의 대부분의 문제가 해결된 것이나 마찬가지이다. 그렇다면 존재한다는 것은 무엇인가. 존재 문제는 언제나 궁금하고 낯설며 난감하기 짝이 없는 문제이다.

　불교는 이 존재 문제를 인연론으로 푼다. 존재는 항구불변하는 배타적 실체이거나 어떤 절대자의 창조물이 아니라 인과 연의 결합에 의하여 형성되는 연기적 흐름이라는 것이다. 이 인연의 결합상은 너무나도 엄청나서 불교는 그것을 포괄적인 말로 가리킨다. 우리가 많이 들은 바 있는 '중중무진(重重無盡)의 연기'라는 말이 바로 그것이다.

인간들이 이 연기의 전체적이며 우주적인 실상을 총체적으로 읽는
다는 것은 불가능하다. '오직 모를 뿐'이라고 말하는 것이 정직하고 정
확할 만큼 연기상은 인간 이해의 범위를 넘어서 있다. 그러나 우주법계
는 이 연기법칙에 의하여 한 치의 오차도 없이 움직인다는 것을 불교는
말한다. 이 우주법계의 연기상을 다 그려 보일 수는 없지만 인과 연이
결합하여 연기작용이 일어난다는 것 자체는 불변의 이법이라는 것이
다. 우주만유는 지금도 이 연기법칙에 의하여 움직이고 있다. 이 연기
법칙과 연기에 의해 형성된 존재의 실상을 생각할 때 세계는 상의상존
(相依相存)하며 상즉상입(相卽相入)하는 '관계'의 땅이다. 우주가 거대한
연관 속에서 춤을 추고 있는 것과 같은 모습이다. 다들 아시겠지만 인
은 원인과 같은 것이고 연은 조건과 같은 것이다. 이 원인과 조건이 결
합하여 결과를 만들어내고 다시 그 결과물은 또 다른 원인이 되어 다른
조건과 결합된다.

　　이 세상의 모든 존재가 이와 같은 연기의 산물임을 알 때 이왕이면
선인과 선연의 만남이 이루어져서 가장 선한 결과물을 낳는 것이 바람
직하다는 생각을 할 수 있을 것이다. 어떤 것도 결정된 바 없이 인과 연
에 의하여 모든 것을 생성시켜 나아갈 수 있는 가능성이 열린 땅에서
선인과 선연의 만남을 지속적으로 추구한다는 것은 미래에 대한 희망
을 말하는 것과 다르지 않다. 훌륭한 원인과 훌륭한 조건이 만나서 훌
륭한 결실을 거두는 것, 그것은 인과 연의 결합에서 상상할 수 있는 최
고의 상태이다.

　　그렇다면 어떤 것이 선인이고, 또 어떤 것이 선연인가. 그것이 선인인

지 선연인지의 여부를 가리는 것은 쉽지 않을 수도 있다. 그러나 한 가지 분명한 것은 그 인과 연이 보리심과 청정심을 증장시켰느냐 그렇지 않으냐 하는 문제가 결정적인 중요성을 갖는다는 점이다. 보리심과 청정심은 도심이라고도 할 수 있고, 불심이라고도 할 수 있으며, 일심이라고도 할 수 있다. 어떤 말로 부르든 핵심적인 사항은 그 인과 연의 결합이 '부처의 마음'을 싹틔우고 꽃피우게 하였느냐 그렇지 않으냐 하는 점이다.

시인들이 시를 쓰는 일도 끝없는 연기작용의 성격을 지닌다. 시인과 독자, 시인과 사회, 시인과 시대, 시인과 자연, 시인과 우주는 모두 인과 연의 관계로 맺어진다. 어찌 보면 시인이 사용하는 언어도 이와 같은 연기의 소산이다. 시인이 어떤 연기 속에 들어가느냐에 따라 그 언어가 달라진다고 말할 수도 있다.

시인이 선인을 품고, 그가 만난 조건이 선연의 상태일 때, 최상의 언어가 탄생한다. 그러나 인과 연이 다 항상 최선의 상태에 놓여 있을 수는 없는 것이기에, 수행하듯 인과 연을 닦아가야 하는 것이 시인의 임무이다. 시인이 인을 닦은 만큼 시인의 언어는 빛난다. 시인이 닦아서 지닌 인으로써 다가온 연을 품어 안았을 때 시인의 언어는 그 정도에 비례하여 빛을 발한다. 또한 시인이 행복하게도 좋은 연을 만났을 때 시인의 언어는 그 좋은 연의 힘에 의하여 빛난다. 그리고 조건이 시인을 키운다는 말처럼 시인이 최상의 조건을 만났을 때 그의 언어는 아름답게 피어난다.

중중무진의 연기라는 말에서 이미 짐작되듯 우리는 모든 인과 연을 다 의식하며 닦을 수가 없다. 그러나 적어도 우리 안의 인을 하나씩 부처의 씨앗으로 바꾸어 나아가고, 우리에게 다가오는 연들을 보다 좋은 상태로 가꾸어 나아가려고 노력하다 보면, 우리들에게서 형성되는 연기의 산물들은 그 모습을 점점 훌륭하게 해 나아갈 것임에 틀림이 없다.

시인들은 보통 사람들보다 인과 연을 돌보는 데 더욱더 큰 열성과 능력을 지닌 자들이다. 인과 연은 계속해서 닦지 않으면 불교가 말하는 욕계의 육도 가운데 지옥이니, 축생이니, 아귀니 하는 것과 같은 질 낮은 세계의 것들을 만들어내고, 조금 노력한다 해도 아수라니, 인간이니, 천상이니 하는 것과 같은 수준에 머무르고 만다. 인과 연을 제대로 닦으려 한다면 그런 노력은 욕계 너머의 색계, 색계 너머의 무색계, 이 삼계를 넘어선 더 높은 세계까지 들어 올리는 수행자의 그것이 되게 해야 한다.

시인들의 언어는 이 욕계에서 만들어지지만 그것은 인과 연을 닦는 정도에 따라 욕계 너머의 것으로 무한히 향상될 수 있다. 우리가 시인들의 언어를 듣고 놀라며 존중심을 갖는 것은 바로 그들의 언어가 우리를 욕계 너머로까지 안내하며 들어 올리기 때문이다.

인과 연이 잘 닦이면 거기선 천상의 기운이 감돌게 된다. 보리심과 청정심이 점점 살아나기 때문이다. 인연으로 탄생한 것은 언젠가 사라지도록 되어 있지만 그 과정에서 사람들은 밝아진다. 밝아진다는 것은 무명으로부터 점점 멀어진다는 것이다. 작은 불빛에서 더 큰 불빛으로 끊임없이 발전한다는 것이다.

시인의 언어가 이 땅을 밝힐 수 있는 것은 그들이 인과 연을 닦는 일에 수행자처럼 정진했기 때문이다. 참된 언어는 그냥 주어지는 것이 아니라 수행자와 같은 정진 속에서 인과 연을 닦은 보답으로 얻어진다.

11. 시, 상(相)으로써 상(相)을 넘어서는 길

　상(相)이 문제다. 인간들은 너 나 할 것 없이 상을 만드는 데 길이 나 있다. 그리고 그렇게 만든 상을 실제라고 붙잡고서 그것에 매달려 일희 일비하거나 밀고 당기면서 살아가고 있다. 그러니 심하게 말한다면 삶은 상을 두고 벌어지는 일대 전투장이요 해프닝의 세계이다. 인간들의 안이비설신의라는 육근은 시도 때도 없이 상을 만들어내거나 상을 쫓아다닌다. 육근을 단속하지 않는 한, 우리의 나날은 이 육근이 만든 상을 중심으로 움직이는 주객전도의 삶이다. 불교는 이와 같은 인간들의 삶을 가리켜 자업자득(自業自得)의 삶이요 자작자수(自作自受)의 삶이라고 말한다.

　인간들의 육근은 그 성능이 너무나도 허술하지만 인간들은 그것을 갖고 상을 만든다. 그리고 인간들은 그 육근과 상이 허술하다는 것을 알지 못한 채 그것이야말로 절대적 진실인 것처럼 믿고 살아간다. 내가 본 것, 내가 들은 것, 내가 냄새 맡은 것, 내가 맛본 것, 내가 감촉한 것,

내가 생각한 것에서 물러날 수 없다는 마음으로 인간들은 생을 영위해 간다. 그러나 그것은 내가 본 상일 뿐 실제의 대상과 아무 관계가 없다. 또한 그것은 인간들이 본 상일 뿐 실제의 모습과 무관하다. 그럼에도 불구하고 나는, 그리고 인간들은 허술한 육근에 의지하여 상을 만들고 또 만든다. 그것은 아마도 생물로서의 자기를 보존하고 생명으로서의 자기 목숨을 유지하기 위하여 나타난 작용일 것이다.

인간들은 누구나 생물이자 생명으로서의 생존욕을 동일하게 가지고 있지만 그 생존욕을 충족시키는 생존방식에 있어서는 개개인마다 차이가 있다. 말하자면 생존방식으로서의 상을 읽어내는 모습이 다 다르다. 그러나 사정이 이렇다 하더라도 인류라는 인간 종의 생존방식은 개개인 상호간에 매우 유사한 점을 많이 갖고 있다. 그러니까 인간들은 얼마간 상의 차이가 있을지언정 일종의 '상 공동체'로서의 성격을 지닌다. 이것을 정신분석학에서는 집단의식이니 집단무의식이니 하는 말로 지칭한다.

상은 인간이 생존을 위하여 만들어낸 참으로 자기중심적이고 허술한 해석의 일종이다. 이것에 의존하여 살아가는 인간 생존의 모습을 보면 한편으론 안타까움과 연민심이 솟아오르기도 한다. 이 상의 실체를 모르고 자기중심적인 상 만들기에 끝도 없이 몰두하는 인간들의 삶이란 매우 고통스럽다. 생존욕 그 자체가 주는 고통도 대단하지만 상을 회의하지 않는 데서 오는 무지의 고통은 더욱 크다.

우리는 세상을 주와 객으로 나누어놓고 객인 대상에 대하여 상을 만든다. 가령 여기 나무 한 그루가 있다고 하자. 우리는 금세 이 나무를 향하여 크다느니 작다느니, 잘생겼다느니 못생겼다느니, 딱딱하다느니 물렁하다느니, 앞집 것이라느니 뒷집 것이라느니 하면서 수만 가지의 상을 만들어낸다. 나무의 전모는 누구도 알 수 없고, 맥락에 따라 그 상은 언제든지 달라질 수밖에 없으며, 만인이 존재한다면 만 가지의 상을 만들 수밖에 없는 것이 현실임에도 불구하고, 사람들은 자신이 만든 상만이 올바르고 우월하다고 주장하거나 그렇게 여기며 그것에 집착한다.

그러나 불교는 말한다. 세상의 실상은 주객으로 나눌 수 없는 일원상이자 일물이며, 모든 상은 우리들 각자의 업식이 만들어낸 환영에 불과한 것이라고 말이다. 이 점을 가르치기 위하여 『금강경』은 그토록 아상, 인상, 중생상, 수자상이라는 사상(四相)을 버리라고 강조하였고, 일체의 유위법이 꿈 같고, 환상 같고, 포말 같으며, 그림자 같을 뿐만 아니라 이슬 같고, 번갯불 같은 것이라고 역설한 것이다. 또한 이 땅의 불교방송국 이름이 '무상사(無相寺)'라는 사실에서도 짐작할 수 있듯이 불교는 그토록 무상의 진리를 알려주려고 애를 쓰고 있는 것이다.

상은 업식에 의하여 잠시 나타났다 사라지는 '마음풍경'이다. 이 업식의 한가운데에 인간조건의 핵심인 생존욕과 생명욕이 놓여 있다. 우리는 살기 위하여, 살아남기 위하여 육근을 통한 무수한 상을 만들어내고, 그 상이라도 붙잡고 있어야만 살고자 하는 욕망을 충족시킬 것 같은 생각에 그 상을 소유물로 삼으며 애면글면하는 것이다.

이와 같은 상의 속성과 무상인 이 세계의 진실을 터득했을 때, 그리고 우리 자신이 한편으로는 업식의 산물이지만 보다 본질적인 차원에서는 진리의 현시임을 증득하였을 때, 우리는 상놀이의 한계성과 더불어 무상성 속에서 살고 있는 우리의 참모습을 볼 수 있다.

시인들은 누구보다 상놀이를 즐기는 사람들이다. 시인들이 만들어내는 상의 세계는 보통 사람들의 그것보다 화려하고 풍요로우며 거침이 없다. 보통 사람들의 상놀이가 개인적으로든 집단적으로든 고정성과 관습성을 크게 넘어서지 못하는 반면 시인들의 상놀이는 독창적이고 창조적이다.

그렇다면 시인들에게는 어떻게 이와 같은 상놀이가 가능할까. 그것은 시인들이 업식의 심층까지 내려갈 수 있는 능력을 가졌으며, 무의식이라고 부르는 의식의 심저와 접선할 수 있는 능력을 가졌고, 다른 존재들의 자리에 서볼 수 있는 관대함과 열린 마음을 가졌기 때문이다. 그렇다 하더라도 시인들이 만들어낸 것 역시 상이라는 점에서는 다름이 없다. 그들 역시 상을 만들어내며 상으로써 말하는 것이다.

그런데 여기 아주 중요한 점이 있다. 그것은 시인들의 상놀이는 끊임없이 무상의 세계를 지향하고 있다는 점이다. 세계를 일원상으로, 일물로 만들고자 하는 매개자처럼 그들은 부지런히 고착된 상을 해체하고 새로운 상을 창조하는 것이다. 이와 같이 할 경우, 시인들은 만유의 시선을 평등하게 가질 수 있다. 그들은 자신들의 입장에서만 배타적으로 보지 않고 만유의 입장에서 그들의 마음풍경을 볼 수 있다. 그런 점에서 시인을 가리켜 '견자(見者)'라고 부를 수 있을 것이다. 만유의 자리에서 세상을 보는 사람, 그리하여 만상을 창조하고 그 만상으로써 배타적인 개인의 자아중심적인 집착상을 넘어 무상인 실상의 세계를 꿈꾸고 보여주는 자라는 의미에서의 견자 말이다.

상의 이런 속성을 모르고 각자의 상만을 주장하는 세속 사회는 상과 상이 투쟁하는 장소이다. 거기서 시인들은 고착된 상을 창조적으로 해체시키고 마침내 그 만상으로써 무상의 세계를 열어 보인다. 그런 점에서 시인들의 공로는 지대하다. 그들은 상으로 경직된 세상을 부드럽게 풀어놓을 뿐만 아니라 만상은 공성인 무상으로 돌아가고 공성은 만상을 창조하는 원천임을 시로써 보여주고 있는 사람들이다.

지금도 곳곳에서 상놀이로 일희일비하며 상에 예속되어 사는 사람들이 무수하다. 그들은 상 앞에서 '윤회'하는 것이다. 이와 같이 자신이 주인이 되지 못하고 상이 주인이 된 주객전도의 삶은 언제나 고통을 수반한다. 그런 보통 사람들의 세상에서 시인들은 빼어난 상놀이의 전문가가 되어 상 너머의 무상을 가리키며 상으로 인한 고통을 경감시킨다.

12. 시, 언어로써 언어를
넘어서는 길

인간을 규정하는 다양한 말들이 있다. 호모 사피엔스, 호모 파베르, 호모 루덴스, 호모 에코노미쿠스, 호모 렐리기오수스, 호모 쿵푸스, 호모 심비우스, 호모 스마트쿠스 등등, 여러 말들이 인간을 규정하고 있다. 이 가운데 어느 것도 인간의 모든 것을 규정할 수 없지만, 어떤 말이든 인간의 중요한 속성을 알려주기에는 충분하다.

본절의 주제인 언어 문제와 관련해서 볼 때 위에서 제시된 여러 가지 인간 규정의 말들 가운데 특별히 관심을 끄는 것은 호모 파베르라는 말이다. 인간을 가리켜 '도구를 만드는 존재'라고 규정한 이 호모 파베르의 속성을 가장 잘 입증한 실례로서 언어를 들 수 있기 때문이다.

언어는 인간이 만든 가장 탁월한 도구이다. 돌도끼에서부터 컴퓨터 인터넷까지 인간들은 수를 헤아릴 수 없을 정도로 많은 도구들을 만들어왔으나 그 가운데 단연 최고의 것은 언어이다. 그러나 인간적 견지에서 볼 때 언어는 최고의 도구이지만, 우주 전체의 실상을 놓고 본다면 언어란 참으로 자기중심적이고 허술하기 짝이 없는 도구이다. 인간의 생존 유지를 위해서 만들어진, 그리하여 인간 생존을 겨우 유지하도록 도와준, 그러나 인간의 자기중심성을 강화시킨 도구가 언어이기 때문이다.

언어는 앞서 말했듯 일차적으로 인간 혹은 인류의 생존을 위해 만들어진 도구이다. 이것은 인간들이 인간 아닌 것들과의 관계 속에서 자신들을 지키는 방식으로 만들어진 것이다. 또한 언어는 크고 작은 개체나 집단들이 자신들을 지키는 방식으로 구축된 것이다. 따라서 언어에는 강한 자기중심성과 자기생존 욕구가 깃들어 있다. 이와 같은 사실을 두고, 언어는 욕망의 산물이며 주객의 대립에서 만들어진 산물이라고 말하는 것이 가능하다. 욕망이 없으면 언어가 필요하지 않고, 주객 대립이 이루어지지 않으면 언어는 창조되지 않는다는 것이다.

내친김에 조금 더 말한다면 언어는 인간 사회 안에서만 유효한 한계 내의 도구이다. 인간들은 자의적으로 언어를 만들었고, 인간들이 사용하는 언어는 인간들끼리만 알아들을 수 있는 방편에 불과한 것이다. 여기서 인간들의 언어가 자의적이라는 말은 대상화할 수 없는 세계를 대상화하였을 뿐만 아니라 그 대상에 대하여 자기중심적이거나 인간중심적인 왜곡을 가했다는 뜻이고, 그것이 인간들의 사회 속에서만 유효하다는 것은 인간들끼리의 약속에 불과하다는 것이다.

그러나 인간들은 이 언어를 통하여 살아왔고, 이 언어에 의존하여 문명을 건설하였으며, 이 언어를 발전시킴으로써 지금 지구에서 가장 성공한 존재가 되었다. 언어는 이토록 인간에게 중요한 도구이고 큰 역할을 하였다.

시인들은 이 언어라는 도구를 누구보다 탁월하게, 그리고 남다르게 사용하는 사람들이다. 그들은 마치 농부들이 삽과 괭이를 잘 사용하듯이, 어부들이 어선과 그물을 잘 사용하듯이, 언어를 최고의 경지에서 사용하는 사람들이다. 도구를 잘 사용하는 사람들은 도구와 한 몸이 된다. 아니 한 몸이 되는 것을 넘어서 도구와 더불어 노닌다. 시인들의 언어 사용 문제를 두고 말한다면 그들은 언어와 한 몸이 되면서 또 그것을 넘어, 언어와 함께 노니는 자들이다.

그러나 그것이 어떤 것이든지 간에 도구를 사용해야 한다는 것은 상급의 일이 아니다. 도구란 자기중심적 욕망의 산물이며 구체적으로 자기보존, 자기확대, 자기탐닉의 배타성을 그 안에 담고 있는 까닭이다. 그리고 그것은 한 존재가 도구가 아니면 자립할 수 없다는 의존적 성격을 드러내는 일이기 때문이다. 존재의 최고 방식은 무의(無依)의 삶을 사는 것이다. 의존하는 것이 많아질수록 존재의 삶은 구속되는 정도가 심해지고 타율성이 강화된다.

여기서 한 가지 오해해서는 안 될 것이 있다. 불교가 말하는 연기성과 방금 말한 의존성은 그 뜻을 달리한다는 점이 그것이다. 아니, 뜻을 달리한다는 정도를 넘어서, 무아의 상태를 말하는 연기성과 유아성을 말하는 의존성은 정반대의 성격을 갖는다. 좀더 부연하자면 시인들은 언어를 버리고 시를 쓸 수 없지만 무아의 연기성을 말하는 세계에선 불립문자의 경지를 꿈꾸고 구현할 수 있는 것이다.

도구로서의 언어를 사용한다는 것은 그리 대단한 일이 아니지만 시인들의 언어는 보통 사람들의 언어와 구분된다. 물론 앞서 언급했듯이 이들 양자의 언어는 외적으로 볼 때 다르지 않다. 그들은 다같이 일상 생활 속에서 사용하는 단어들을, 그리고 대중적인 사전에 올라가 있는 단어들을 사용한다.

그렇다면 무엇이 시인의 언어와 보통 사람들의 언어가 구별되도록 만드는 것일까. 그리고 시인들의 언어가 유독 가치 있는 언어로 존중받도록 만드는 것일까. 그것은 언어라는 도구의 사용방법이 다르기 때문이며 그 언어를 사용하는 마음이 다르기 때문이다.

보통 사람들이 사용하는 언어는 자아의 생존욕과 이기성에 토대를 둔 '암산(暗算)'의 언어이다. 그 속에는 공격성과 방어성, 자기연민과 대상에 대한 시비가 가득하다. 그에 반해 시인들의 언어 사용에는 존재와 세계, 삶과 인생 전반에 대한 성찰이 깃들어 있다. 성찰이란 맹목적인 자아의 생존욕과 이기성을 사유하며 이들보다 더 근원적인 자리를 탐구하는 일이다. 불교는 말한다. 존재의 현상과 삶의 표면은 생존욕과 이기성에 의하여 지배된 것처럼 보이지만 실제로 본질은 공성에 의하여, 중도성에 의하여, 일체성에 의하여 움직인다고 말이다. 시인의 언어 사용은 전자를 넘어서 후자를 지향한다. 마치 똑같은 금속으로 한편에선 무기를 만들고 다른 한편에선 악기를 만들듯이, 또한 다 같은 목소리로 한편에선 시비 분별의 언사를 만들고 다른 한편에서 일체가 되는 사랑의 말을 만들듯이 시인들은 보통 사람들의 현상적인 언어 사용과 다른 본질적 차원에서 언어를 사용한다. 이것은 근본적으로 언어를 사용하는 마음의 차이이다. 아상을 내세우고 보존하기 위한 언어와 본질을 드러내고 그에 계합되기 위한 언어는 참으로 다른 것이다.

요약하자면 시인의 언어와 보통 사람들의 언어는 외형만으로 보면 동일하다. 그러나 그 마음과 그 사용 방식은 서로 다른 지점을 가리키고 있다. 이런 사실 앞에서 우리는 다음과 같은 질문을 할 수 있다. 인간은 언어라는 도구를 가지고 그들의 삶 속에서 무엇을 할 것인가. 한편으로는 인간 개개인의 개체와 인류라는 종의 현실적 유지 및 성공을 위한 도구로 그것을 사용할 수 있을 것이요, 다른 한편으로는 법성, 진리, 참나, 진여, 본향 등과 계합되는 무아적 행복을 위한 도구로 그것을 사용할 수 있을 것이다. 전자에서 성공했을 때 그것을 한 정신분석학자는 '포스'의 획득이라고 부른다. 그에 반해 후자에서 성공했을 때 그것은 '파워'의 창조라고 부른다. 이와 더불어 전자와 같은 언어의 사용을 '색으로서의 언어 사용'이라고 부를 수 있을 것이다. 그에 반해 후자와 같은 언어 사용은 '공으로서의 언어 사용'이라고 말할 수 있을 것이다.

거듭 말하지만 시인들은 보통 사람들과 동일한 언어를 도구로 사용한다. 그러나 그것이 출현하는 지점과 그것으로 만들어낸 세계는 전혀 다르다. 보통 사람들의 언어 사용이 자아중심성에서 비롯하여 인간의 삶을 방어한다면 시인들의 언어 사용은 성찰과 초월의 자리에서 생성되어 인간의 삶을 해방시킨다. 방어와 해방, 이 양자 사이를 오고 가며 도구로서 사용되는 것, 그것이 인간의 언어이다.

13. 시, 인간으로서 인간을
넘어서는 길

인신난득(人身難得), 이것은 불교에서 인간의 몸을 받기가 얼마나 어려운가를 말할 때 쓰는 표현이다. 그리고 인간의 몸을 받은 것이 왜 중요한가를 말하기 위하여 사용하는 표현이기도 하다. 이 표현 속에는 무시무종(無始無終) 이어져온 이 무한 우주 공간에서 한 존재가 연기에 의하여 인간으로 태어났다는 사실의 희유함과 소중함이 어떤 것인지를 알려주고자 하는 의미가 들어 있다. 물론 그렇다고 해서 다른 존재들을 제외시키고 인간 존재만을 우월한 지위에 차별적으로 올려 놓고자 하는 것은 아니다. 불교는 우주 만유의 평등성을 보고 이들 만유가 모두 불성의 나툼이며 상호 연관된 것임을 보고 있기 때문이다. 그럼에도 불구하고 불교는 인간이 지닌 매우 독특한 특성에 주목하고 그것을 소중히 여긴다. 그것은 인간이라는 존재는 여타 중생들과 달리 그 특성상 '상구보리 하화중생'을 할 수 있는 해탈과 자비의 능력을 뚜렷하게 지니고 있다는 것이다. 불교는 이것을 가리켜 실제로 이 우주 속에서 인간으로 태어나는 것도 어렵거니와, 그 인간으로 태어나 불법을 만나고 깨달음에 이르는 것도 너무나 어려운 일이지만, 그렇더라도 그 가능성은 인생 속에 놓여 있는 것이라고 말한다.

불교는 이와 같은 인간 모두에게 부처가 될 성품이 본래부터 잠재해 있음을 선언한다. 인간 모두가 이처럼 부처의 성품을 지니고 있다는 선언은 인간들에 대하여 가질 수 있는 최상의 믿음이며 인간들에게 전해 줄 수 있는 최고의 복음이다. 더욱이 인간이란 본래가 부처 성품 그 자체인데 무명(無明) 때문에 자신의 진면목을 오인하고 살아간다는 '인간 부처 선언'이야말로 인간 긍정의 최대치라 할 수 있다. 불교는 인간들이란 이와 같기 때문에 수행만 한다면 자기 안의 중생성을 극복하고 성불할 수 있다고 믿는다. 그리고 다른 사람의 중생성까지 구원하는, 이른바 중생 제도의 길도 갈 수 있다고 믿는다.

불교에서는 편의상 중생의 삶을 무명에 의한 현상적 '가아(假我)'의 삶으로, 부처의 삶을 깨달음에 의한 실상인 '참나'의 삶으로 구분한다. 그리고 전자에서 후자로의 전변과 도약을 인생의 궁극적 목적으로 설정한다. 이것을 가리키는 말에는 여러 가지가 있다. 이고득락(離苦得樂)의 삶, 전식득지(轉識得智)의 삶, 전미개오(轉迷開悟)의 삶, 지악수선(止惡修善)의 삶 등이 바로 그것이다.

이런 관점에서 볼 때, 인간은 인간으로서 인간을 넘어설 수 있는 존재이다. 인간은 세속적 성공도 꿈꾸지만 그보다 더 강하게 참나의 향상과 성공을 꿈꾸는 붓다의 자녀들이다. 이와 같이 세속적 성공만을 꿈꾸던 사람이 참나의 삶을 꿈꾸며 성불을 향한 길로 몸을 돌렸을 때, 불교는 그것을 가리켜 '입류(入流)'에 들었다고 표현한다. 삶의 방향 전환이 일어난 것이다. 동쪽으로 가던 사람이 서쪽으로 가게 된 것이다. 무명의 삶을 살던 사람이 각자(覺者)의 삶을 살게 된 것이다. 탐진치의 삶을 살던 사람이 청정한 삶을 살게 된 것이다.

물론 이런 전변은 단번에 성취되지 않는다. 그리고 그 심층 구조를 온전하게 파악하기도 쉽지 않다. 그러나 인간들은 그것의 성취를 위해 길을 떠나고자 하는 본성을 가지고 있으며, 중생적인 삶 속에서도 뭔가 자신의 삶을 고양시켜야 한다는 내면의 소리가 들리는 것을 경험한다. 이와 같은 점 때문에 인간들은 인간으로서 인간을 넘어설 수 있다. 그리고 그 한가운데에 참다운 의미에서의 종교가 있고, 예술이 있으며, 시가 있다.

시인들은 시를 통하여 인간의 세속성을 넘어서고자 한다. 세속이란 모든 존재가 자아의 생존욕에 집착하여 자신의 이익을 앞에 놓고 다투며 거래하는 현장이라면 시인들은 이 세속의 한가운데서 그것을 아주 조금만이라도 넘어서 보고자 애쓰는 인간 향상 운동의 선도자들이다. 말할 것도 없이 시는 종교와 같은 단호한 힘과 그 힘에서 비롯되는 성스러움과 숭고함 그리고 비장함을 갖지 못한다. 그러나 세속의 한가운데에 있으면서도 그 세속을 넘어서고자 하는 소망을 남달리 크게 지니고 있다는 점에서 시인들은 종교인과 같은 '입류'의 사람들임에 틀림이 없다.

'입류'의 길을 가지 않으면 시인의 언어는 울림을 만들어낼 수 없다. 탐진치의 정도가 감해지는 만큼 시인의 언어는 울림을 크게 한다. 그리고 수행의 정도에 비례하여 시인의 언어는 울림이 강해진다. 그러므로 시인들은 늘 자신의 길을 점검해야 한다. 아상의 만족을 위한 탐진치의 언어라면 그 언어는 자신에게만 이로울 뿐 다른 사람들에게 감동을 줄 수 없다. 문체가 곧 사람이라는 말처럼 시는 곧 사람이다. 그가 들어선 길, 그가 나아간 길, 그가 지닌 길, 그가 닦은 길만큼 그의 언어는 그에 걸맞은 빛과 향과 소리를 낸다. 누가 뭐래도 시는 자기 삶의 반영이다. 자기 존재에서 흘러 나오는 파장이며 기운이다. 그 누구도 작위에 의해서는 제대로 된 시를 쓸 수 없다. 작위는 그것이 아무리 멋진 외형을 하고 있다 하더라도 생기 없는 조화처럼 무력하다.

인간이 인간을 넘어서는 길에 시는 위와 같은 역할로서 중요한 지위를 갖는다. 만약 이 땅에 시가 살아 있고, 사람들이 시를 존중하고 사랑한다면 그것은 시가 인간을 넘어서는 길에 매진하여 성공 가도를 가고 있다는 뜻이다. 사정이 이와 같기에 시인들은 한순간도 타협하거나 퇴행할 수 없다. 그들이 타협하거나 퇴행한다면 시에 대한 세상의 관심과 애정은 금세 식어버릴 것이다.

시가 종교는 아니지만 시는 종교에 버금가는 '입류'의 길을 가고 있다. 이 길의 선두에 출가자들이 있다면 그들과 같은 길에 시인들이 있다. 시가 입류의 길에서 내는 마음은 공심(公心)이다. 이 공심은 자아를 끝없이 무(無)로 돌림으로써 만들어지는 자아 확장의 마음이다. 그리고 그 공심의 마지막 지점에 공심(空心)이 있다. 이 공심(空心)에선 시의 언어가 그대로 청정하다. 그 언어는 인간을 부처의 자리로까지 들어 올린다. 인간이 인간을 넘어설 수 있는 최고의 순간이 여기에 있는 것이다.

인간에게 인간을 넘어서고자 하는 소망이 있는 한, 시인도, 시도 계속하여 존재할 것이다. 그리고 인간이 인간을 넘어서는 것이 결코 쉽지 않은 과업이기에 시와 시인이 해야 할 일과 가야 할 길은 언제나 지난한 것일 수밖에 없다. 그러나 인간이 인간을 넘어서고자 하는 이 아름다운 소망 때문에 인간들의 세상은 영 어둡지만은 않을 것이다. 또한 인간들이 인간을 넘어서는 일이 한계 속의 것일지라도 그 지향성과 추동력이 있기 때문에 삶은 늘 역동적일 것이다.

인간으로 태어난 보람이 인간임을 넘어서 보는 데 있다면 시는 그런 보람을 앞장서서 보여주는 대표적인 양식의 하나인 것이다.

14. 시, 야단(野壇)의 법회,
법석의 법담(法談)

　　시는 자유의 언어이고 일탈의 언어이다. 수많은 금기에 바탕을 두고 질서 있게 구축된 세상에서 시는 위반을 꿈꾼다. 그러나 그 자유와 일탈과 위반은 이유 없는 저항이거나 의미 없는 질주가 아니라 처처에서 어떻게 하면 우리가 '참나'로서 살아갈 수 있는가를 모색하는 일이다. 이와 같은 시의 세계는 언제나 야단에 있다. 야단이란 불교적 전거를 가지고 있는 말로서 법당 바깥에 대중들을 위하여 마련된 야외 법단을 가리킨다. 이 야단이라는 말을 불교적 함의 너머로 좀더 확장하여 사용한다면 제도권 바깥의 야인들이 모이는 곳, 자유로운 영혼들이 자발적으로 모여드는 곳, 언제든지 만들어졌다 사라지는 자유무대 같은 곳이라 할 수 있을 것이다. 시인들은 우리가 사는 세상에서 이 야단을 만들고 그곳을 중심으로 하여 '참나'의 소리를 소통시키고자 하는 드문 사람들이다.

　　출가에는 두 가지가 있다. 하나는 신출가(身出家)이고 다른 하나는 심출가(心出家)이다. 물론 가장 바람직한 것은 신출가와 심출가를 병행하는 것이지만 군이 둘 중의 한 가지를 택하라면 심출가가 우선일 것이다. 출가란 한마디로 말하면 중생심을 버리고 불심을 택하는 일이다. 색신만을 보던 사람이 법신을, 사심의 삶을 살던 사람이 공심의 삶을, 분리된 마음을 쓰던 사람이 일심의 마음을 쓰는 길로 가고자 할 때 그것을 가리켜 우리는 출가라고 부른다. 그런 점에서 출가는 세속의 집과 세속의 마음으로부터 나가는 일이다.

일반적으로 스님들은 신출가와 심출가를 함께 한 사람들이다. 그에 비해 재가신자들은 심출가를 꿈꾸거나 그것을 실천하는 사람들이다. 스님들이 모여 사는 공동체를 승가라고 한다. 재가신자들은 이 스님들처럼 따로 승가를 구성하여 살아가지는 못하지만 승가에서 법회가 벌어지면 야단에라도 자리를 들여 승가의 기운을 전달받고자 하는 사람들이다. 그렇다면 시인들은 어떤 사람들인가. 그들은 분명 스님이 아니고, 또 형식상 재가신자의 모습을 하고 있는 것도 아니지만, 이런 외적 사실과 관계없이 시인들이란 심출가의 반열에 들어선 사람이라 할 수 있다. 심출가를 하지 않고는 중생심을 기저로 하여 구축된 세속 사회에서 누구도 자유와 참나를 말할 수 없다. 그리고 중생계를 물들이고 있는 탐진치를 정화시킬 수 없으며, 중생계의 문법에 도전할 수 없다.

이런 점에서 시인들은 야단에서 법회를 갖는 사람들이다. 그들이 모인 곳은 법단이 되며, 그들이 모이는 일은 법회가 되는 것이다. 우리는 보통 시인들이 활동하는 무대를 가리켜 시단이라고 칭한다. 시단이란 물리적으로 존재하는 어떤 것은 아니지만, 그 보이지 않게 형성된 무대에서 시인들은 야단의 법회와 같은 행위를 지속하고 있다. 그들이 시를 쓰는 일, 시를 발표하고 시집을 출간하는 일, 그들 사이에 시작의 분위기가 형성되는 일, 그들이 시에 관해 이야기를 나누는 일 등이 모두 야단의 법회와 같은 일들이다. 이런 시단은 아무에게나 열려 있는 것이 아니어서 시인으로 받아들이기 위한 '등단 제도'를 두고 있다. 단에 오를 수 있다는 의미에서의 '등단'이란 무엇인가. 달리 말해 법회에 참여할 수 있는 자격이란 무엇인가. 그것은 한마디로 말하여 심출가를 했느냐의 여부이다. 시는 물론 언어로 쓰여지는 것이지만 심출가를 하지 않은 자의 언어는 무력하다. 그 언어는 제아무리 외양이 화려해도 공심을 열어 보일 수 없으며 일심을 작동시킬 수 없고, 중생의 징표인 탐진치를 정화시킬 수 없다.

재가에 몸을 두고 있지만 심출가의 살림살이를 하는 사람, 그들이 시인들이다. 그리고 그들이 마련한 무대가 야단이며 거기서 벌어지는 시작 행위가 법회이다. 법회에선 법을 찾고 법을 나누며 법을 실천하는 일이 중심을 이룬다. 할 수 있는 데까지 심출가자의 삶을 증장시켜 나아가며 그 자리에서 생성되는 언어를 공양하는 것이다.

야단에 마련된 이 법회는 그런 점에서 법석이 된다. 그리고 그 법석에서 나오는 말들은 법담이 된다. 우리가 사는 공간은 거기에 누가 무슨 생각을 갖고 있느냐에 따라 세속의 공간이 되기도 하고 법석의 도량이 되기도 한다. 또한 거기서 무슨 말을 하느냐에 따라 세속 언어가 나오기도 하고 법담이 창출되기도 한다. 세속적 공간과 세속적 언어는 자신만을 이롭게 하려는 시비 분별의 언어이자 공격과 방어의 언어이다. 그에 비해 도량의 언어와 법석의 법담은 우주 만유를 이롭게 하려는 자비와 해방의 언어이다.

수행자에게도 수준의 차이가 있듯이, 시인들에게도 수준의 차이가 있다. 심출가를 결심한다고 해서 그 진전이 생각처럼 금방 이루어지는 것은 아니다. 끝도 없는 정진 속에서 우리의 마음은 조금씩 넓어지고 밝아지며 맑아지는 것이기에 시인들의 언어는 언제나 차이가 있고, 한 시인의 시인 생활 속에서도 그 차이는 감출 수 없다.

시인들이 이 세속 사회에서 '다른 말'을 사용할 수 있는 것은 그들이 이 '심출가'의 반열에 들어갔기 때문이다. 마음이 달라지지 않고는 말이 달라질 수 없다. 불교는 우리의 행위를 신구의(身口意) 삼업(三業)이라는 말로 총괄하며 구체화시키곤 하는데 이 세 가지 가운데 가장 근원적인 것은 마음인 의업이며, 그다음으로 구업과 신업이 잇따른다. 여기서 구업은 말할 것도 없이 언어 행위를 가리킨다. 우리의 이 언어 행위는 그 저변에 의업을 지니고 있다. 심출가란 먼저 이 의업을 새로이 한다는 뜻이다. 공심과 일심의 참뜻을 깨치고 '참나'의 삶을 살겠다는 각오가 그것이다. 이 방향 전환 속에서 우리의 의업은 밝아지고 맑아지기 시작한다. 그리고 그에 따라 우리의 언어도 밝아지고 맑아지기 시작한다. 이런 밝음과 맑음을 지닌 언어를 법담이라고 한다면 시의 언어가 세속 사회에 주는 참다운 영향력은 법담의 힘을 전해주는 일이다.

언어는 존재를 살릴 수도 있고 시들게 할 수도 있다. 중생심과 탐진치가 가득한 세속의 언어는 존재를 피폐하게 만든다. 그런 언어를 사용하여 누군가를 이기고 자신을 지켰다 하더라도 그 언어의 그림자는 작지 않다. 시인의 언어는 이런 언어를 넘어서려고 하는 데 그 공덕이 있다. 법담이라 불릴 수 있을 만큼 밝고 맑은 언어로 세계와 존재를 살려내고자 하는 것, 다시 말해 '참나'의 삶 속에서 사람들이 자유와 평화를 누리도록 이끌고자 하는 것, 그것이 시인의 언어가 가고자 하는 길이다.

시인들이 만드는 야단, 그들이 벌이는 법회, 그들이 창조하는 법석과 법담은 세속 사회 속의 오아시스이자 녹색지대이다. 그러므로 시인이 없는 세상도, 시인들이 타락한 세상도 난감하기는 마찬가지이다. 지금 우리 시단에서는 양적으로 크게 증가한 수많은 시인들이 활동을 하고 있다. 그러나 그 숫자가 시단의 수준을 그대로 반영하는 것은 아니다. 그것이 비록 시의 형태를 지니고 있다 하더라도 심출가가 이루어지지 않은 자의 언어는 세속 언어와 다를 게 없기 때문이다. 시의 타락과 무력함은 이 세속 언어의 증가에 원인이 있다. 우리의 시인들은 자신의 내면을 한 번쯤 엄격하게 점검해볼 시점에 있다. 그것이 제대로 되어야만 점점 가중되는 세속 사회의 압력을 이겨낼 수 있고 시인으로서의 위상을 지켜갈 수 있을 것이다.

제2부

시경심경(詩經心經)

1. 시, 반야지혜(般若智慧)를 증장하는 길

시에서도, 삶에서도 문제는 지혜이다. 지혜의 눈이 열리지 않는 한 시도, 삶도 오리무중이다. 내가 왜 시를 써야 하는지, 내가 왜 살아야 하는지, 만약 시를 써야 한다면 어떻게 써야 하는지, 그리고 삶을 살아야 한다면 어떻게 살아야 하는지 등등, 그야말로 수많은 문제들이 어둠 속에 그대로 있다. 그렇더라도 이 어둠 속에서 시쓰기도, 나날의 삶도 계속되기는 한다. 그러나 이때 인간들이 할 수 있는 것이란 고작 누대에 걸쳐 형성된 본능과 사회적 관습에 의존하는 것 정도다. 생존욕을 기반으로 형성된 누대의 본능은 배운 바 없이도 작동하고, 태어나서 습득한 사회적 관습은 이유를 묻고 이해를 하기 이전에 제2의 본능처럼 작용한다. 한마디로 말한다면 지혜가 없을 때 인간들은 본능적인 습(習)과 사회적인 습에 의하여 자동적이며 습관적인 삶을 살아 나아가는 것이다.

지혜의 눈은 그 단계가 한량없어 불교에서는 지혜의 안목을 육안,

천안, 혜안, 법안, 불안 등으로 구분하여 단계적으로 말한다. 육안은 보통 사람들의 자동적이며 습관적인 지혜이다. 그리고 여기서 꾸준히 더 발전할 경우 인간들의 안목은 여러 단계를 거쳐 마침내는 붓다의 안목인 불안(佛眼)에까지 나아갈 수 있다는 것이다.

반야부 경전 중의 핵심 경전이며 우리나라의 사찰이나 법회에서 가장 널리 독송되기도 하는『마하반야바라밀다심경』, 즉『반야심경』에서 핵심을 이루는 것은 반야지혜이다. 지혜 가운데 가장 수승하다는 지혜가 바로 반야지혜인데 이것은 존재와 세계의 실상을 온전하게 볼 수 있는 지혜를 말한다. 이 반야지혜가 갖추어진다면 그는 불안을 가진 것이나 마찬가지일 것이다. 왜냐하면 모든 것의 실상을 낱낱이 관할 수 있는 눈을 갖고 있는 것이기 때문이다. 존재와 세계의 온전한 실상을 볼 수 있다는 것은 얼마나 어려운 일인가. 그러나 그 세계를 상정한다는 것은 얼마든지 있을 수 있는 일이고, 그 경지에 도달하기 위한 인간의 노력은 그 자체로서 가치가 있다. 이렇게 볼 때 시의 목적도, 삶의 목적도 지혜를 성장시켜 나아가는 데 있다. 시라는 인간적 행위를 통하여, 삶이라는 인생 여정을 통하여 우리는 보다 수승한 지혜를 증장시켜야 한다. 지혜의 눈이 열리지 않고, 그 지혜가 성장하지 않는다면 시도, 삶도 진부해지고 답보 상태에 빠진다.

그렇다면 어떻게 이 지혜의 눈을 열고 그것을 성장시켜 나아갈 수 있을까. 불교는 이에 대해 수많은 방법과 방안들을 제시한다. 어찌 보면 불교 수행의 역사는 이 방법과 방안들을 탐구하고 그것을 실천하며 지혜 증득의 길을 열어온 시간들이라 할 수 있다. 삼법인, 사성제, 12

연기, 팔정도, 육바라밀, 사무량심, 사섭법, 37조도품, 간경, 염불, 주력, 기도, 화두 등 그야말로 수많은 방법들이 다 지혜 증득과 지혜 증장을 위한 공부법으로 제시되었다. 이것은 산의 정상에 오르는 길이 무수하게 많을 수 있듯이 시공의 차이에 따라, 문맥과 시대의 차이에 따라, 그리고 개별적인 차이에 따라 다양하게 나타난, 최고의 지혜에 이르는 길들이다.

어쨌든 지혜의 눈이 열리지 않는다면 시도, 삶도 '카르마'의 활동으로 그친다. 이 '카르마'의 활동은 타인에게 호기심은 줄 수 있을지언정 그를 지혜에 이르게 하거나 참다운 일심의 감동에 도달하도록 하기는 어렵다. 그리고 '카르마'의 힘은 조건과 맥락에 따라 수시로 변하는 것이어서 시공을 초월한 보편성이나 영원성을 지니기 어렵다.

한국 선불교의 서양 전파에 지대한 공헌을 한 숭산 스님은 인간과 그들의 삶을 다음과 같은 다섯 단계로 구분하여 제시하였다. 첫 단계는 소아(small I)와 그에 의한 삶, 둘째 단계는 업아(karma I)와 그에 의한 삶, 셋째 단계는 무아(nothing I)와 그에 의한 삶, 넷째는 묘아(freedom I)와 그에 의한 삶, 그리고 다섯 번째 단계는 대아(big I)와 그에 의한 삶이다. 이것은 지혜의 안목이 열리는 단계에 따라 인간 존재와 그 삶이 어떻게 변모하게 되는가를 일목요연하게 보여준 것이다. 이에 따른다면 인간들이 쓰는 시도, 그들이 사는 삶도 이 다섯 단계 중의 어느 지점에 놓여 있거나 그것을 가리키고 있을 것이다. 외적으로 보면 똑같이 언어를 사용하고 나날의 삶을 살아가지만 그 내적 구조와 모습은 이러한 차이를 간직하고 있는 것이다.

반야지혜가 온전하게 성취되면 시도, 삶도, 위의 다섯 단계를 다 관조하면서 마지막 단계인 대아가 되어 그러한 시와 삶을 구현할 수 있을 것이다. 그때 시인은 참다운 의미에서의 '견자(見者)'가 되고, 그는 시로써 시경(詩經)이자 심경(心經)을 창출해낼 수 있을 것이다.

이렇게 볼 때 시인은 '눈 밝은 자'이다. 그리고 세상에 '진리의 광명'을 드러내주는 자이다. 반야지혜를 갖춘 자가 볼 수 있는 존재와 세계의 온전한 실상을 진리라고 말할 수 있을 터인데, 불교에선 이것을 진여, 법성, 도, 성품, 본래자리, 본심, 진심, 본지풍광, 본래면목, 부처, 일심 등과 같은 말로 표현하기도 한다.

지혜의 크기만큼 시에서도, 삶에서도 광명이 창조된다. 광명이란 방금 위에서 언급한 실상의 본모습이다. 그리하여 지혜의 언어가 발현되면 그 언어는 시와 삶을 밝힌다. 그리고 지혜의 향기 속에서 다시 언어의 향기와 시의 향기가 창조된다. 불교는 지혜의 향기를 '혜향(慧香)'이라고 말한다. 그렇다면 이 지혜의 향기 속에서 창조된 시의 향기는 '시향(詩香)'이 될 것이다. 시의 향기는 인간들이 만들어낼 수 있는 최고의 심향(心香)이자 언향(言香)이다. 시가 우리들의 세상에서 존중받고 또 그럴 만한 가치가 있다면 시가 내놓는 이 향기 때문일 것이다.

시는 아무렇게나 쓰이지 않는다. 또한 참다운 시인 생활은 아무나 할 수 있는 것이 아니다. 그 속에 지혜의 눈이 열리고 그것이 성장해 나아가지 않는다면 시는 외형만의 시이고 시인 또한 이름만의 시인일 뿐이다. 이와 같은 시와 시인은 세상에 심향과 시향을 내놓을 수 없다. 그리고 향기가 없는 꽃을 나비도 벌도 찾아가지 않는 것처럼, 이런 향기가 부재하는 시는 외로울 뿐이다.

그런 점에서 지혜의 증장은 너무나도 중요한 일이다. 이것을 시와 삶의 본질로 삼지 않는다면 시도, 삶도 힘을 얻지 못할 것이다. 그리고 언어도 삶도 빛을 발하지 못할 것이다.

2. 시, 바라밀을 행하는 길

바라밀의 범어는 파라미타이다. 이 파라미타를 음사(音寫)한 것이 '바라밀' 혹은 '바라밀다'이다. 바라밀이란 우리가 '이 언덕'에서 '저 언덕'으로 건너는 길, 차안에서 피안으로 도달하는 길이란 뜻이다.

그렇다면 이 언덕 혹은 차안으로 불리는 세계는 어떤 곳인가. 그리고 저 언덕 혹은 피안으로 불리는 세계는 또한 어떤 곳인가. 전자는 '무명(無明)'을 타파하지 못한 자들이 살아가는 욕계, 사바세계, 중생계, 세속 사회를 가리키며, 후자는 이 무명을 깨뜨린 자들이 도달하는 불계, 극락세계, 탈속 사회, 해탈과 열반의 세계 등을 가리킨다. 밝지 못하다는 뜻의 '무명'이란 '참나' 혹은 '진리의 실상'이 무엇인지를 모르는 사람들이 오직 맹목적 생존욕과 배타적 자아의식에 의하여 이기심을 중심에 두고 업식에 따라 이전투구하는 것으로, 고제(苦諦)의 원천이 된다. 그러니까 이 언덕은 언제나 고제가 지배하는 고통의 땅이다.

이와 같이 고제가 지배하는 이 언덕 혹은 차안의 세계에서 사람들은 두 가지 길을 꿈꾼다. 그 하나는 무명을 그대로 안고 사는 길이요, 다른 하나는 이 무명을 깨뜨리고 피안의 세계로 나아가려는 수행의 길이다. 인간들은 전자의 길에서 크나큰 위력을 드러낼 수도 있고, 후자의 길에서 남다른 위신력을 드러낼 수도 있다. 전자의 길에서 성공한 대가가 세속적 쾌락을 얻는 대신에 윤회고(輪廻苦)를 감당하는 것이라면 후자의 길에서 성공한 결실은 더 이상 세속적 고락에 지배당하지 않는 해탈과 열반의 세계이다.

그럼에도 불구하고 중생들에게 이 언덕 혹은 차안에의 유혹과 매력은 상당히 크다. '나만이 살겠다', '인간만이 살겠다'는 욕망은 불길처럼 타오르며 그 욕망의 성취는 개인사를 장엄(莊嚴)하고 인간사를 장엄하는 것으로 생각된다. 지금 이 세속 사회는 개인과 인류가 온통 그들의 확장과 성공을 위하여 매진하는, 그 어느 때보다 격렬한 욕망과 투쟁의 장이다. 그리고 그 결과 개인도, 인류도 상당한 세속적 발전과 성공을 성취한 것으로 평가되고 있다.

그러나 세속 사회에서의 성공은 그것이 개인의 것이든 집단의 것이든 그 속에 '그림자'를 품고 있다. 그것은 탐진치의 독소가 중심에 놓여 있는 성공이기 때문이다. 달리 말하면 '무명'을 온전히 깨뜨리지 못한 가운데 이루어진 성공이기 때문이다. 또 달리 말하면 상(相)을 중심에 두고 이루어진 성공이기 때문이다.

이 세속적 성공은 데이비드 호킨스의 말을 빌리면 '포스'를 낳는다. 포스는 인간의 생존욕을 중심에 두고 만들어지는 힘이다. 그것은 인간들로 하여금 마음의 무릎을 꿇게 하는 것이 아니라 신체의 무릎을 꿇게 하는 것이고, 그 힘은 효용가치가 있을 때까지만 유효한 한시적이며 가변적인 것이다. 이와 같은 세속적 힘으로서의 '포스'에 대비되는 힘은 '파워'라고 불린다. 파워는 인간의 불성, 법성, 일심, 본성, 진심 등에 닿음으로써 사람들로 하여금 '하나'가 되는 데서 오는 마음의 무릎을 자발적으로 꿇게 하는 힘이다. 파워의 힘은 끝 간 데가 없고, 그 힘은 무한이며 불변의 것이다.

삶의 현실을 조금만 깊숙이 들여다보는 사람이라면, 그가 시인이든 보통 사람들이든 이 언덕 혹은 차안의 삶을 넘어 저 언덕 혹은 피안의 삶으로 가고 싶은 마음의 물결이 자신의 몸속에 살아 있음을 느끼게 된다. 그리고 저 언덕 혹은 피안으로 가는 길을 모색하게 된다.

불교는 육바라밀 혹은 십바라밀을 설정하여 인간들이 이 언덕의 삶으로부터 저 언덕의 삶으로 건너가는 길을 제시하고 있다. 보시 바라밀, 지계 바라밀, 인욕 바라밀, 정진 바라밀, 선정 바라밀, 지혜 바라밀의 여섯 가지가 육바라밀의 목록이고, 여기에다 방편 바라밀, 원(願) 바라밀, 역(力) 바라밀, 지(智) 바라밀의 네 가지를 더하여 십바라밀이 된다. 바라밀 수행 방법이 어디 이뿐이겠는가. 더 많은 목록을 제시할 수 있을 것이다. 그러나 한 가지 기억해야 할 것은 이 모든 목록들이 모두 유아를 무아로, 개아를 비아로, 상대를 절대로, 부정을 긍정으로, 분별을 원용으로, 시비를 평등으로, 유한을 무한으로, 개체를 우주로 전변시키는 방식이란 점이다.

시인들은 왜 시를 쓰는가. 그리고 독자들은 왜 시를 읽는가. 자아와 인간의 우월감을 드러내고자 하는 세속적 욕망이 그 속에 부재하는 것은 아니지만, 심층을 들여다보면 시가 인간 사회에 존재하는 까닭은 그것이 매우 간절한 '바라밀행'이기 때문이다. 시와 시인들은 끊임없이 이 언덕에서 저 언덕으로 넘어가고자 한다. 자신을 깨어 있게 하고, 시방을 향해 열어놓음으로써 이 언덕에서 짓눌리고 숨막히는 고통을 벗어나 자유와 하나 됨의 세계로 가고자 하는 것이다. 그런 점에서 시인들은 그마다의 바라밀행 목록을 이 땅에 내어놓는 사람들이다. 이렇게 해보니까 저 언덕으로 가까이 가게 되더라고, 또한 저렇게 해보니까 저 언덕이 가까워지더라고 우리에게 강 건너는 방법을 알려주는 사람들이다.

　좋은 시는 그것이 어떤 것이든 우리를 이 언덕의 고통스러운 삶으로부터 저 언덕의 해방된 삶으로 이끄는 힘을 갖고 있다. 이 언덕의 삶으로부터 저 언덕의 삶으로 가는 길이 멀고 험한 것이라도, 그 길의 밝음과 기쁨을 본 시인들은 이 순례를 멈출 수가 없다. 그러므로 수많은 시인들이 지금까지 그 수를 헤아릴 수 없을 만큼의 수많은 작품들과 언어들로 저 언덕을 가리키며 그리워하였다. 그리고 그 강을 건너는 방법에 대하여 귓속말을 전해주었다. 그러나 불교에서 말하듯이 바라밀행은 수많은 생을 두고 계속되어야 할 장기적인 과제이다. 마찬가지로 시인들의 시쓰기를 통한 바라밀행 역시 서두르지 않는 수행처럼 무한 속에서 계속될 수밖에 없는 장기 과제이다. 그렇더라도 우리는 그 속에서 바라밀행이 익어갈수록 어둠의 농도가 얕아지는 무명의 달라진 모습을 볼 수 있고, 그 무명의 달라진 모습만큼 우리들의 삶에 깃드는 청정함과 광명의 기운 속에서 가던 길을 계속하여 가게 되는 힘을 얻을 수 있다.

3. 시, 시경(詩經)을 창조하는 길

인류의 지혜서를 총칭하여 '경전'이라는 말을 붙인다. 시가 이와 같은 경(經)이 될 수 있을까? 여기서 '경'이란 '날줄'을 뜻한다. '날줄'은 존재와 세계의 체(體)이다. '체'는 한 존재와 세계를 지탱하고 유지하는 우주적 근간이다. 그것은 전체 혹은 전체성에 대한 통찰에 의해서만 가능한 본래면목이다.

이런 '경'은 지혜 혹은 진리의 차원에 속한다. 나의 아상(我相)이 만들어놓은 산물이 아니라 나의 아상 이전에, 또는 그 너머에, 아상을 가로질러 존재하는 여여(如如)한 세계이다. 이 세계를 달리 말해 '도(道)'의 세계라고 할 수 있을 것이다.

'도'란 무엇인가. 말 그대로 그것은 '길'이다. 길은 우리를 목적지로 인도해주는 세계이자 우리가 걸어가는 여정 자체를 진리가 될 수 있도록 만들어주는 세계이다.

시가 경이 될 수 있을까라는 물음은 시를 '술(術)'이나 '테크닉' 혹은

'소질'의 일종인 예술(藝術)로 생각해온 사람들에게 너무 무겁고 심각한 질문으로 여겨질지 모른다. 시를 아상 혹은 그에 기반한 소아적 개성의 발현으로 간주해온 사람들에게도 이런 물음이야말로 상당히 난처한 것으로 여겨질 수 있을 것이다. 특히 개인과 개성의 발견 및 구현을 인생사의 최고 성과이자 성취로 여겨온 근대적 인간들에게 이런 질문은 낯설기만 할 것이다.

그러나 경의 세계를 탐구하지 않는 시, 경의 세계를 체득하지 못한 시, 경의 세계를 통과하지 않은 시는 내가 누구이며 내가 어디에 있는지를 평등한 자리에서 관하지 못한, 조금 거친 표현을 하자면 '사적 언어'의 한 형태이다. 그 언어가 제아무리 간절하다 하더라도 그것은 개인의 자리에서만 절실한 '사적 언어'의 형태를 넘어서기 어렵다. 그리고 이와 같은 '사적 언어'에 공감하는 사람이 아무리 많다고 하더라도 그것은 파장이 동일한 사람들끼리의, 이른바 자아중심적 유아(有我)의 공감 형태이기가 쉽다.

지금까지 우리 현대시에서는 개인과 개성과 자유의 이름으로 시인들에게 어찌 보면 과도할 정도의 '사적 언어'가 허용되었다. 그들은 개인과 개성과 자유의 가치를 중심에 놓고 자신들이 만든 주관적인 상(相)을 별다른 제재나 긴장 없이 손쉽게 드러내곤 하였다. 그 결과 시단도, 세상도 '화려함'의 극치를 이루었지만 그들의 언어가 장엄한 세계는 '장엄'의 온전한 뜻을 살려낼 만큼의 깊이와 울림을 지니기 어려운 경우가 많았다. 말하자면 그들은 개인적인 말을 뿜어내는 데 열중하는 만큼 존재와 세계의 근원을 성찰하고 돌아보는 데 공을 들이지 않았던 것이다. 그 결과 오직 '회광반조'라는 말이 가리키듯이 우리의 눈길을 안으로 돌려 비춰봄으로써만 가능한 '경', '도', '진리', '체' 등의 세계와 만나는 데 성공하지 못하였던 것이다. 이처럼 날줄인 경을 중심에 두지 않은 언어는 그것이 아무리 계속되어도 씨줄만으로 옷감을 짜는 일처럼 어수선하고 무질서하다. 열심히 언어를 바깥으로 내놓았지만 그 언어가 길을 잃은 꽃잎처럼 난분분한 것이다.

다들 아시겠지만 '경'은 『금강경』에서 사상(四相)이라 일컫는 것들, 즉 아상(我相), 인상(人相), 중생상(衆生相), 수자상(壽者相)이 부재할 때 드러난다. 나와 인간이 세계의 중심이며 나와 인간들의 말이 곧 법이라고 생각하는 자기중심적이며 인간중심적인 삶 속에선 '경'이 드러나지도 보이지도 않는다. 그것은 주어가 없는 존재와 세계 속에 주어를 세우는 일과 동일하다. 또는 모든 것이 주어인데 나만 주어라고 주장하는 배타적 행위와 다르지 않다.

태초부터 지금까지 수많은 사람들의 삶은 아상중심주의 곧 중생심에 입각한 것이었다 해도 과언이 아니다. 소아와 업아의 지배를 벗어나지 못한 자기중심적이고 인간중심적인 편협한 삶이 생의 전부인 것이었다. 이런 삶은 나에게도, 너에게도 광명이 되지 못한다. 그 속의 언어는 언제나 주관을 중심에 두고 이루어진 암산의 결과이기에 오산이고 오답이었던 것이다. 이와 같은 사적이며 주관적인 암산은 법계의 공정하며 평등한 계산과 맞지 않으므로 항상 그 속에는 '고통'과 '그림자'가 따라다닌다. 그러고 보면 경이 부재하는 우리의 주관적인 계산에 의한 삶은 오류가 많고 오염이 짙다.

그렇다면 어떻게 해야 청정한 삶과 언어가 가능할까. 신으로부터 인간이 독립하여 그 스스로를 신으로 삼고 산 세계가 근대이다. 신중심주의를 대체한 인간중심주의와 개인중심주의가 인류사 속에 탄생한 것이다. 이와 같은 인간과 개인에겐 무한의 자유와 권리가 주어졌고, 그들에게 요구된 것은 인간적, 사회적 의무뿐이었다. 이런 의무는 인간들끼리의 자의적인 규약이자 약속이었기에 그 정도나 범위가 인간사 내에 한정되어 있어서 너무나 좁다. 말하자면 인간 너머의 세계에 대한 의무가 주어지거나 자각되지 않았던 것이다. 이것을 달리 말한다면 근대의 인간과 개인들은 방금 '인간 너머의 세계'라고 표현한 '경'의 세계조차 무시하는 인간중심적인 정부와 제도와 문명을 구축하고 만 것이다. 그런 점에서 신중심주의 못지않게 근대의 인간중심주의와 개인중심주의는 큰 문제를 노정하였다. 인간중심주의에 바탕을 두고 만들어진 근대인의 삶과 노력은 유위법적인 문명 및 문화의 극단을 형성함으로써 무위법적인 세계를 억압하였던 것이다. 이것은 존재와 세계의 전체성을 보는 대신 인간만을 전경화(前景化)시켜 보고, 인간의 전체성을 보는 대신 개인만을 전경화시켜 본 까닭이다. 그런데 문제는 전체성을 보는 안목과 통찰이 부재하는 상태에서 이룩된 문명과 문화는 그 문명과 문화의 크기 및 높이에 비례하는 '어둠'을 반드시 동반하고 있다는 것이다. 그것도 문명과 문화가 가속도를 내면 낼수록 그 '그림자'가 커진다는 것이다.

　　근대의 인간중심주의와 개인중심주의에 힘입어 인간들은 이 땅에서 겁 없이 자신들을 드러내는 만용을 부려보았다. 아견(我見), 아애(我愛),

아만(我慢), 아치(我癡)와 같은 이름으로 불리는 자아중심적이고 자아도 취적인 인간상에 취하여, 그들은 그들의 목소리를 세계의 한가운데에 발산하였던 것이다. 그러나 문제는 인간과 개인의 이름으로 제아무리 세계를 독자적으로 재편한다 하더라도 '경'으로서의 '무위법'의 세계이 자 '전체성'의 세계는 소리 없이 이들을 무화시킨다는 것이다. 그리고 그와 같은 삶이 영위되는 한 인간고(人間苦)는 사라지지 않는다는 것이 다. '경'을 무시한 삶을 무명의 삶이라고 부를 수 있다면, 그러한 삶은 역방향의 노선 버스를 탔거나 기분에 따라 아무 버스에나 올라탄 것처 럼 가면 갈수록 본질로부터 멀어지는 위험성을 감수해야 하는 일이다.

1908년 『소년』 지에 발표된 최남선의 「해에게서 소년에게」를 근대 시의 첫 출발점으로 본다면 우리 근대시의 역사는 100년을 넘은 셈이 다. 또한 갑오경장으로부터 근대인의 삶이 비롯된 것으로 계산한다면 이 땅의 근대적 삶의 역사는 120여 년이 된 셈이다. 그간 우리는 인간 과 개인의 이름으로 참으로 엄청난 성과를 이루었다. 달리 말하면 자유 와 욕망의 힘으로 놀랄 만한 성과를 선보였다. 인간 정부와 개인 정부 는 세계를 압도한 듯하였고, 사람들은 일체의 것들을 소유하며 소비할 수 있는 주체처럼 자신만만해했다. 그들은 세계와 더불어 그 속에서 살 기보다 세계를 지배하며 그 위에서 살고자 하였다.

그러나 앞서 언급했듯이 '경'의 세계는 인간의 의지나 생각과 관계 없이 움직인다. 잠시 동안 인간들이 '경'의 세계를 잊거나 무시하고 살 수 있을지는 모르지만 그런 일이 오래되거나 지속되기는 어렵다. 우리 자신은 본래부터 '경'의 세계에 속한 우주요 자연이며 그 '경'의 세계는 이미 내 몸속에 들어와 우리 스스로가 알든 모르든 무심하게 작용하고 있기 때문이다. 오직 우리의 욕망과 환상만이 '경의 억압'이나 '경의 배제' 혹은 '경의 망각'을 도모하거나 상상할 수 있을 따름이다.

경의 억압, 경의 배제, 경의 망각은 앞서 언급한 '무명'의 행위의 다른 이름이다. 전체성을 통찰할 만큼 밝지 못한 무명의 존재가 되면 인간은 언제나 제 얼굴만을 보고 살 뿐인 것이다. 그리고 거기에서 비롯되는 말과 뜻과 행동은 늘 제멋대로의 자기중심적 욕망에 물들어 있게 마련이다.

이제 우리 시도, 우리 삶도 근대적 성취를 그 나름의 입장에서 인정하면서 '경'의 세계라고 이름 붙여진 본질적인 차원을 진지하게 탐구하고 성찰할 시점에 와 있다. 더 이상 인간중심주의 및 개인중심주의가 과도한 주인 노릇을 하게 하여 어긋난 길을 더욱 어긋나게 할 수는 없다. 그리고 자유라는 미명으로 '경'이 부재한 언어와 문명을 계속하여 확대 재생산해 나아감으로써 언어와 문명의 공해 요소를 마냥 증가시킬 수만은 없는 노릇이다.

요컨대 우리 시는 이제 '시경'이 될 필요성에 대해 심각하게 숙고할 시점에 와 있다. 모든 말이 다 말이 될 수 없듯이, '경'에 대한 탐구와 깨침과 체득이 없는 시가 참다운 시로 작용할 수는 없다. 체(體)인 '경' 속에서 상(相)인 시형(詩形)이 탄생하고 마침내 그 시형이 다양한 용(用)의 역할을 하는 그런 시가 요구된다.

그러므로 시를 쓰기 위해서는 '공부인(工夫人)'이 되어야 한다. 체로서의 경, 상으로서의 시형, 용으로서의 시적 기능을 함께 이끌 수 있는 지혜인이 되어야 한다. 21세기에는 이와 같은 공부인이자 지혜인들이 쓴 '지혜의 시'가 많이 창조되기를 기대한다. 그리하여 지금까지 성취한 근현대시의 성과가 새로운 단계이자 놀라운 차원으로 질적 도약을 이룩하여 새 경지를 열어보였으면 하는 바람이다.

4. 시, 관음(觀音)의 사랑,
관자재(觀自在)의 자유

우리에게 잘 알려진 불가의 대보살로는 대지(大智)의 상징인 문수(文殊)보살, 대행(大行)의 표상인 보현(普賢)보살, 대자(大慈)의 화신인 관세음(觀世音)보살, 대원(大願)의 궁극인 지장(地藏)보살이 있다. 이 가운데 일반 대중에게 특별히 익숙하고 친근감을 주는 대표적인 보살을 들라면 아마도 대자대비의 원력을 세우고 살아가는 관세음보살이 아닐까 한다. 관세음보살은 우리들이 살고 있는 이 사바세계의 중생들에 대한 한없는 연민심과 자비심 때문에 자원하여 원력행을 하고 있는 천수천안의 대보살이다.

불교의 반야부 경전을 압축하여 구성한 것이면서 예불 시간뿐만 아니라 많은 사람들이 일상생활 속에서 가까이 두고 있는 경전이 『마하반야바라밀다심경』이다. 그런데 이 경전에서 담론을 이끌어가는 설주(說主)가 바로 위에서 언급한 관세음보살이다. 관세음보살의 명호에서 '관세음'이란 세상의 모든 소리를 다 듣는다는 뜻이다. 그렇다면 세상의 모든 소리란 어떤 것일까. 그것은 사바세계 혹은 현상세계의 모든 중생들이 내는 소리이자 우주 만유가 품고 있는 진리의 소리이다. 그러니까 세상의 소리를 듣는다는 것은 현상계와 본질계, 유위법의 세계와 무위법의 세계, 보이는 세계와 보이지 않는 세계, 거시 세계와 미시 세계, 중생계와 불계의 소리를 남김없이 한꺼번에 듣고 있다는 뜻이다. 뿐만 아니라 이들 양자의 소리를 하나로 회통시킬 수 있는 귀를 갖고 있다는 뜻이다.

관세음보살은『반야심경』의 다른 번역본에선 관자재(觀自在)보살로 등장하기도 한다. '관자재'란 세상을 있는 그대로 자재하게 본다는 뜻이다. 부연하면 주관적 견해가 개입되지 않은 실상 그대로 본다는 뜻이다. 세상이란 언제나 개체들의 주관적 업식에 의하여 왜곡돼 나타난 현상세계이다. 그것을『금강경』은 일체 유위법이 '여몽환포영(如夢幻泡影)'이며 '여로역여전(如露亦如電)'이라는 말로 규정한다. 여기서 유위법이란 무위법에 대비되는 개념으로 세상을 상대적으로 분리시키고 대립시켜 본, '형성된' 세계이다. 이것은 '하나'인 전일성의 세계, 곧 무위법의 세계가 지닌 진실상과 어긋나는 가합(假合)의 상이다. 그러니까 주관적 업식에 지배당한 채 살고 있는 중생들은 세상을 자재하게 보지 못하고 상대성 속에서 주관적으로 왜곡시켜 보고 있는 것이다. 그리고 이것이 모든 고통과 윤회의 원인이다.

설명이 좀 장황해진 느낌이다. 위와 같은 설명을 바탕으로 한 가지 더 언급한다면『반야심경』의 번역본에 따라 서로 다르게 나타나는 두 이름의 설주 중 관세음보살의 '관세음'이란 말 속에서는 대자비의 사랑이, 관자재보살의 '관자재'란 말 속에서는 대지혜의 능력이 강조되고 있다는 점이다. 그러나 자비를 강조하든, 지혜를 강조하든 이들 둘의 공통점은 세상의 소리를 모두 여실하게 듣고 있다는 것이다. 표면에서부터 심층에 이르기까지, 표면과 심층을 아울러서, 그리고 개체상과 전체상의 소리를 한꺼번에 듣고 있다는 것이다.

시인들은 위와 같은 초능력의 대보살은 아니지만 세상의 소리를 듣고, 세상의 실상을 읽어내고자 하는 대자비의 사람이며 대지혜의 사람이다. 사랑이 부재하면 세상의 소리는 다가와 들리지 않고, 지혜가 부족하여도 세상의 소리는 바르게 들리지 않는다. 이런 관점에서 볼 때 시인들은 '나는 누구인가', '나는 정말 잘 살고 있는가'라는 물음으로부터 시쓰기를 시작하여 마침내 연관된 일체이며 불성 공동체인 이 세상 모든 사람들과 존재들의 안녕을 물으며 그들이 경청한 소리를 '연민의 소리'이자 '각성의 소리'로 전달해주는 사람들이다.

중생의 소리는 언제나 아프다. 오죽하면 중생계를 고통이 지배하는 고해(苦海), 감인(堪忍)하지 않고는 살아갈 수 없는 사바세계라고 부르겠는가? 중생들은 중생심에 의하여 살아가고, 그들이 만들어내는 중생계는 중생심의 작동 속에서 지칠 줄 모르고 굴러간다. 불교가 육도윤회를 중생계의 표상으로 말하듯이, 중생들은 육도윤회를 거듭한다.

그러나 불교는 이와 같은 중생의 근원이 '부처'라고 거침없이 선언한다. 그러면서 이 사실을 깨치라고 간청한다. 먼지 속에 묻힌, 그러나 우리의 자각 여부와 관계없이 늘 작동하고 있는 이 '부처'의 성품을 보고 증장시키고자 할 때, 우리는 관세음과 관자재의 능력을 가질 뿐만 아니라 관세음보살의 마음을 이해하고 우리 자신도 자발적인 관세음보살의 길로 접어들게 된다는 것이다.

중생들은 눈이 있지만 보지 못한다. 귀가 있어도 듣지 못한다. 코와 혀와 피부와 두뇌가 있어도 제대로 냄새 맡고 맛을 보고 촉지하며 의식하지 못한다. 그들이 안이비설신의를 통하여 감지한 세계는 생존욕이 작동한 중생심의 그림자이자 환상이다. 이들은 한계 덩어리이고, 오염된 실체이다. 하지만 중생들은 이것이야말로 진실이고 양보할 수 없는 것이라고 고집을 피우며 집착하고 소유하며 투쟁한다.

관세음과 관자재의 능력을 누구보다 크게 지닌 이 땅의 시인들은 중생심 너머의 세계를 보여주는 안내자이다. 그들 또한 중생심과 중생상을 온전하게 벗어난 존재는 아니지만, 그들이 안내하는 세계는 미미하더라도 '자등명(自燈明) 법등명(法燈明)'과 같은 등불로서의 기능을 하며 실상의 세계를 밝혀준다.

인간계에서 관세음의 소리는 시로부터 울려나온다. 그리고 관자재의 표정 또한 시에서 만날 수 있다. 비록 그것이 나름대로 한계를 지닌 것일지라도, 시가 품고 있는 이런 상서로운 소리와 표정은 중생계를 영 못쓰는 것이 되지 않게 지켜주는 복음으로서의 방부제와 같은 것이요, 길상으로서의 정화수와 같은 것이다.

5. 시, 일체고액(一切苦厄)을
넘어서려는 길

생물계, 생명계, 인간계, 인생사의 근본 문제는 '고(苦)'다. 오죽하면 이와 같은 문제를 직시하고 불교는 '고'를 가리켜 '고제(苦諦, 고라는 진리)'라고, 그것도 부족하여 '고성제(苦聖諦, 고라는 온전한 진리)'라고 불렀을까? 살아 있는 모든 존재들의 삶을 미망 속에 빠뜨리는 이 '고'의 문제는 불교 성립의 출발점이며 불교가 궁극적으로 해결하고자 하는 중심문제이다.

시는 어떻게 성립된 것일까? 그리고 시의 궁극적 목적은 무엇일까? 시의 성립과 궁극적 목적은 이 '고'의 문제를 직시하고 풀어가는 데 있다고 볼 수 있다. 인간들은, 아니 목숨 가진 모든 것들은 아프기 때문에 말을 하고, 그 아픔을 치유하기 위해 말을 한다. 이 일은 죽는 날까지는 물론이요 그 후에도 다겁생을 두고 계속되거니와 목숨 가진 모든 것들은 ─ 다른 말로 표현해서 '중생'들은 ─ 이를 위하여 부단히 창조적인 말을 생산하지 않을 수 없다.

나는 앞에서 진리의 한 형태가 되어버린 '고'의 심각성과 중요성에 대하여 언급하였다. 이 고의 종류는 정말로 헤아릴 수가 없을 정도로 많다. 불교에선 이 무수한 종류의 고를 요령 있게 정돈하여 8고로 압축하여 설명하기도 하고, 212고로 풀어서 친절하게 설명하기도 하지만, 이것은 모두 설명을 위한 방편일 뿐 고의 실제 양태와 그 수를 빠짐없이 담아내지 못한다. 따라서 고의 종류를 헤아리려고 하는 의도야말로 아예 버리는 것이 현명할지 모른다. 고란 만상(萬相)을 하고 무시무종(無始無終)으로 목숨 가진 것들 앞에 출현하는 불사의 존재 같다.

이런 가운데 『반야심경』이 '고'의 문제에 대하여 보여주는 태도는 매우 현명한 것이다. 『반야심경』은 '고'의 종류를 말하기보다 '고'가 중생계의 본질적인 문제임을 알리면서 그 고의 원인을 밝혀내고, 그 해결 방법을 가르쳐주고자 하기 때문이다.

『반야심경』의 앞부분을 보면 이 점이 명료한 언어로, 그러면서 단호하고도 선언적인 어조와 문구로 간결하게 제시되어 있다. 해당 부분을 한번 옮겨보면 다음과 같다. "관자재보살(觀自在菩薩) 행심반야바라밀다시(行深般若婆羅密多時) 조견오온개공(照見五蘊皆空) 도일체고액(度一切苦厄)." 이 구절을 해석해보면 '관자재보살이 반야바라밀을 깊이 행하고 있을 때, 오온이 공함을 비추어 보고 일체의 고액을 벗어났다'는 것이다. 보다 명확하게 표현하면, (반야바라밀을 통하여) 오온이 공함을 비추어 보고 일체의 고액으로부터 벗어나게 되었다는 것이다.

그러면 이제 남은 것은 오온이 무엇이며 공이 무엇인가를 탐구해보는 일이다. 그리고 이와 더불어 오온이 공함을 알지 못하는 것이 왜

'고'의 원천인가를 알아보는 일이다.

『반야심경』이 말하는 바 오온은 '색수상행식(色受想行識)'을 가리킨다. 여기서 색수상행식을 현대적인 용어로 바꿔보면 각각 형태(form), 감각(sensation), 인식(recognition), 의지(volution), 의식(consciousness)이 될 것이다. 이것을 좀더 단순하게 종합하여 표현하면 외부에 존재하는 것(색)과 내부에 존재하는 것(수상행식), 즉 물질(색)과 정신(수상행식)이 될 것이다. 이를 더욱 단순화하여 설명한다면 제법(諸法)과 제상(諸相)이 될 것이다. 일체의 만들어진 것, 일체의 생겨난 것, 일체의 생겨나서 현존하는 것, 일체의 상을 가진 것이 제법이고 제상이다. 제법과 제상은 상대적 관점에서 탄생하는 것이다. 대상을 설정하고 주객 이분법이 작동할 때 제법과 제상은 즉각적으로 만들어진다. 이것은 불교가 그토록 조심하고 극복하라며 경고하는 '분리 의식'의 결과이다.

불교는 이 세계를 절대인 '하나'의 세계로 본다. 이것은 불교의 입장일 뿐만 아니라 과학적 진리로 입증된 사실이기도 하다. 그러나 인간을 포함한 중생들은 이 절대인 '하나'의 세계를 자기중심주의에 입각하여 상대적으로 읽어낸다. 그리하여 그의 주관적이며 상대적인 안목에 비추어진 법과 상이 만들어지고, 이렇게 만들어진 법과 상은 애착과 소유의 대상으로 남아 그를 지배한다.

제법과 제상의 다른 이름인 오온이 공함을 통찰한다는 것은 이 모든 것이 실은 중중무진의 연기성에 의하여 만들어진 무상의 것이자 무아의 것이요, 이 무상과 무아의 심층에는 '하나'인 절대의 세계가 영생하고 있음을 관하는 것이다. 그럼으로써 '유심'이 아닌 '무심', 분리심이 아닌 '일심'을 쓰는 데로 나아가는 것이다.

중생들의 모든 고통은 '하나'이자 '절대'인 진리의 세계, 중중무진의 연기적 세계를 망각하고 주관적이며 상대적인 마음, 분리심이자 시비심인 자기중심성 그리고 소유와 지배가 가능하다는 집착심과 불멸심을 사용하고 있는 데 기인한다.

이 고통은 벗어나기 어려운 인간의 한계이지만, 이 고통으로부터 벗어나는 것이야말로 인간의 가장 중요한 과제이다. 그리고 그 고통을 벗어나는 정도에 따라 한 인간의 행복감과 영적 성장이 성취된다. 만약 어떤 사람이 있어서 고통의 극복 정도가 최대치에 이른다면 그는 '니르바나'라는 최고의 법열과 영적 완성이라는 우주적 일체감을 맛볼 것이다. 시는 그 저변이자 중심자리에서 인간들을 고통과 미망에 빠뜨리는 주관성과 상대성을 벗어나 객관성과 절대성을 지향할 때, 그리고 분리심과 시비심을 넘어서 무심과 일심을 쓰기 시작할 때, 더 나아가 소유욕과 지배욕을 넘어 있는 그대로의 실상과 동행할 때 그 탄생의 싹이 돋아나기 시작한다. 그럼으로써 시는 인간을 포함한 중생들의 고통을 경감시켜 주고, 일체고액을 넘어서는 데 디딤돌이자 길잡이가 되어준다.

일체고액은 이번 한 생으로 결판내기가 어려울 만큼 본능적인 것이며 숙세(宿世)의 것이다. 그러나 시인들의 시심과 시어는 이 일체고액으로부터 벗어나는 길을 찰나의 별빛처럼 또는 어두운 밤의 등불처럼 지속적으로 제시한다. 그 암시 같은 제시조차 없다면 우리들의 지구별 여행은 참으로 깜깜할 것이다. 칠흑 같은 밤 속에서도 한 줄기 불빛이 있으면 그 빛에 의지하여 우리는 길을 가지 않는가. 시인들이 무심과 일심, 절대성과 전일성, 무아심과 무상심에 '터치'되어 자각적으로 혹은 비자각적으로 내놓는 시의 마음과 시의 언어는 바로 이와 같은 불빛의 역할을 수행하고 있는 것이다.

6. 시, 조견(照見)하는 관자(觀者)
혹은 견자(見者)의 길

불교는 우리들에게 '눈을 뜨라'고 계속하여 역설한다. 그런데 우리는 우리들 모두가 지금 여기에서 이렇게 멀쩡하게 두 눈을 뜨고 살아가고 있는 터여서, '눈을 뜨라'는 불교의 역설을 쉽게 받아들이지 못한다.

'이미 눈을 뜨고 있는데 눈을 뜨라니⋯⋯.' 그렇다면 뜬눈을 다시 어떻게 뜬다는 말인가? '살눈'이라고 번역되는 이른바 인간들의 육안에 대해 아무런 의심도 가져보지 못한 사람들은 '눈을 뜨라'는 불교적 언설에 동의하기 어려운 거부감을 가질 것이다.

'살눈'으로서의 '육안'은 인간에게 매우 소중하다. 우리는 그것을 통하여 자기 자신은 물론 세계를 본다. 인간이 가진 다섯 가지 감각의 최전선에 놓여 있는 이 육안의 감각이야말로 인간이라는 생명체를 이 땅에서 살아가게끔 만드는 일등 공신이다. 다윈식의 자연선택과 성선택을 논하는 자리의 중심에도 이 육안의 중요성이 놓여 있고, 생존 욕망을 충족시키려는 인간 욕망의 한가운데에도 이 육안의 전위성이 놓여 있다. 쉽게 말하면 우리는 육안으로 먹이를 찾고 이성을 찾으며 자신의 몸을 지키고 생명을 유지한다.

그러나 불교는 이 육안을 믿을 수 없다고 말한다. 육안은 극히 제한적인 기능밖에 갖고 있지 못하며, 철저하게 개체로서의 분리된 자신의 몸이 있다는, 이른바 유신견(有身見)의 입장에서 작동하고 있다는 것이다. 말하자면 육안의 기능적 한계성과 심리적, 정신적 오류성이 육안으로 본 바를 신뢰할 수 없게 만든다는 것이다.

그렇다면 어찌 해야 하는가. 우리들은 누구나 육안을 갖고 태어났으며, 그 육안에 의지하여 살아가는 데 익숙해져 있고, 그 육안을 의심하는 일엔 너무나도 낯선 상황이니 말이다. 여기서 육안에 집착하고, 육안에 길들어 있고, 육안에 무반성적인 인간들을 향하여 불교는 그 육안을 넘어서라고 역설하는 것이다. 우리의 육안은 세계 전체, 우주 전체, 실상 그대로를 보기엔 너무나도 저성능의 것이자 제멋대로의 것이며, 신체의 죽음과 더불어 사라지는 무상한 것으로서 가설물과 같은 것이니 육안의 실제를 인지하고 '진정한 눈을 뜨는 것'이 필요하다는 것이다.

불교의 이런 논리를 따라가다 보면 우리는 눈을 가졌으되 눈이 없는 것이나 마찬가지이고, 눈을 떴으되 눈을 떴다고 말하기 어려운 형국이다. 한계와 오류 속에 놓인 육안을 갖고 우리는 그 육안으로 본 것을 고집하고 그에 의존하는 것을 넘어 집착과 소유까지 하며 살아가는 것이다.

인간들은 만물의 영장이라고 우월감을 갖지만, 세계의 실상을 전체적으로 알기는 어렵다. 그래서일까? 불교의 서양 포교에 혁혁한 공을 세운 숭산 스님은 '오직 모를 뿐'이라는 화두를 제시하고 그것을 통해 실상과 마주하라고 조언하였다. 육안에 의지하여 무엇인가를 안다고 여기며 살아가는 우리들에게, 우리가 안다고 여기는 것은 한낱 '생각의 집적체'일 뿐, 실제의 존재와 세계는 '모를 뿐'이라고 말해야 옳을 연기 공(緣起空)의 세계임을 일깨워준 것이다. 이렇게 보면 우리들은 대부분 객관적 실상과 무관하게 스스로가 무엇인가를 안다는 '생각' 속에서 한 세상을 살아가는 것이다. '오직 모를 뿐'의 세계는 우리의 생각과 무관 하게 존재하고 움직이며, 우리는 '안다는 생각' 속에서 자신만의 환영 의 집을 구축하고 살아가는 것임을 모르고 있는 것이다. 이것을 가리켜 무지라고 한다면 무지가 될 것이고, 무명이라고 부른다면 무명이 될 것 이다.

그렇다면 남은 문제는 우리가 모른다는 사실을 우리가 알아야 한다 는 것이다. 그리고 존재와 세계의 실상은 우리 몸의 일부인 '살눈'으로 서의 육안을 통해서는 만나기 어려운 세계임을 알아야 한다. 그러고 나 면 우리는 육안을 넘어서 진정한 마음의 눈을 뜨고자 정진해야 한다. 마음의 눈인 심안(心眼)은 우리가 육안의 육체성과 한계성 그리고 인간 들의 생존 욕망이 빚어낸 이기성과 도구성을 넘어설 때 자연스럽게 드 러나며 밝아지기 시작하는 존재이다. 그러나 이와 같은 일을 수행하는 것은 얼마나 지난한 일인가. 우리는 육안을 감고 잠자는 시간에까지 육 안을 잊을 수 없으며, 산의 뿌리처럼 깊이 박힌 생존 욕망은 한순간도 사라지기를 거부하며 솟아오르고 있으니 말이다.

그러나, 그래도 눈을 뜰 수 있고, 그렇기 때문에 눈을 떠야만 한다고 역설하는 것이 불교의 입장이다. 한 생을 두고서 불가능하다면 수겁생을 두고서라도 성취해야 할 것이 이 과제라고 불교는 팔만사천 경전을 통하여 가르친다. 육안을 넘어서서 심안으로 우주의 진리를 보면 우리 자신이 한계 덩어리인 소아(小我)가 아니라 우주적 진리 그 자체임을 알게 된다고 불교는 희망의 길을 열어준다. 이른바 소아이자 에고의 육안을 벗어나서 대아이자 무아의 심안을 열어가기 시작하면 존재와 세계는 육안의 시절과 다르게 '조견'되고 우리는 비로소 관자이자 견자로서의 길을 떠나기 시작하게 된다는 것이다.

　시인을 가리켜 관자 혹은 견자라고 불러도 무방할 것이다. 『반야심경』이 그 서두에서 '조견오온개공(照見五蘊皆空)'을 말할 때의 그 '조견'을 근본 동력으로 삼고 사는 존재가 시인이라고 볼 수 있을 것이다. 이와 같은 시인들은 범부들이 육안으로 볼 수 없는 세계를 우리에게 보여주고, 에고가 난무하는 자신의 육안을 버려야만 '조견'되는 보이지 않는 세계를 우리에게 보여준다. 그리하여 마침내 오온이 공함을 보는 단계에까지 도달한다면 그 시인은 '선시'나 '선어'와 같은 무심과 무사의 세계를 전해줄 수 있을 것이다.

　좋은 시는 그 시가 육안 너머의 세계를 얼마나 크게 보여주었는가에 따라 결정된다. 시인들이 육안 너머의 심안에 포착된 세계를 우리 앞에 드러내 보일 때, 독자들은 그 드러난 세계를 통하여 눈을 뜨게 된다. 갑자기 존재와 세계가 환해지는 느낌, 자신이 보지 못했던 세계로 초대되는 느낌, 세계가 이토록 신비롭고 아름다우며 정밀하다는 느낌, 세계는 그 자체로 완전하며 우리와 한몸이라는 느낌, 속견(俗見)의 동굴로부터 탈출했다는 느낌 등, 그야말로 이전의 주관적 환영으로 가득 찬 세계를 넘어서서 새로운 세계로 진입하게 되는 것이다.

이처럼 한번 '눈 뜨는 기쁨'을 느끼기 시작하면 그 눈뜸에의 마력은 너무나도 강렬하여 그 세계를 향한 열망을 버릴 수가 없다. 이것은 시인에게도, 독자에게도 동일하게 적용되는 것으로서, '눈을 뜬 만큼' 시인과 독자는 함께 동반성장을 한다. 그리하여 그 길이 비록 이번 생으로는 도달하기에 어림도 없는 먼 길일지라도, 그 길을 향한 노력과 정진은 계속된다. 이와 같은 일을 두고 '수행'의 일종이라고 부른다면 그것은 충분히 수행의 성격을 띨 수 있을 것이다.

7. 시, 공성(空性)이라는 모원(母源) 혹은 귀원(歸源)의 산물

인간들의 창조적 원천은 크게 두 가지로 나눌 수 있다. 그 하나는 업식 혹은 그 집적체이고 다른 하나는 진리 혹은 공성의 무한 작용이다. 인간에겐 '내가 있다'는 자아의식에서 비롯된 무수한 업의 집적물과 이와 같은 자아의식의 허구성을 간파하고 통찰한 우주 그 자체이자 절대 그 자체가 공존하고 있다. 전자를 의식, 편견, 사심, 유아, 분리, 시비, 호오, 현상 등과 같은 말로 표현할 수 있다면 후자는 청정심, 중도, 공심, 무아, 일심, 평등, 본성 등과 같은 말로 표현할 수 있을 것이다. 그러니까 인간에겐 인간적, 개인적 '생각'이 만들어낸 업의 세계와 우주적, 초월적 '생각 이전'의 세계가 작용하는 공성의 세계가 함께 있는 것이다.

불교는 '생각', 달리 말해 개체로서의 자아의식이 경계(대상)를 창조해낸다고 본다. 그리고 그렇게 창조한 세계 속에서 인간들은 자업자득의 삶을 살아간다고 본다. 그러니까 문제는 '생각'이다. 개체 감각으로서의 이 자아의식인 '생각'은 자아중심적으로 없는 세계를 창조하여 실체시하게 하며, 그 세계의 생멸 앞에서 희로애락을 경험하게 한다.

내가 없다면 세계는 없다. 구체적으로 '나의 생각'이 없다면 경계는 나타나지 않는다. 또 달리 말한다면 나의 개체적 생존 욕망이 연기된 카르마임을 안다면 호오와 시비의 마음은 생겨나지 않을 것이다. 이를 가리켜 '유식무경(唯識無境)'이라고 한다면 세상엔 오직 업식이 있을 뿐, 분리된 경계 혹은 나타난 경계는 존재하지 않는 것이다.

그러나 우리는 불교가 거듭 지적하는 대로 '중생'이다. 그리고 우리가 사는 세계는 지구별의 중생들이 살아가는 '사바세계'이다. 그런 우리들의 몸속엔 '업식'의 집적물이 수미산같이 쌓여 있다. 안이비설신의의 6근에 의해 만들어지는 18계로서의 업식들은 말할 것도 없거니와 제7식과 제8식에 내장된 업식의 누적물들은 그야말로 종합 백화점처럼 다양하고 가득하다. 이 업식의 누적물들에 기대어 인간들은 창조적 행위를 감행한다. 개인마다의 자기 방식의 카르마적 창조가 여기서 탄생되는 것이다.

그러나 업식의 창조물은 경계와 더불어 나타나는 '식(識)의 유희'이자 '경계놀이'이다. 이런 놀이도 실은 사람들에게 매우 큰 호소력이 있다. 왜냐하면 우리는 모두 중생이고, 이 업식의 지배로부터 자유로운 사람이 거의 없기 때문이다. 수많은 예술들은 그것이 대중예술이든 본격예술이든 간에 이와 같은 업식놀이 및 경계놀이의 성격을 정도의 차이가 있을지언정 모두 지니고 있다. 따라서 불교는 예술가들의 탁월한 소질을 '적업(積業)'의 일종이라고 부르기도 한다.

이러한 업식의 두께와 집적을 해체하고 '업식' 너머(다른 말로 하면 '업식' 이전)의 세계로 눈을 돌리면 그곳엔 자성청정심 혹은 진여의 세계라고 불리는 공성의 세계가 있다. 공성은 실체와 생멸과 호오 및 시비로 얼룩지지 않은 절대의 세계이다. 상대가 없는 절대, 그러니까 모두가 전체성 속에 있고, 하나됨 속에 있으며, 누구도 개입할 수 없는 순수성 속에 있는 세계이다. 굳이 인간적 표현을 빌린다면 공성은 'it'의 세계이다. 인간들뿐만 아니라 모든 중생들은 그 'it'의 세계에 대문자 'I'의 세계를 개입시키지만 그 'I'의 개입은 자아의식의 주관성이 빚어낸 '생각의 해프닝'에 불과하다.

이와 같은 '공성'을 인지하고 나면 우리는 '생각'을 접게 된다. 오직 인간적 방편으로서 '생각'을 사용하고 그것에 의존하기는 하여도, '생각'을 곧 진실이자 진리이며 절대이고 곧 자기 자신이라고 여기던 무지로부터 벗어나게 된다.

'공성'을 사무치게 인지하였을 때, 우리는 공기처럼 가벼워지는 해탈의 기운을 느끼게 된다. 그리고 지금까지 들고 있었던 업식의 짐들을 내려놓게 된다. 본래 짐이라고 하는 것은 없었으나 자아 의식으로 인하여 무한 증식했던 이 허구의 짐들을 한꺼번에 내려놓으면서 우리는 아무것도, 어떤 짐도 짊어지지 않은 맨몸이 된다.

그동안 우리는 너무나 많은 옷을 껴입었다. 감각의 업식이라는 옷, 감정의 업식이라는 옷, 의지의 업식이라는 옷, 지식의 업식이라는 옷, 문화라는 업식의 옷 등, 개체로서의 자아와 인간의 생존 및 생명 욕구를 위하여 만들어진 무수한 업식의 옷을 끝도 없이 껴입고 살았던 것이다. 이쯤 되고 보니 이제 맨몸의 인간은 사라지고 업식의 집적물이 주인노릇을 하는 데에 이른 형국이다. 업식은 우리를 지배했고, 우리는 업식에 의존하며 지속적인 업식 창조의 일로 눈 코 뜰 새가 없었던 것이다.

사정이 이렇다고 하여 '공성'이 사라지지는 않는다. 개체의 편견과 시간 및 공간을 초월한 공성은 언제나 전체성, 무심성, 절대성, 무한성, 포용성, 무상성 속에서 우리를 후원하고 이끌며 작용한다. 이 '공성'이야말로 진정한 창조의 모원이며 모든 창조가 돌아가야 한 귀원이다. 만물이 공성에서 나와 공성으로 살다 공성으로 돌아간다는 불교의 견해는 이 점과 닿아 있다.

시는 어디서 오는가? 무소부재하며 어떤 것도 가능하게 하는 공성은 시의 발원지이다. 공성은 무한 창조가 이루어질 수 있는 무량광(無量光)과 같으며, 무한의 다양성을 가능케 하는 무량수(無量壽)와 같다. 공성이 어떤 명색과 어떤 세계를 창조할지 우리는 가늠하기 어렵다. 무시무종의 시간 속에서, 무한광대의 공간 속에서, 공성은 인간의 안목으로 추측하기 어려운 천변만화의 얼굴을 드러낸다. 시의 창조성도 이런 공성의 작용에 닿아 있다. 시의 무한 창조가 가능한 것은 이 공성을 모원으로 하고 있기 때문이다.

그런데 흥미로운 것은 이 공성이 모원이면서 귀원이라는 점이다. 공성은 모든 것을 창조하도록 허용하지만 어떤 것도 무화시키는 이중적이며 역설적인 세계이다. 이와 같은 공성 앞에서 우리의 무한 창조를 향한 의욕은 끝 간 데 없이 타오르지만, 동시에 그 의욕은 원시반본하듯 제 모습을 해체시킨다.

공성 앞에서 시인들은 한껏 고무된다. 그러면서 동시에 그 공성으로 인하여 한없이 겸허해진다. 공성은 시인들에게 모든 것을 주지만, 그들이 어떤 것도 실체로서 고착시킬 수 없도록 되가져가기 때문이다. 그런 점에서 공성은 시인들에게 집착 없이 언어놀이를 마음껏 즐길 수 있게 하는 원동력이다. 시인들은 공성의 무한한 후원을 받으면서 언어를 생산하고, 동시에 공성의 무한 수련을 통해 언어를 버릴 줄 알게 되는 것이다.

8. 시, 불구부정(不垢不淨)의 마음, 평등심의 묘용

『반야심경』은 제법(諸法)이 공상(空相)임을 설파하고 있다. 이 사실을 『반야심경』은 '제법공상'이라는 집약적이며 압축된 한마디 말로 수렴하고 있다. 따라서 이 '제법공상'의 뜻과 내용을 체득하게 되면『반야심경』은 물론 불교의 근본 사상이자 핵심 사상인 '공 사상'이 마스터되는 셈이다.

이처럼 공 사상을 한가운데 두고 있는『반야심경』은 공 사상의 본질을 직지(直指)하듯 수식 없이 말하면서도, 다른 한편으론 노파심 가득한 현자처럼 '제법공상'이라는 말에 이어 곧바로 '불생불멸(不生不滅) 불구부정(不垢不淨) 부증불감(不增不減)'이라는 부연 설명을 덧붙이고 있다. 그럼으로써 공 사상 혹은 '제법공상'의 의미는 한층 절실하게 다가온다.

공 사상 혹은 '제법공상'의 의미를 부연 설명한 '불생불멸 불구부정 부증불감'이라는 말에 기대어 이해해보면 공상인 우주 만유 일체는 현상적 외양과 달리 태어나지도 멸하지도, 더럽지도 깨끗하지도, 늘어나지도 줄어들지도 않는 존재이다. 분리된 개체의 외면적 현상만을 바라보고 그것이 모든 것인 줄 알던 사람들에게 이 전체적이고 무심하며 통합적인 시선에서 나온 언설은 그들로 하여금 엄청난 충격 속에서 이전에 가져보지 못했던 드높은 차원이자 경지를 열어볼 수 있도록 하기에 충분하다.

공상 혹은 제법공상과 관련된 위의 세 가지 부연 설명 가운데 특히 관심을 끄는 대목은 '불구부정'이라는 말이다. 세상의 어떤 것도 '깨끗하다/더럽다'로 분별될 수 없다는 이 충격적 선언은 세상의 모든 것에 대한 편견과 고정관념 속에서 살아가는 우리들로 하여금 일체의 생각을 버리고 원점으로 리셋하듯 돌아가게 만들기 때문이다. 그리고 이 구절은 대상이나 세계와 관련하여 인간들이 갖게 되는 네 가지 철학적 질문, 곧 존재론, 인식론, 가치론, 실천론 가운데 특별히 '가치론'의 문제에 빛을 던져주기 때문이다. 사람들마다 다르게 생각하겠지만, 필자의 생각엔 우리들의 삶 속에서 '가치론'만큼 어렵고 망설여지는 문제도 달리 없다고 여겨진다. 무엇이 가치 있는 것인지, 가치의 높낮이를 어떻게 정할 것인지, 가치의 우열이 실제로 존재하기는 하는 것인지, 그리고 가치 부여라는 것이 신뢰할 만한 것이 되기나 하는 것인지 등, 그야말로 해결하기 어려운 난제가 가치론 속에 들어 있다.

물론 세속 사회의 가치론은 비교적 단순하다. 세속 사회의 구성원인 세속인들은 불교에서 말하는 바 오욕락(五欲樂)을 성취하는 것을 두고 가치 있다고 생각하기 때문이다. 오욕은 재산욕, 권력욕, 명예욕, 건강욕, 식욕, 성욕 등의 것으로서 이른바 인간 존재의 생존욕과 지배욕 그리고 소유욕에 뿌리내린 근본 욕망들이다. 이것을 최고로 성취하고 굴리는 사람을 불교는 '전륜성왕'이라고 부른다.

그러나 세속 사회의 가치 기준은 세속적 인간과 그 사회 속에서만 유효하다. 인간의 눈을 벗어나 수많은 우주 만유의 눈으로 바라볼 때, 인간적 해석과 관념은 그야말로 자가당착의 어이없는 생각이다. 인간들은 그들이 이 우주 속에서 중심의 자리에 놓여 있는 것처럼, 그들만의 관념적 왕국을 만들고 살아가지만 전체적인 관점에서 볼 때 그것은 그야말로 '사견(私見)'에 불과하다.

이처럼 이기적인 눈, 개체의 눈, 인간의 눈만을 뜨고 살아가는 사람들에게 '불구부정'의 가치론은 이전에 볼 수 없었던 세계를 열어 보인다. 누구도 주인이 될 수 없는 이 무주공산의 세계에서 자기 자신을 센터로 삼는 생심 혹은 사심의 발현으로 가치 왜곡에 빠져 있던 인간들에게 이 소식은 세상을 평정하게 하는 벼락 같은 소리이기 때문이다. 세상을 불구부정의 관점으로 볼 수 있을 때, 세상은 '무유정법'의 세계가 된다. 그리고 평등심이 작용하는 무한 의미의 세계이자 의미 이전의 세계가 된다. "지도무난(至道無難) 유혐간택(唯嫌揀擇) 단막증애(但莫憎愛) 통연명백(洞然明白)"이라는 『신심명(信心銘)』의 핵심 전언처럼, 불구부정의 입장 앞에서는 일체의 선하다/악하다, 좋다/나쁘다, 옳다/그르다, 훌륭하다/저급하다, 깨끗하다/더럽다, 높다/낮다 등과 같은 차별상이 사라진다. 이것은 한마디로 말하여 존재의 해방이며 가치의 초월이다. 결코 어느 하나로 고착시킬 수 없는 무한의 세계가 여기서 전개되는 것이다.

'불구부정'의 가치론으로 세상을 청정하고 평등하게 되돌려놓고 나면, 세상은 무수한 모습을 새롭게 열어주기 시작한다. 인간적 편견과 차별에 의하여 아래로 억압되거나 주변부로 돌려졌던 세계들이 일시에 귀환하여 그 모습을 보여주는 것이다. 시인들의 '일탈'은 여기서 시작된다. 그리고 그들의 창조 행위와 상상력도 여기서 비롯된다. '불구부정'의 '평등심'의 세계를 아는 시인들은 세속적 편견을 넘어서는 '시적 허용'을 부여받으며 존재를 해방시키고 인간을 개방시킨다. 열린 존재와 열린 인간, 이것은 '불구부정'의 가치론과 '평등심'의 마음 작용이 빚어낸 소중한 성과이다. 시인들의 언어를 가리켜 최초의 언어라고 부르는 것은 바로 이 '불구부정'과 '평등심'의 작용을 근저에 깔고 있기 때문이며, 시인들의 영혼을 자유혼이라 부르는 것 역시 이와 같은 작용 속에 그 시심이 놓여 있기 때문이다.

농담 삼아 말해본다면 세상은 '불구부정'의 가치론과 '평등심'의 묘용을 아는 사람과 모르는 사람으로 구분될 수 있다. 전자가 도인, 진인, 성인, 지인, 각자(覺者), 예인, 시인 등과 같은 존재라면 후자는 범속한 세속적 기준에 고착되어 살아가는 세속 사회의 범부들이다. 전자의 삶엔 자유와 해방 그리고 멋과 풍류가 있다. 그러나 후자의 삶엔 만들어진 욕망과 주어진 경계에 '끄달리는' 결박이 있다.

김춘수 시인이 '무의미시'를 추구한 것, 오규원 시인이 '날이미지의 시'를 꿈꾼 것, 이승훈 시인이 '영도의 시쓰기'를 논의한 것 등은 '불구부정'의 가치론과 '평등심'의 작용이 표면화된 대표적인 경우이다. 물론 이런 시인들의 경우가 아니더라도 참다운 시와 시인들은 '불구부정'의 가치론과 '평등심'의 묘용을 내면화하고 있다. 그것이 부재한다면 그들의 시작 행위는 한낱 대중적인 범속한 행위에 지나지 않을 것이기 때문이다.

그런 점에서 시와 시인은 어떤 가치에도 구속되지 않는 무주인(無住人)이다. 그리고 일체 우주 만유를 평등하게 볼 줄 아는 세계의 평정자이다. 이런 지혜와 용기 속에서 시가 탄생하고 그런 지혜와 용기의 힘으로 시는 이 세상에 트임과 정화의 기운을 발산한다.

9. 시, '전도몽상(顚倒夢想)'으로부터 떠나는 길

　본성 자리를 보지 못한 자들은 망상과 망념 속에서 산다. 망상과 망념이 아예 그들의 집을 점령하고 있다. 이들은 그 집에서 주인 노릇을 하고 있으며 그 기세는 갈수록 강력해진다. 이런 상황이 되고 보면 몸과 마음은 망상과 망념의 휘하에서 풀려날 줄을 모르며, 몸과 마음은 망상과 망념의 지배에 익숙해진다.

　보통 사람들은 이런 사실을 의심하지 않는다. 그것이 망상과 망념인 줄을 인지하지도 못할 뿐만 아니라 그 망상과 망념이 어디에서 왔으며, 그것이 왜 버젓하게 주인 노릇을 하고 있고, 그런 삶으로 인해 자신이 어떤 문제에 빠져 있는지를 사유해보지 않는다. 그야말로 화두 참선자들에게 요구되는 제1항인, '대의심(大疑心)'이 발생하지 않는 것이다.

　망상과 망념으로 몸과 마음을 가득 채우고 물들이기 이전에, 우리는 어린아이와 같은 상태에 있었다. 어린아이란 아무런 외부의 정보도 깃들지 않은 상태이며 어떤 망상과 망념으로도 물들기 이전의 상태이다.

그는 어느 것으로도 뭉치지 않은 분별 없는 삶, 편견 없는 삶을 무애한 자처럼 살고 있다. 세속 사회와 세속 사회를 이끌어가는 금기가 깃들기 이전의 어린아이는 '융통무애' 혹은 '심무가애(心無罣礙)'의 자유인 같다.

그러나 이런 시간은 오래가지 못한다. 어린아이는 어른이 되어야 하고, 세속 사회 속으로 편입되어야 하며, 그의 생존을 홀로 책임져야 하기 때문이다. 어린이들은 공부를 통하여 세속 사회의 지식을 습득하고, 스스로의 능력으로 세속적 지식을 창조하며, 그야말로 망상과 망념에 의하여 튼튼해진 견고한 세속적 존재가 되는 것이다. 집단의식이니 집단무의식이니 하는 것들을 공유하며 그 스스로의 개인의식을 드러내며, 무형의 어린이였던 그들은 유형의 성인이 되는 것이다.

『반야심경』은 이 세상에 그 어떤 것도 존재하지 않는다는 '무(無)'자 화두를 들고 일체(사성제, 12연기 등)를 부정하며 원점으로 되돌리다가 마침내 이 세상이 '무소득'의 장이라고 선언한다. 그러면서 우리가 전도몽상으로부터 떠나게 되면 마음에 장애가 없고, 두려움이 없으며, 드디어는 최고의 열반에 들 수 있게 될 것이라고 일러준다. 그러니 문제는 '전도몽상'이다. 잘못된 몽상을 애지중지하는 실상처럼 붙들고 그것에서 윤회고를 거듭하는 우리는 마치 소용돌이 속에서 빠져나오지 못하는 한 마리 어류 같은 것이다.

전도몽상의 실체를 모를 때, 우리는 소용돌이 속에 갇히고 만다. 조금 벗어난 것 같지만 실은 그 소용돌이 안에서의 벗어남에 지나지 않고, 조금 이탈한 것 같지만 역시 그 속에서의 상상적 이탈이나 경험하며 전도몽상의 물길 속에서 길을 가는 것이다.

그렇다면 이 전도몽상은 왜 생기는가. 그것은 '내가 있다'는 유아 의식과 '내가 중심이다'라는 중심 의식 그리고 '내가 옳다'는 우월 의식에서 생겨난다. 숭산 스님은 이 모든 것을 해체시킬 강력한 화두로서 '모를 뿐'이라는 생각 이전의 자리를 가리켰다. 망상과 망념이 깃들기 이전의 '모를 뿐'의 세계, 어떤 것으로도 재단하거나 차별할 수 없는 '모를 뿐'의 세계가 우리들의 참모습이며 참자리이고 세계의 실상이라는 것이다.

정말로 인간들은 너무나 겁 없이 나댄 셈이다. 마치 세상을 지배할수 있을 것 같은 야심과 우월감으로 그들은 인간의 집을 참으로 견고하게 구축해놓았다. 그것은 달리 말하면 망상과 망념의 집이거니와, 그집안에서 인간들은 불편한 안락, 불행한 행복을 누리고 있다.

그러면 인간들은 이 전도몽상의 세계로부터 어떻게 떠날 수 있을까? 누구는 명상을 권유하고, 누구는 기도를 권장하며, 또 누구는 경전공부를 제안한다. 뿐만 아니다. 사람들에 따라서는 은거를 권유하기도 하고, 주문을 제시하기도 하며, 출가를 도모하기도 한다.

여기서 필자는 한 가지 새로운 권유를 해본다. 그것은 시쓰기와 시읽기야말로 전도몽상으로부터 떠날 수 있는 꽤 괜찮은 방법이라는 것이다. 전도몽상으로 구부러진 몸과 마음을 제자리로 되돌리고자 하는선한 노력이 이 속에 들어 있다. 시인들은 전도몽상으로 움직이는 세속사회의 껍질을 벗겨내며 물들지 않은 시원의 자리로 애써 안내하는 사람들이다.

그렇다면 그 자리가 전도몽상을 떠난 자리인지 그렇지 않은지를 알수 있는 방안은 무엇일까? 한마디로 말한다면, 무심과 일심을 만나게하는 것은 실상에 가까운 진상(眞相)이자 진념(眞念)이요, 유심(有心)과분별심을 불러일으키는 것은 전도몽상이다. 전도몽상 앞에서 우리는나뉘어진 두 마음의 대립적, 차별적 고통을 경험한다. 그에 반해 이를떠난 세계에서 우리는 하나 된 절대로서의 감동과 집착 없는 무심의해방감을 경험한다.

좋은 시는 사람들에게 '치유'의 기능을 한다. 치유란 여러 가지로개념 규정이 될 수 있으나, 지금의 논의를 따르면 전도몽상의 소용돌이가 주는 고통에서 벗어나는 일이다. 우리의 몸과 마음은 정직하여서 전도몽상 속의 삶을 살면 언제나 긴장과 불안 같은 고통이 수반된다. 비록 그 전도몽상을 기준으로 삼아 세속적 성공을 하였다 하더라도 그 속엔 실패하였을 때의 그것과 다른, 또다른 고통이 끼어든다. 이처럼 전도몽상 속에서 몸과 마음은 기혈이 순조롭지 않은 체증과경직성을 드러낸다.

전도몽상을 깨뜨릴 수 있는 시인들은 바닷물로 무한의 조형을 할 수있듯이, 사견에 의하여 탄생된 세속의 경계와 칸막이들을 거둬내고 하나의 거대한 장으로 일렁이는 무정형의 심해(心海)에서 무한한 형태를만들어내는 사람들이다. 그러니까 참다운 시인들은 가스통 바슐라르가 말하는 '몽상'처럼 무정형의 심해에서 새로운 형태를 읽어냄으로써세계를 하나로 재창조하는 사람들이다.

망상과 망념의 다른 이름인 전도몽상 속에서 세계는 분리되고 대립되며 경계지어진다. 그리고 이런 생각과 상상의 폭력 속엔 이기적 욕망에 의하여 창출된 '계산'이 들어 있다. 이에 반해 전도몽상을 벗어난 세계 속에선 헤어졌던 것이 만나고 대립되었던 것이 통합되며 경계지어졌던 것이 해체된다. 말하자면 모든 계산표가 지워지는 것이다.

시인들의 생각과 상상을 세속의 그것과 구별하여 드높일 수 있는 것은, 이런 다른 차원의 생각과 상상이 그들에게서 태어나기 때문이다. 시인들은 분명 세속의 언어를 사용하고 있지만, 그들이 창조한 언어는 세속적 망상과 망념의 장애를 거둬내는 본성 지향의 그것이다.

10. 시, '무유공포(無有恐怖)'의 세계에 이르는 길

무엇이 문제인가? 우리의 심층을 가만히 들여다보고 있노라면 우리의 내면은 어떤 불안과 공포에 물들어 있음을 알 수 있다. 그렇지만 이 불안과 공포는 너무나도 근원적이고 본질적인 것이어서 우리는 보통 그 존재와 작용을 망각할 때가 대부분이다.

이 불안과 공포가 살아 있는 한, 우리의 세포는 긴장하고 우리들의 삶은 흔들린다. 그 긴장된 몸과 흔들리는 인생이 불편하여 우리는 여러 가지 일들을 도모하거나 실행에 옮긴다. 그러나 그렇다고 하여 긴장과 흔들림이 쉽게 사라지거나 해결되지는 않는다. 마치 강물의 물살처럼, 바다의 파도처럼 긴장과 흔들림은 끝이 없다.

우리에겐 이런 시달림이 불편함을 넘어서서 숙명처럼 난감하다. 낮 시간은 물론 잠을 자는 밤 시간에조차도 이 긴장과 흔들림은 찾아와서 함께 머문다.

이 긴장과 흔들림, 불안과 공포만 제거할 수 있다면 삶은 천국이 될 것 같다. 그러니까 긴장과 불안 대신 평정과 평화가 찾아오고, 흔들림과 공포 대신 중심과 중도가 찾아오면, 우리들의 삶은 그야말로 '아무 일 없는' 극락의 상태가 될 것 같은 것이다.

그런데 현실은 그렇지 않다. 우리들은 앞서 말했듯이 늘상 모든 것이 문제가 되는 것 같은, 이른바 '유사시(有事時)' 속에서 살아간다. 만나는 것마다 문제가 되는 것처럼 여겨지는 것이다. 그리고 그에 얽매여 살아가는 것이다.

이와 같은 문제를 일으키는 그 저변을 살펴보면 거기엔 앞서 말한 불안과 공포의 감정이 깃들어 있다. 이 감정들은 세상의 모든 것을 문제로 만들며 긴장과 흔들림을 유발하는 원천이다. 우리는 도대체, 왜, 이러한 불안감과 공포심을 갖게 되는 것일까? 그리고 그것을 온전히 해결할 수 있는 방법은 없는 것일까? 우리의 진정한 자아는 지속적으로 이런 물음과 안타까움 속에서 '무사'한 세계를 소망한다.

『반야심경』은 불안과 공포의 원인이 우주의 이치와 실상을 모르는 데 있다고 말한다. 인과법, 연기법, 공의 도리, 중도상, 불이법 등을 모르기 때문에 우리에게 불안과 공포가 야기된다는 것이다. 달리 말하면 무지와 무명 때문에, 또 달리 말하면 '마음을 내기' 때문에 이 불안과 공포가 찾아온다는 것이다. 그러나 살고자 하는 강한 욕망 때문에 이 땅에 탄생한 인간들이 '마음을 내지 않고' 살아간다는 것은 너무나 어려운 일이다. 불교에선 이와 같은 몸을 갖고 살아가는 인간들을 가리켜 '업아(業我)'라고 부른다.

업아로서의 인간의 가장 큰 특징은 맹목에 가까운 자기중심적 욕망으로 살고자 한다는 것이다. 따라서 인간들에게 이 살고자 하는 욕망을 방해하거나 위협하는 것은 무엇이나 불안과 공포의 대상이 된다. 우리는 순간순간 생존욕을 앞에 놓고 그 무엇에 대한 손실을 따진다. 그리하여 계산 결과가 손해 쪽으로 나면 우리는 즉각 불안과 공포의 감정을 느끼고 그렇지 않으면 일단 안심한다. 그런데 한번 생각해보자. 이 세상의 그 어떤 것이 우리들에게 전폭적으로 호의적이어서 '손해'가 아니라 '실리'만을 안겨주는 것으로 판단되겠는가. 실제로 무심한 세상은 그 누구의 편도 아니다. '천지불인(天地不仁)'이라는 말처럼 그것들은 그저 그렇게 존재할 뿐, 인간적 사견과 무관하다. 그러나 사람들은 이와 같은 사실을 직시하지 못하고 이 세상이 자기중심적으로 움직이는 것 같은 '전도몽상' 속에 빠져 지낸다. 그러면서 불안감과 공포심을 더욱 심하게 만든다.

이렇게 보면 삶은 불안감과 공포감 속에서 속수무책인 듯하다. 하지만 우리 존재의 더 깊은 심연에 귀를 기울여보면 그 심처에선 불안과 공포가 만들어진 환상에 불과하다는 목소리가 들려오고, 그 불안과 공포의 해결 방안도 떠오른다. 당신의 불안감과 공포심은 '형성'된 것일 뿐 실체가 아니니, 그와 같은 불안감과 공포심은 극복될 수 있다고 말해주는 어떤 소리가 들려오는 것이다.

시인들의 시쓰기는 이 불안감과 공포심을 다스리는 일이다. 그들은 불안감과 공포심 앞에서 대의심(大疑心), 대분심(大忿心), 대신심(大信心)을 내며, 세상은 아무 일이 없다고, 세상은 극복될 수 있다고, 세상은 있는 그대로 진실이라고 그 속내를 열어보이고자 한다. 그런 점에서 시인들은 본질적인 인간적 약점에 쉽게 굴복하지 않으려고 하는 자들이다. 그리고 그와 같은 인간적 약점에 크게 분한 마음을 내고자 하는 자들이다. 또한 그들은 인간적 약점이 가상임을 들춰내고자 하는 자들이다. 그리고 그들은 인간적 약점이라는 현상 아래의 '무사한 세계'를 신뢰하고자 하는 자들이다. 이런 그들의 대의심과 대분심과 대신심이 작용하여 시는 현실에 맞서며, 현실을 극복하고, 현실을 긍정하는 다중의 기능을 감당한다.

시를 쓰면서 혹은 시를 읽으면서 우리가 조금씩 불안감과 공포감이 감소되는 세계로 나아가게 되는 것은 시가 가진 이와 같은 기능 때문이다. 시를 쓰는 동안 우리는 외면의 흔들리는 물결 아래 바다의 심저처럼 부동심으로 존재하는 그 어떤 세계를 마주한다. 그리고 시를 읽는 시간에도 우리는 단견으로 휘둘리는 심정적 동요를 잠재우며 보다 길고 깊은 호흡으로 여여한 세계의 흐름에 미미하나마 발을 들여놓게 된다.

시는 그런 점에서 우리에게 안정과 안심, 평화와 평정, 무사와 긍정, 고요와 침묵을 선사한다. 사는 동안 시도 때도 없이 찾아오는 불안감과 공포감에 너무 휘둘리지 말고, 그것 너머의 다른 세계를 방문해보라고 우리를 이끌어준다. 그것이 온전한 '무유공포'의 세계는 아닐지라도, 그런 세계를 방문하고 만나는 일을 통하여 '구경열반(究竟涅槃)'의 지대에 촉수를 대어볼 수 있을 것이라고 귀띔한다.

우리는 시를 가리켜 『장자』의 일절을 빌려 '무용지용(無用之用)'의 세계라고 일컫는 데 익숙하다. 이를 여러 가지로 해석할 수 있겠으나 여기서는 다음과 같이 해석해보고자 한다. 말하자면 시는 우리들을 엄습하는 불안감과 공포감을 해소하는 일에 총이나 칼과 같은 물리적 도구로서의 역할을 할 수는 없으나, 인간 마음의 본자리에서 나오는 참다운 소리를 들려줌으로써 그것들을 극복하는 촉매제가 될 수 있다고 말이다. 불안감과 공포감이라는 윗물을 거두어내면 그 아래 새 물이 솟아오르고 있음을 볼 수 있다. 또한 불안감과 공포감이라는 거품을 거둬내면 그 심층에 흔들림 없이 흐르고 있는 장강의 거대한 물결을 볼 수 있다. 그런 점에서라도 불안과 공포라는 가상은 그 정체가 직시되어야 하고, 시인들은 세계의 본상을 우리에게 적극적으로 열어보여야 한다.

11. 시, '대명주(大明呪)'의 복음(福音) 혹은 원음(原音)

모든 언어와 소리는 파장과 음색, 에너지와 기운을 가지고 있다. 그러니까 언어와 소리는 단순한 외적 형태나 약속된 기호가 아니라 살아 움직이며 힘을 행사하는 생명적, 우주적 작용체인 것이다. 이런 언어와 소리에는 화음의 세계를 창조하는 것이 있는가 하면, 이와 달리 불협화음의 세계를 만들어내는 것이 있다. 그리고 또한 살림의 에너지를 불러일으키는 것이 있는가 하면 죽임의 에너지를 경험하게 하는 것이 있다. 그렇다면 무엇 때문에 이렇듯 서로 다른 언어와 소리의 작용 양상이 나타나는 것일까. 왜 어떤 언어와 소리는 분리된 세계를 '하나'의 세계로 이어주는 복음이자 원음이 되는 반면, 다른 언어와 소리는 하나였던 세계조차도 점점 분리된 세계로 나누어놓고 마는 소음(騷音)이자 파음(破音)이 되는 것일까. 그것은 한마디로 줄여본다면 그 언어와 소리에 깃든 마음 상태의 차이 때문이다. 전자의 마음이 일심의 그것이라면 후자의 마음은 사심(私心)의 그것인 것이다.

언어와 소리는 불교에서 규정하는 세 가지 업이자 행위인 이른바 신구의 삼업과 삼행의 한 영역이다. 그만큼 언어와 소리는 인간의 삶에서 중심에 놓인다. 말하자면 이들은 구업 혹은 구행에 해당되는 것으로서 인간의 자기표현 영역을 전담하는 것이다.

이와 같은 인간의 언어와 소리 가운데서 가장 완벽한 화음이자 살림과 대긍정의 복음이라고 할 수 있는 것은 '주문'이다. 주문은 아무 언어나 소리로 이루어지는 것이 아니라 인간과 우주적 실상 사이에 틈 없는 하나의 마음이 성취되었을 때 나타나는 드문 언어이자 소리이다. 그리고 이것은 인간들이 하심(下心)과 무심의 자리에 섰을 때 나타날 수 있는 우주적 언어이자 초월의 소리이다. 이와 같은 언어와 소리를 통하여 사람들은 아상과 아만을 넘어서 하심과 무심의 자리로 돌아갈 수 있고, 고향을 떠나온 자로서의 객수(客愁)와 방황을 그치고 본향과 본원으로 돌아갈 수 있다.

모든 종교는 이와 같은 주문을 갖고 있다. 그리고 그 주문을 통하여 왜곡된 인간의 마음과 삶을 본래대로 회복시키고자 한다. 그러니까 주문은 여러 가지 종교들이 각자 창조한 가장 압축된 화음이자 복음의 한 형태이다. 조금도 때묻지 않은 본래의 자리에서 나올 수 있는 청정한 무위의 음성이자 진언인 것이다.

총 260자로 구성된 『반야심경』은 그 전체가 하나의 주문 같다. 그러나 『반야심경』은 이 가운데서 특별히 '반야바라밀다'라는 언어이자 소리를 주목하여 이야말로 '대신주(大神呪)'이고, '대명주(大明呪)'이며, '무상주(無上呪)'라고 역설한다. 『반야심경』은 과거, 현재, 미래의 모든 부처님들이 이 '반야바라밀다'라는 주문에 의탁하여 최고의 깨달음과 구경의 환희심을 얻었다고 말해준다. 그러나 『반야심경』이 말하는 이와 같은 '반야주문'이 아니더라도 참다운 주문은 우리를 깨달음과 기쁨의 세계로 인도한다.

시가 가진 여러 가지 힘 가운데 이 주문과 같은 언어와 소리가 가진 힘은 특별히 주목하여 강조할 필요가 있다. 시는 인간들의 언어 활동 가운데서 그 정점에 놓여 있는 특수한 것으로서 시 속에 담긴 말과 소리는 주문에 버금가는 울림을 갖고 있다. 우리가 잘 알다시피 시의 언어와 소리는 세속의 그것과 달리 아무런 대가도 염두에 두지 않는 무상(無償)의 것이며, 발화 그 자체를 지향하는 무용(無用)의 것이고, 누구도 사용한 바 없는 대체 불가능한 최초의 것이다. 이런 언어와 소리가 출현하는 자리는 마치 앞의 주문이 탄생되는 자리와 같은 일심과 무심의 자리이다.

따라서 시의 언어와 소리에는 언령(言靈)과 성령(聲靈)이 깃든다. 그 언어와 소리 속에 영성 혹은 법성이라고 말할 수 있는 우주적 기운이 깃드는 것이다. 다들 아시겠지만 우주적 영성이 깃들지 않은 언어와 소리는 도구적, 산술적 기능밖에 할 수 없다. 그 언어와 소리는 소비되는 것 혹은 교환되는 것에 지나지 않는다. 그와 같은 언어와 소리는 반복될 필요가 없으며, 시간의 누적을 견딜 수가 없다. 이미 그 언어와 소리의 시효는 마무리되고 만 것이다.

이에 반해 주문과 같은 시의 언어와 소리는 참다운 마음이 빚어낸 만큼 우리들의 마음밭을 가꾸고 정화시키며 성장시킬 수 있게 하고, 우리가 살아가는 세상을 혼탁함과 어지러움에서 건져낸다. 그러고 보면 세속의 언어와 소리는 소음들이다. 이 시끄러운 언어와 소리로 인하여 말하는 자도, 그 말을 듣는 자도, 이들이 살아가는 세상도 늘 시끄럽다.

시를 잘 모르는 사람조차도 시에 대한 존중의 마음을 갖고 시에 대해 기대하는 어떤 마음을 지니고 있는 것은 시가 지닌 이런 언어와 소리의 기능 때문이라 생각된다. 우리가 시의 언어와 소리에 깊이 전율하고 감동한 날, 우리는 그 언어와 소리의 우주적 기운을 만난 것이다. 우주적 영성의 기운은 언제나 우리를 왜곡되기 이전의 자리로 안내한다. 그리하여 '참나'라고 말할 수 있는 우리의 진정한 얼굴을 마주하게 하고, 그 얼굴 앞에서 다시 태어나는 중생(重生)의 자아를 만나게 한다.

주문과 같은 시의 언어와 소리는 아무리 여러 번 반복하여 읽어도 지치지 않고 늘 새롭다. 심저(心底)에서 나온 언어와 소리는 그 안에 무한한 살림과 긍정의 에너지를 지니고 있기 때문에 우리는 그 언어와 소리에 이끌리고 기대게 되는 것이다. 시가 이 세속사회에서 주문과 같은 역할을 한다면 바로 시가 지닌 이와 같은 언어와 소리의 힘 때문이다. 세속사회가 언어와 소리를 망가뜨릴수록 시의 이런 언어와 소리는 더욱 소중하고 절실하다.

12. 시, 수기(受記)
혹은 기별(記別)의 물증

『반야심경』의 공 사상은 대승 경전의 꽃이라고 할 수 있는『법화경』에서 그 구체성을 띠고 인간과 인간 사회 속으로 깊이 들어온다.『법화경』을 가리켜 '수기경'이라고 말하기도 하듯이,『법화경』의 주된 내용은 석가모니 부처님이 그 제자들을 비롯한 인간 모두에게 '수기'를 주는 것이다.

요즘의 우리들에게 '수기'란 말은 좀 낯설게 들릴 것이다. 또한 수기의 다른 말인 '기별'도 역시 자주 사용하지 않는 말일 것이다. 불교 용어인 '수기'란 붓다로부터 미래의 어느 때에 당신도 깨달음을 얻고 성불하게 될 것이라는 예언을 받는 것이다. 그러니까 '수기'란 성불의 소식이다. 이 소식은 한 인간이 최상의 존재로 거듭날 수 있다는 가능성과 확신, 달리 말해 진리 그 자체로 살아갈 수 있다는 '자신(自信)'의 희망과 기쁨을 안겨주는 말이다.

『법화경』에서 가장 먼저 수기를 받은 사람은 석가모니 부처님의 상수제자 사리불이다. 그리고 이어서 4대 성문(聲聞)에 해당되는 수보리, 목건련, 가전연, 가섭이 수기를 받는다. 이런 수기는 다시 더 확장되어 석가모니 부처님의 이전 아내이자 아들 라홀라의 어머니인 야수다라와 석가모니 부처님을 키운 양모 마하파사파제 비구니에게로 이어진다. 그리고 이른바 「오백제자수기품(五百弟子授記品)」으로 가면 500명의 아라한들이 보명여래라는 동일한 이름으로 수기를 받는 큰일이 벌어진다. 하지만 『법화경』의 수기는 여기서 멈추지 않는다. 다시 「수학무학인기품(授學無學人記品)」에 가면 2,000명의 불자들이 동일한 보상여래라는 이름으로 수기를 받는다. 이제 이런 수기 대상의 확장은 점점더 규모를 크게 해서 「상불경보살품(常不輕菩薩品)」에 이르면 모든 사람들이 다 수기를 받는다.

결국 『법화경』의 수기 드라마가 말하는 것은 사리불에서 이 땅의 선남선녀들에 이르기까지 모든 인간들에겐 부처가 될 자질이 들어 있으며, 그 부처 될 자질을 키워나가면 언젠가는 모두가 성불하게 될 것이라는 사실이다. 이 땅의 모든 인간에 대한 수기의 소식, 이것은 인간의 핵심을 꿰뚫어 본 자가 감히 발설할 수 있는 혁명적 선언이며, 중생고에 허덕이는 인간들에게 들려주는 최고의 신뢰 섞인 복음이다.

그러나 수기의 소식은 붓다의 예언과 전언에 의해서만 확인이 가능하다고 생각하지 않는다. 인간인 우리들이 조금만 주의를 기울여 우리 자신의 내면을 들여다보면, 우리는 우리들의 내면에 부처의 성품이라 이를 수 있는 진리의 실체가 살아 작용하고 있음을 느낄 수 있다. 불성은 한마디로 말하면 '하나'이며 '하나 됨'의 마음이다. 이 '하나'가 작용할 때 우리는 행복감을 느끼고, 이 '하나 됨'의 마음을 쓸 때 또한 우리는 안심한다. 이쯤 말했으니 그와 반대인 분리된 세계 인식, 그리고 분리된 마음을 썼을 때 어떤 불쾌의 감정이 깃드는지를 알 수 있을 것이다.

불교가 말하는 '일체유심조(一切唯心造)'에서 바늘끝도 들어갈 수 없을 정도의 소아심이 분리된 고통을 가져온다면, 어떤 것도 일체를 포용할 수 있는 대아심은 하나 된 기쁨을 안겨준다. 그러니까 인간들은 스스로 알고 있는 것이다. 우리는 부처의 마음을 쓸 수 있는 능력을 갖고 있으며 그 부처의 마음을 썼을 때 우리는 엄청난 환희심 속으로 들어간다는 것을 말이다. 그 맛은 마약과 같아서 한번 그 맛을 본 사람은 그것을 잊을 수 없다. 이 세상의 모든 맛 가운데 최고의 진미를 선사하는 것이 '법의 맛'이라고 하는 불교의 견해처럼, 부처의 마음을 썼을 때 경험한 맛은 한 인간의 삶을 영속적으로 지배한다.

그런데 말이다. 이런 맛을 경험해보지 못한 사람이 누가 있겠는가. '하나'가 되었을 때, '하나 됨'의 마음을 썼을 때 다가온 그 환희의 맛은 정도의 차이가 있을지언정 모든 사람이 경험한 것일 터이다. 다만 문제가 있다면 그 마음을 지속시키지 못한다는 것과 그 마음을 무한까지 확대해 나아가지 못하는 현실이다.

사람들이 시를 쓰고, 시를 읽고, 시에 대한 존중의 마음을 갖는 것은 인간들이 수기를 받았다는 징표일 수 있다. 만약 인간들에게 그런 수기의 이력이 없다면 방금 말한 것과 같은 시의 일들이 일어날 수 없을 것이다. 그런 점에서 시의 일들은 인간들이 수기를 받았다는 물증이자 심증이다. 시라는 그 무상(無償)의 일이 지속되는 것은 인간들이 지닌 이 수기의 힘 때문이다.

우리는 보통 '시심(詩心)'에 대해 말한다. 시심은 시인이 아니더라도 누구나 경험할 수 있는 '시적 순간'의 마음이다. 그때 우리에게선 우리가 받아들고 지니며 사는 수기의 징표가 나타나는 것이다. 이것은 인간들이 우왕좌왕하며 분리된 마음 속에서 오염된 세상을 만들더라도, 그 오염된 세상에 고통과 염리심(厭離心)을 느끼며 상처나지 않은 '온전한 하나의 세계'를 그리워하고 사랑하는 마음과 연결된다.

우리 인간들에게 이 시심은 불쑥불쑥 찾아온다. 그때 우리는 진리의 파동이 서로 만나 섬광을 만들어내듯이 존재와 존재 사이의 틈 없는 일치감이 이룩되는 놀라운 순간을 경험한다. 이런 순간을 통하여 인간들은 불편하고 상처 났던 마음을 봉합하고 다스린다. 그리하여 삶은 살아야 할 가치가 있다는 것을 느끼게 되고, 살아낸 만큼의 마음의 성장이 이루어진다는 것을 받아들이게 된다.

시심의 경험에서 볼 수 있듯이, 인간들은 누구나 수기를 받은 이력의 소지자로서 더할 나위 없는 귀인들이다. 이 귀인의 모습은 우리 인간들의 삶에서 여러 가지로 물증을 보이며 그 존재를 알린다. 시라는 양식의 현존 역시 그런 물증의 한 예이다.

『법화경』은 이처럼 본질적으로 귀인의 면모를 지닌 우리들이 그것을 모르고 가난한 '궁자(窮子)'가 되어 사는 모습을 지적하고 있다. 우리 각자가 수기를 받은 귀인인 줄도 모르고 무명 때문에 진리의 집을 나가 객수(客愁) 중에 빈자가 되어 천하게 살고 있는 것이 우리들의 중생적 현실이라는 것이다. 시 혹은 시심이라는 것은 그와 같은 인간들의 어리석음을 뚫고 우리가 귀한 자로 살아가고자 하며, 그렇게 살 수 있는 마음과 가능성을 갖고 있다는 사실을 보여주는 예이다. 그렇게 본다면 시와 시심이 살아 있는 세상은 인간들의 귀한 본성이 여전히 살아 움직이는, 그리하여 아직은 너무 성급하게 낙담하지 않아도 괜찮은 인간들의 현실을 알려주는 표식이다.

13. 시, '허접한 꽃들의 축제'에 동참하는 일

『화엄경(華嚴經)』의 본래 이름은『대방광불화엄경(大方廣佛華嚴經)』이다. 이 경전은『남무묘법연화경(南無妙法蓮華經)』의 약칭인『법화경』과 더불어 불교 대승 경전의 화려한 고봉이다. 앞절에서 언급한『법화경』이 '수기'의 전면화를 통하여 존재의 진면목을 밝혀주고 있다면,『화엄경』은 이 세상 모든 것들이 불법의 모습으로 함께 어우러져 불국토가 장엄되고 있음을 알려주고 있다.

『화엄경』은『잡화경(雜花經)』이라고 불리기도 한다. '잡화경'의 '잡화'라는 말은 매우 심오하고도 인상적이다. 표면적으로 해석하면 잡화란 못생긴 꽃, 잡스러운 꽃, 소외된 꽃 등과 같은 것으로 풀이되지만, 그 속뜻을 보면 이런 표면적 해석과 달리 평등심과 조화의 경지 속에 들어 있는 모든 꽃, 갖가지 꽃, 온갖 꽃이라는 뜻으로 풀이된다. '잡화'가 지닌 이런 뜻에 생각이 미치면, 우리는 일체의 것들을 시비 분별하며 높낮이를 재고 차별화시키던 자기중심성과 인간중심성이 얼마나 편견에 찬 것인가를 깨닫고 당혹스러워하지 않을 수 없다.

　물리학자인 양형진은 현대 과학의 관점에서 이 세상을 바라보며 '산하대지가 참빛'이라는 표현을 내놓았다. 『산하대지가 참빛이다』는 그의 책 제목이기도 한데 그는 이 책을 통하여 「화엄일승법계도(華嚴一乘法界圖)」의 참모습을 보여주고 있다. '산하대지가 참빛'이라는 양형진의 말처럼 '모든 잡화는 참빛'이다. 그러니까 이와 같은 잡화들이 어우러진 세계일화(世界一花)의 우주상은 그대로 '참빛'인 '진리 광명'의 춤인 것이다. 그리고 보면 이 우주 속의 모든 것들이 불광(佛光)을 내뿜으며 서로 어우러져 움직이는 놀라운 연기적 실상이다. 그리고 이 세상 모든 것들은 어느 것 하나 예외 없이 불성의 드러냄을 입증하며 세계를 장엄하는 광명의 식구들이다.

　석가모니 부처님이 고행 끝에 새벽별을 보고 깨달았다는 것은 이 화엄의 세계라고 한다. 그리하여 그는 『화엄경』을 맨 먼저 설하려고 하였으나 그 내용이 워낙 난해한 것이라서 그 뜻을 접고 불법의 기초가 되는 생활 속의 『아함경』부터 설하기 시작하였다고 한다. 세상을 있는 그대로 '참빛의 세계'로 볼 수 있는 눈, 일체의 것들을 평등심 속에서 한 몸의 것으로 꿰뚫을 수 있는 눈, 일체중생이 실유불성이요, 천상천하 유아독존임을 갈파하는 눈, 이런 안목은 아무나 가질 수 없고 그런 안목을 누구에게나 열어 보일 수도 없다는 생각 때문이었으리라.

　우주 자체, 세상 자체, 일체 모든 것들이 '잡화경'의 모습이라는 통찰은 시원한 해방감과 놀라운 긍정심을 유발한다. 그러면서 이전의 오염됐던 낡은 눈길을 거둬들이고 이 '잡화경'의 축제에 동참하고 싶게 만든다. 마치 어린아이가 아무런 경계 없이 무심 속에서 자기 본성을 드러내며 놀이에 취하듯, 우리 안의 맨살을 그대로 드러내며 경계 없는 축제에 자신을 빠뜨리고 싶어지게 만드는 것이다.

시는 이 땅에서 '잡화경'의 축제(본절의 제목에선 한형조가 번역한 '허접한 꽃들의 축제'라는 말을 사용하였다)에 동참하는 일과 같다. 소외된 것, 주변부의 것, 억압된 것, 돌려난 것, 못난 것, 편견에 시달리는 것, 아무도 모르는 것 등을 포함한 존재 일체를 사랑으로 재발견하는 일이 시정신의 근간이기 때문이다. 시인의 눈에는 이 세상의 어떤 것도 '꽃'으로 보인다. 그렇지 않고서는 좋은 시가 나올 수 없다. 그 '꽃'들이 범부의 눈에 보이는 것과는 달리 각자 묘용을 드러내며 이 세상을 장엄하고 있다는 사실이 진정한 시인의 눈에는 포착되는 것이다.

존재와 세계는 시인들에 의하여 살아난다. 그들은 시인들을 기다리고, 시인들은 그들을 찾아간다. 이런 가운데 '산하대지가 참빛'이 되는 날이 오고, 또한 유종호의 말처럼 이 땅의 언어 전체가 거듭나서 아름다운 언어의 반열에 드는 신비가 창조된다.

유종호는『시란 무엇인가』라는 책에서 시인들을 가리켜 이 세계의 모든 언어를 아름다운 언어로 만드는 사람들이라고 규정하였다. 자신의 편견에 의한 한두 가지 언어뿐만이 아니라 사전에 올라 있는 모든 언어, 아니 우리가 사용하고 있는 모든 언어를 아름다운 언어로 만드는 사람이 시인이라는 것이다. 이때 언어의 화엄세계가 형성된다. 그야말로 '잡어(雜語)의 축제,' '허접한 언어들의 축제'가 벌어지는 것이다.

그리고 보면 시인들은 우주법계의 장엄한 모습을 언어로 드러내는 사람들이다. 아니 그들은 언어의 꽃으로써 우주법계를 장엄하는 사람들이다. 생각 있는 사람들은 항상 고민하며 궁리할 것이다. 과연 우주법계는 어떻게 장엄되어 있으며, 나는 우주법계를 어떤 것으로 장엄할 수 있겠는가 하고 말이다. 이런 물음과 탐구는 우리 스스로가 우주법계의 구성원임을 암시하는 징표이며 우리 모두가 '잡화경'의 축제에 자신도 모르게 참여하고 있음을 알려주는 점이다.

시인들이 '잡화경'의 축제를 벌일 때, 사람들은 자기 자신을 포함한 두두물물(頭頭物物)의 '꽃다움'을 발견하고 한없는 기쁨에 빠져든다. 그로 인하여 사람들은 이 세상이 다시 태어나는 놀라움을 경험하는 것이고, 세상은 궁극적으로 '참빛'의 땅으로서 살 만한 공간임을 실감하게 되는 것이다.

『대방광불화엄경』이라는 말의 앞부분에 해당하는 '대방광'이라는 표현이 일깨워주듯이 이 세상의 모든 것들이 남김없이 '크고' '바르고' '넓은' 것이라면 이 세상에 대한 우리의 오해와 단견은 곧바로 내려놓아야 한다. 그리고 세상을 있는 그대로 보면서 세상에 대한 안목은 물론 우리 자신과 세상과의 관계도 재정립해야 한다.

이 세상이 크고, 바르고, 넓은 진리의 꽃들로 장엄된 세계임을 알게 되었을 때, 우리는 삶 앞에서 한없이 청정해지고 경건해질 수 있다. 그리고 이와 같은 세상의 축제에 동참하는 우리의 삶을 인지하며 삶 앞에서 무한한 기쁨과 감사의 마음에 젖어들 수 있다. 말할 것도 없이 시인들에겐 이런 인식과 경험 그리고 마음 작용이 누구보다도 깊고 절실하고 활발할 것이다.

요컨대 '잡화경'의 축제에 동참할 수 있고 그 경지를 기쁨으로 맞이할 수 있다면, 한 인간의 삶은, 그것이 시인의 삶이 아닐지라도 수행의 높은 단계에서 차원 전이를 보여주는 것과 같다. 우리는 너 나 할 것 없이 3차원으로 이루어진 사바세계의 중생적 삶에 익숙하다. 그런 삶의 답답함과 미욱함에 대하여 방금 언급한 것과 같은 차원 전이의 삶은 깨침의 빛이 될 것이다.

14. 시, 아제아제 바라아제 바라승아제 모지 사바하

　『반야심경』은 '아제아제(揭諦揭諦) 바라아제(波羅揭諦) 바라승아제(波羅僧揭諦) 모지(菩提) 사바하(娑婆訶)'를 세 번 반복하여 읊는 것으로 끝을 맺는다. 이 구절은 『반야심경』 전체의 결어이자 후렴구 형태를 띤 발원의 주문이다. 그러나 산스크리트어를 그대로 음사한 이 구절은 우리에게 비의적인 신비감과 현장감을 갖게 하는 데는 충분하지만 이국 문화 속의 언어에서 오는 낯설고 어색한 느낌을 감출 수 없게 한다. 그러므로 뜻을 새겨보는 일이 필요하다.

　'아제아제 바라아제 바라승아제 모지 사하바'의 산스크리트어 원문은 '갓데갓데 파라갓데 파라상갓데 모지 사바하'로 발음된다. 이것을 우리말로 옮기면 '가자 가자 저 언덕으로 가자, 우리 함께 저 언덕으로 가자, 저 언덕에 도달하여 깨달음을 성취하자'가 된다. 요컨대 예토인 이 세계에서 정토인 저 세계로, 무명의 중생계에서 광명인 진리의 세계로, 환영의 사바세계에서 실상의 극락세계로 건너가자는 것이다. 그리하여 참다운 깨달음의 세계를 구현하고 뿌리내리도록 하자는 것이다. 여기서 중요한 것은 '건너가자'는 것과 '함께 건너가자'는 것, 그리고 '깨달음을 성취하자'는 것이다.

필자는 방금 앞에서 '건너가자'는 것에 대해 언급하였다. 이 세계에서 저 세계로, 중생의 삶에서 보살과 부처의 삶으로 길을 바꾸자는 각오와 발원이 여기에 들어 있다고 말하였다. 그러니 이제 '함께 건너가자'는 것에 대해 언급해보기로 한다. 건너가되 '함께' 건너가자는 이 구절이 흥미롭기 때문이다. 『반야심경』은 대승의 관점을 가진 관세음보살(혹은 관자재보살)이 소승의 세계에 머물러 있는 사리자에게 설법하는 것으로 되어 있다. 따라서 소승을 넘어서 대승으로 가는 길을 열어 보이고 있으며, 소승적 아라한의 경지에서 대승보살의 경지로 삶을 확대 및 심화해가는 여정을 보여주고 있다. 그런 점에서 '함께 건너가자'의 '함께'라는 말에 주목할 필요가 있다. 하화중생의 뜻을 갖고 있는 이 말에서 깨달음의 회향, 깨달음을 향한 도반 의식, 깨달음의 연기성, 깨달음의 공업성(共業性)을 볼 수 있다.

이렇게 하여 깨달음을 온전히 구현한 보살과 부처의 삶을 사는 것이 인생의 목표이며 삶이라고 『반야심경』은 가르친다. '모지 사바하!' 여기서 '옛 삶'은 사라지고 '새 삶'이 펼쳐지는 것이다.

시는 '저 언덕'으로 가고자 하는 일이다. 그런 추구와 지향성이 없다면 시는 성립되지 않는다. 시가 중생계의 오염과 탁함을 정화시킬 수 있는 것은 기본적으로 시가 가리키는 방향이 '저 언덕'이기 때문이다. 이 점은 앞의 제2절에서 '바라밀다'와 관련하여 언급하고 논의한 바 있다. 그렇다면 여기서 다시 언급하고 논의할 내용은 무엇인가. 그것은

'저 언덕'으로 가되 '함께' 가자는 부분이다. 시는 혼자만의 구원을 위해 쓰든, 모든 중생계의 구원을 위하여 쓰든, 그 안에 '구원'의 뜻을 품고 있다. 김남조 시인이 모든 시엔 '기도'와 '사랑'이 담겨 있다고 한 말은 이와 관련하여 매우 의미심장하다. '기도'와 '사랑'은 모든 이의 '구원'을 향해 가고자 하는 일이며 구원으로부터 나오는 향기이기 때문이다.

불교의 세계관과 인생관은 매우 치밀하면서 거대하다. 특히 중생계를 33천으로 단계적 구분을 하고, 이 단계를 높여가며 존재의 성장과 마음의 완성을 꿈꾸는 불교적 삶은 장대하면서 비장하고 숭고하다. 아시다시피 33천의 최저 지점은 지옥이고 최고 세계는 비상비비상처천(非想非非想處天)이다. 그런데 이 33천은 크게 욕계, 색계, 무색계로 구분된다. 욕계는 욕망과 물질과 정신이 존재하는 곳, 색계는 물질과 정신만 존재하는 곳, 무색계는 정신만 존재하는 곳이다. 욕계에서 사람들은 수행 단계에 따라 십악행과 십선행을 행할 수 있으며 더 나아가 수다원과와 사다함과를 얻을 수 있다. 그리고 색계와 무색계로 나아가면 사람들은 더 높은 수행 단계에 따라 아나함과를 얻을 수 있다. 이 욕계, 색계, 무색계를 넘어서면 열반계에 이르러 아라한과를 얻을 수 있다. 그리고 마침내 이 열반계를 넘어서면 지혜와 복덕을 함께 갖춘 부처가 되어 성불을 이룰 수 있다.

이 33천과 열반계 그리고 성불 단계까지를 놓고 볼 때, 인간들이 처해 있는 현재의 위치는 욕계 11천의 제5천에 해당되는 인간계이다. 이 인간계는 욕계의 속성인 물질적 차원, 탐진치의 욕망, 오욕락, 암수의 구분과 성애 등이 주된 기제로 작동하는 곳이다. 따라서 불교적 수행은 이 위치에 대한 사실적인 인식으로부터 시작된다. 그리고 그 수행의 끝은 세세생생 이어져야 할 만큼 아득하다. 그렇더라도 바로 그것을 추구하는 힘이 인간을 삶의 보람으로 채워준다.

시는 이와 같은 인간계에서 인간들이 수행하듯 더 높은 경지로 자신과 인류를 이끌어가는 전위적 실천이다. 과연 시를 통하여 인간들이 얼마나 높은 경지까지 상승할 수 있는지 우리는 알기 어렵지만, 그 드높은 경지로 상승하고자 하는 비상에의 꿈과 소망은 매우 소중하다. 시는 인간을 욕계의 사악도인 지옥, 아귀, 축생, 아수라로 떨어지지 않게 하는 수련이자 경책일 뿐만 아니라 욕계 6천은 물론 색계, 무색계를 넘어서서 마침내 열반과 성불을 이루도록 하는 꿈의 산실이다. 이와 같은 일은 한 개인의 일로 그치지 않고 인류와 인간 사회를 '함께' 이끌어가고자 하는 일체 의식과 닿아 있다.

그런 점에서 시는 욕계 인간 중생으로서의 우리들의 삶을 항상 지적 거리 속에서 진단하고 성찰하며 그것을 넘어서려는 발원 속에 살고 있다. 『반야심경』의 마지막 구절인 '아제아제 바라아제 바라승아제 모지 사바하'에 담긴 속뜻은 시의 속뜻과 다르지 않은 것이다. 물론 시가 불교적 세계와 등식을 이룬다고 말하긴 어렵다. 하지만 시는 끝없이 '저 언덕'을 꿈꾸는 인간 행위이며 행불(行佛)에의 의지를 담고 있는 고급한 용심(用心)의 일환임에 틀림없다. 이처럼 '저 언덕'을 가리키고 그곳을 향해 길을 가는 한, 시쓰기는 종교인들의 수행처럼 그칠 줄 모른다. 시인들이 결코 멈출 수 없는 내적 추동력을 느끼며 밤을 새우고, 전 생애를 바쳐서 시를 쓰는 것도 바로 이와 같은 이유에서일 것이다.

제3부

시상심상(詩想心想)

1. 문체, 마음의 물질화

한 인간이 몸을 갖고 있듯이 문장 또한 몸을 갖고 있다. 인간의 몸을 가리켜 신체(身體)라고 부르듯이, 인간의 글을 두고 문체(文體)라는 말을 쓴다. 그러니까 문체는 문장의 몸인 것이다.

한 편의 시를 만났을 때, 우리는 맨 먼저 문체를 일람하고 느낀다. 시 전체가 가지고 있는 '체상(體相)', 그러니까 시가 풍기는 전체적인 모습을 만나는 것이다. 이 체상은 마치 우리가 한 사람의 존재성을 거기에서 보듯이, 시와의 만남 속에서 가장 먼저 경험하는 한 세계이다.

불교는 모든 물질이 마음의 반영물이라고 말한다. 마음이 물질을 만든다는 것이다. 이를테면 인간들은 인간의 마음으로 인간의 몸을, 고양이는 고양이의 마음으로 고양이의 몸을, 코스모스는 코스모스의 마음으로 코스모스의 몸을, 돌멩이는 돌멩이의 마음으로 돌멩이의 몸을 만들어 지니고 산다는 것이다. 따라서 문제는 마음이다. 마음을 어떻게 쓰느냐에 따라 물질 혹은 몸이 만들어지기 때문이다.

인간들은 인류로서의 신체의 공통점을 갖고 있지만 각 사람마다 그 차이가 있다. 뿐만 아니라 한 인간에게서도 매순간마다의 마음 작용과 상태에 따라 몸의 모양이 다르게 형성된다. 매우 흔하게 쓰이는 말이지만 그 심오함은 결코 어느 것에도 뒤지지 않는 '일체유심조(一切唯心造)'라는 말이 여기에 해당된다. 이때의 '일체유심조'는 현재의 문맥에서 '일체유심조(一體唯心造)'와 함께 사용해도 좋을 것이다.

마음에는 두 가지가 있다. 하나는 업식으로서의 마음이며 다른 하나는 본심으로서의 마음이다. 전자가 업에 의하여 만들어진 마음길이라면 후자는 업 이전의 자리에서 작동하는 마음길이다. 문체에는 이 두 가지가 공존하는 게 보통이다.

이 우주 속의 모든 존재는 각자마다 업이 다르다. 마찬가지로 업식이 다르고 마음길이 다르다. 그것을 개성이라고 부르든, 팔자라고 부르든, 운명이라고 칭하든 서로 다른 업에 의해 업식을 만들고 그 업식에 따라 마음길과 삶의 길을 만든다. 각 사람의 문체는 바로 이와 같은 업의 작용에 힘입은 바 크다.

그런데 흥미로운 것은 모든 존재들은 자신의 업과 업식을 잘 모른다는 점이다. 현대식으로 말하면 자신의 의식과 무의식을 제대로 알 수가 없다는 것이다. 이것을 알기 위하여 프로이트는 최면요법, 자유연상요법, 꿈의 해석 등을 사용하였고, 융 역시 연상요법과 더불어 꿈과 신화의 분석과 같은 방법을 사용하였으나 한 존재의 내면 의식을 읽어내는 데는 이들 역시 여전히 한계가 많다. 요컨대 인간 존재를 포함한 모든 존재들은 자신의 업과 업식 그리고 마음길을 보는 데 미숙하다는 것이다. 그것은 자기 자신을 객관화시켜 볼 수 없을 만큼 우리가 자아에 함몰돼 있으며 너무나도 강력하게 자기애에 사로잡혀 있기 때문이다.

문체는 한편으로 이와 같은 업의 지배를 강하게 받는다. 업식의 물질화, 마음길의 현상화가 문체인 것이다. 그런 점에서 문체는 내면 의식의 연장(延長)이다. 자기 자신의 보이지 않는 모습을 보이는 세계로 드러낸 것이다.

하지만 우리의 업식은 늘 바뀌어간다. 그리고 업식보다 더 본질적인 본심은 언제나 업식을 정화시키며 활동하고 있다. 업식이 주인인 삶에서 본심이 주인인 삶으로 전향시키고자 하는 것이다. 하지만 업식의 견고함은 너무나도 엄청난 것이어서 본심의 작용이 이루어내는 효과는 대부분의 경우 미미하고 멀리 있다.

석가모니 부처님의 신체를 두고 '32상(相) 80종호(種好)'를 논하기도 한다. 업, 업식, 업장 등의 카르마적 세계를 완전히 넘어선 본심만의 물질화가 이렇듯 '32상 80종호'의 '진체(眞體)'를 만들어냈다는 것이다. 석가모니 부처님의 이와 같은 체상은 인간이 형성할 수 있는 최고의 경지이다. 그야말로 진선미가 온전하게 피어난 완결체이다.

'문체는 곧 사람이다'라는 말도 문체가 글을 쓴 사람의 전 모습을 반영하고 있다는 의미로 해석될 수 있다. 그런 만큼 넓은 의미의 문장 일반에서는 물론 시에서도 문체는 아주 중요한 것이다. 문체를 일람하는 순간, 우리는 그 시의 전체상을 가늠할 수 있게 된다.

그렇다면 어떤 문체가 훌륭한 것일까? 카르마로서의 개성을 넘어선 법성(法性)을 반영할 때 문체는 한층 높은 격조를 발한다. 소위 문장의

'관상(觀象)'이 품격을 드높여가는 것이다. 필자는 앞에서 글의 몸인 문체가 마음의 물질화이자 반영체라고 말하였다. 그러니까 문체는 단순한 장인 정신이나 천재성 혹은 기술이나 기능의 산물이 아니라 마음의 수준과 질의 반영물이자 생성물인 것이다.

말할 것도 없이 문체는 시라는 예술작품의 몸이기 때문에 다듬고 매만지는 노고를 필요로 한다. 마치 몸에 옷을 입히듯이 문체의 단장이 필요한 것이다. 그러나 이것은 매우 사소한 부분이다. 다듬고 매만지는 단장 이전에 '심전(心田)'이라는 마음 세계를 가꾸는 일이 더 중요한 것이다.

문체를 말할 때 우리는 수사학을 함께 떠올릴 수 있다. 수사학이란 그 말의 한자 표기가 가리키는 바 그대로 말을 갈고 닦는 일이다. 그러니까 수사학에서의 '수사(修辭)'란 단순한 언어적 기교가 아니라 언어를 수행하듯 닦는 일이다. 언어를 닦는다는 것은 마음을 닦는다는 것과 다르지 않다. 마음이 닦이지 않는 한 언어는 닦일 수 없으며, 훌륭한 언어는 닦인 마음의 산물인 것이다.

진선미의 위의를 갖춘 문체는 석가모니 부처님의 '32상 80종호'처럼 그 모습만으로도 사람을 귀하게 만들고 편안하게 이끌며, 어떤 환희심 같은 것에 젖게 한다. 이와 같은 문체를 구사하는 사람 앞에서 사람들은 자발적으로 무릎을 꿇고 그와 하나 되는 일체감을 갖는다. 그러면서 마음을 닦은 이의 문체가 보여줄 수 있는 대지 같은 안정감, 대하 같은 생명감, 태양 같은 따스함, 큰바람 같은 무애함을 느낀다.

훌륭한 문체는 우리를 살린다. 그 문체에 깃든 선한 파장과 파동, 에너지와 기운이 우리에게 '쾌적감'을 주며 존재의 온전함을 경험하게 하는 것이다. 그러니 좋은 시의 저변에는 좋은 마음이 깃들어 있다. 단순한 재주나 연습, 그리고 습득된 시적 관습을 넘어선, 마음의 참 풍경이 그 속에 담겨 있는 것이다.

필자는 생각한다. 우리 시의 경우 만해나 미당, 소월이나 영랑, 또한 백석이나 정지용, 윤동주나 이육사와 같은 시인들의 문체는 마음의 참 풍경이 만들어낸 글의 몸이라고 말이다. 마음이 허하면 문체도 허하다. 마찬가지로 마음이 실하면 문체 역시 실한 것이다. 우리는 이 점을 방금 언급한 시인들에게서 잘 볼 수 있다. 이러한 사실은 우리 시가 나아가야 할 방향을 논의하는 데도 중요한 참고 자료가 될 것이다.

2. 시어, 여실(如實)한 말들의 탄생

시를 구성하는 요소 가운데 매우 중요한 것이 언어이다. 시는 최종적으로 언어에 의하여 표현되고, 시가 지닌 이와 같은 점 때문에 시란 인간 언어 활동의 일종이 된다. 시가 언어와 맺고 있는 이런 관계는 시를 논하는 데 있어서 언어의 문제를 특별히 앞부분에서 살펴보도록 만드는 요인이다.

언어에 의해 표현되는 것은 시 이외에도 무수하다. 인간들은 아침부터 저녁까지 언어를 사용하고 있으며, 탄생의 순간부터 죽음을 맞이하는 때까지 언어를 사용한다. 이와 같은 언어의 창조물은 방금 말했듯이 그 수와 종류를 헤아리기가 어렵다. 이런 점을 염두에 두고 볼 때 인간을 가리켜 '언어를 사용하는 동물'이라고 규정짓는 것은 인간의 특성을 드러내는 데 적절하다.

불교에서 언어는 신구의(身口意) 삼업 가운데 구업(口業)에 해당된다. 인간 행위의 세 가지 가운데 한 가지를 차지할 만큼 언어 행위가 중차

대하며, 주로 그 언어 행위를 통하여 인간의 삶이 이루어진다고 보는 것이다. 그러나 구업은 업의 일종으로서 인간을 구속하고 사로잡는 원인이기도 하다. 정화되지 않은 언어에는 언제나 욕망이 묻어 있고 그 욕망의 정도만큼 언어는 업장이 되기 때문이다. 불교는 인간들의 언어가 지닌 이와 같은 성질을 깊이 통찰하고 있기에 염화미소(拈華微笑), 이심전심(以心傳心), 불립문자(不立文字), 직지인심(直指人心) 등과 같은 언어 초월적 관점을 제시한다.

이런 점을 반영이라도 하듯이 불교 의례에선 '정구업진언(淨口業眞言)'을 행한다. 구업을 정화하여 가장 청정한 상태로 자신을 돌이키지 않고서는 어떤 언어도 시끄러운 '소음'에 지나지 않는다고 보는 것이다. 그만큼 언어는 언제, 어디서나, 그리고 그 누구나 사용하기 쉬운 도구이지만 그 도구 속의 불순물과 장애란 여간 큰 것이 아니다. 선불교의 대표적 공안집인 『벽암록』 속에는 '개구즉착(開口卽錯)'이라는 인상적인 말이 나온다. 인간들이 청정하지 않은 상태에서 행하는 모든 언어 행위는 그것이 행해지는 즉시 착오와 같은 공해를 유발한다는 것이다.

그렇다면 이와 같이 난해하고 난처한 인간의 언어로 우리는 무엇을 할 수 있겠는가. 할 수만 있다면 아무것도 하지 않는 무언(無言)과 묵언(黙言)의 상태로 존재하는 것이 좋겠지만 이 현실 세계에서 육체를 지닌 인간들이 언어 없이 어떻게 의식주를 해결하고 살아갈 수 있겠는가. 그러니 언어를 제대로 잘 사용하는 일이 남아 있다. 그런데 과연 어떻게 해야 언어를 제대로 잘 사용하는 것이 될까?

일상 언어는 교환의 성격을 지니거나 지배적인 성격을 지닌다. 그러니까 거래로서의 언어이거나 자기 확장으로서의 언어라는 성격을 갖는 것이다. 우리가 사용하는 언어들을 잘 살펴보면 대부분의 언어가 여기서 크게 벗어나지 않는다는 사실을 알 수 있다. 이와 같은 언어 사용에서 우리는 전달 대상인 청자에 대하여 크게 마음을 쓴다. 언어로써 청자와 유리하거나 효율적인 거래를 하고자 하는 마음과, 그 청자를 설득하고자 하는 아상과 아견에 기반한 지배 욕망이 작용하기 때문이다.

이와 같은 언어를 사용하고 나서 대부분의 사람들은 어떤 종류의 불편한 심기에 빠진다. 무엇인가 거래가 잘못된 것 같은 느낌, 자신의 의지와 욕망대로 일처리가 되지 않은 것 같은 느낌, 자신의 본성이 심층에서 자신이 발설한 언어에 부담을 느끼고 있는 것 같은 느낌, 언어란 너무나도 다루기 어려운 이상한 도구 같다는 느낌 등, 그야말로 언어로 인한 고통이 뒤따른다.

그런 자리에서 인간들은 새로운 언어 사용 방식을 그리워하고 탐구한다. 대상이 부재하는 언어, 타인에게 전달하기를 욕망하지 않는 언어, 누구하고도 거래하기를 원하지 않는 언어, 효율성을 거부하는 언어, 국어사전을 초월하는 언어, 언어공동체로부터 이탈하는 언어를 사용하고자 하는 것이다. 시의 언어는 바로 이와 같은 언어 사용에의 꿈과 맞닿아 있다.

시의 언어를 두고 사람들은 여러 가지 규정을 해왔다. 시의 언어는 함축적이라고, 시의 언어는 간접적이라고, 시의 언어는 구체적이며 경험적이라고, 시의 언어는 다의적이며 모호하다고, 시의 언어는 메시지 그 자체를 지향한다고, 시의 언어는 '보여주는' 언어라고, 그리고 시의 언어는 명료한 요약이 불가능하다고, 사람들은 시의 언어가 가진 특성을 지적해온 것이다. 이들 모두는 다 맞는 말이다. 시의 언어는 일상 언어와 다른 면을 갖고 있는 것이다.

그렇다면 이와 같은 시의 언어를 불교적 관점에서 어떻게 바라볼 수 있을까. 불교적 관점에서 보면 시의 언어는 염화미소, 이심전심, 불립문자, 직지인심 등, 언어도단(言語道斷)의 세계를 그리워하는 언어이다. 그저 마음과 마음으로 전해질 수 있기를, 웃음으로써 공감할 수 있기를, 문자로는 어림없는 세계에 도달하기를, 곧바로 달(진리, 진실)을 가리키기를, 말길이 끊어진 데에서 자유롭기를 바라는 언어인 것이다. 그러니까 시의 언어는 외형상 세속의 언어, 일상의 언어를 사용할 뿐, 그 사용방법과 속사정에 있어서는 이들을 해체하고 이들로부터 멀리 이탈하는 것이다. 그야말로 세속언어와 일상언어로 가리어진 눈을 열어 보이고, 그런 언어로 굳어버린 몸과 마음을 공기나 허공처럼 풀어놓고, 그런 언어로 다친 삶을 본래 모습으로 회복시켜주는 것이다.

인간이 만든 최고의 도구는 언어이지만, 달리 보면 그 도구야말로 매우 허술하고 위험하다. 보통 사람들은 이런 언어에 대해 의심하지 않는다. 그저 언어를 배우고, 그 언어를 사용하고, 그 언어공동체 속에서 우열을 따지며 살아간다. 그러나 시인들은 이 언어에 대해 의심한다. 정말 이 언어라는 도구가 우리를 행복하게 해줄 수 있을 것인가에 대해서 고민한다. 그리고 그 언어를 어떻게 사용해야만 자아와 세계의 해방, 인간과 존재의 해방에 이를 수 있을까를 생각한다. 이런 고민과 생각에서 나온 시의 언어 사용 방법이 바로 앞에서 언급한 바와 같은 것이다. 한 번 더 반복하자면 소유의 언어가 아닌 존재의 언어, 유위의 언어가 아닌 무위의 언어, 지배의 언어가 아닌 방하착(放下着)의 언어, 거래의 언어가 아닌 무상의 언어, 편리의 언어가 아닌 진실의 언어, 사용된 언어가 아니라 창조된 언어—이런 것들이, 시의 언어가 지닌 특성이다.

이런 모든 것들을 한마디로 줄여 말한다면 '여실(如實)한 언어'가 될 것이다. 여실이란 실제와 같다, 실상과 같다, 실물과 같다 등의 뜻을 갖는다. 인간으로서, 그것도 인간의 언어를 도구로 삼아 우리가 제아무리 노력한다 해도 그 세계는 도달하기 어려운 경지이지만, 이런 세계에 대한 그리움이 시를 낳고 시의 언어를 창조하게 한다고 볼 수 있다. 그런 점에서 시인들은 실제와 실상과 실물을 회복시키고 열어 보이려는 사람들이다. 그것이 엄연한 한계 내의 일일지라도 시인들의 이와 같은 노력은 인간의 언어와 삶을 고양시키는 중요한 행위로서 가치를 지닌다.

3. 리듬, 원음(圓音)을 그리워하는 율동

세상의 어떤 것도 아무렇게나 움직이지 않는다. 그 속엔 일정한 '율(律)'이 있다. 이와 같은 일정한 율 속의 움직임을 율동이라 할 수 있다. 리듬은 바로 그와 같은 율동의 일종이다.

일반적으로 리듬은 동일하다고 여겨지는 사건단위(event)의 반복을 통하여 형성된다. 여기서 말하는 사건단위엔 지극히 작은 것에서부터 아주 크나큰 것에 이르기까지 그야말로 수많은 규모의 것들이 존재한다. 그런데 우리가 이와 같은 사건단위를 인식하는 것은 자각적이기도 하고 무자각적이기도 하다. 그러나 자각성의 유무와 관계없이 우리의 몸과 마음, 삶과 생은 이 사건단위들을 직간접으로 느끼고 그들과 소통하며 살아간다.

이러한 리듬의 기원은 어디일까? 그 신체적 기원은 심장일 터이고, 그 지구적 기원은 자전과 공전일 것이며, 그 물리적 기원은 입자와 파동일 것이다. 그리고 그 우주적 기원을 말한다면 화이트홀과 블랙홀의 거대한 활동이 될 것이다.

　방금 위에서 제시한 것 이외에 우리는 리듬의 기원을 더 멀리, 더 깊이, 더 넓게 살펴볼 수 있을 것이다. 그만큼 리듬의 기원을 말하는 것은 다채롭다. 하지만 어떤 기원을 언급하더라도 그것은 모두 그 나름의 한계를 가지고 있다. 오직 분명하게 말할 수 있는 것은 우주 전체가, 아니 우주 만유가 리듬 속에서, 리듬을 만들면서 살아가고 있다는 점이다.

　어떤 존재가 살아간다는 것, 아니 존재한다는 것 그 자체는 리듬을 타고 가는 일이며, 리듬을 생성하는 일이고, 리듬을 즐기는 일이다. 리듬은 그만큼 이 세계의 모든 것들과 밀착돼 있다.

　예를 들어보자. 아침에 해가 뜨고 저녁에 해가 지는 일의 반복, 밀물이 밀려오고 썰물이 밀려 나가는 일의 반복, 낮이면 일을 하고 밤이면 잠을 자는 일의 반복, 초승달이 반달을 거쳐 보름달이 되고 그것이 다시 하현달로 이어지는 일의 반복, 일 년 사계절이 차례로 전개되는 일의 반복, 생명체들이 숨을 내쉬고 들이쉬는 일의 반복, 인간들이 두 팔을 흔들며 발걸음을 옮기는 일의 반복, 세 끼의 식사를 규칙적으로 하는 일의 반복, 알을 낳고 울어대는 암탉의 울음의 반복까지, 실로 그 예를 모두 들 수가 없을 만큼 세계는 리듬의 전시장이다.

　필자는 앞에서 리듬의 신체적 기원을 심장이라고 말하였다. 심장은 호흡을 통하여 우리를 우주와 하나가 되게 하는 기관이자 장소이다. 이 심장이 기능을 다하면 사람을 포함한 생명체의 삶은 멈추고 만다. 그런 점에서 심장은 살림의 신이 사는 신비의 궁전 같다. 그런데 우리가 심장을 한자로 '心臟'이라 쓰는 것도 예사롭지 않다. '心臟'은 '마음'이 머물고 사는 곳이라고 풀이되기 때문이다. '마음'이라면 불교적 관점에서 너무나도 중요한 세계가 아닌가. 그 마음이 깃들어 작동하는 곳, 그곳이 바로 심장인 것이다.

이 세상 어느 곳에서도 리듬의 작용이 발견되지만 시에서는 리듬이 특별히 중요한 역할을 한다. 예술의 영역에 한정해서 말한다면 시는 음악 다음으로 리듬을 중시하는 양식일 것이다.

이와 같은 시의 리듬은 어디서 오는 것일까. 표면적으로 보면 시의 리듬은 언어에서 오지만 심층적으로 보면 시의 리듬은 몸의 중심인 '심장'에서 온다. 인간 몸의 심장은 항상 뛰면서 리듬을 만들어낸다. 한시도 멈추지 않고 리드미컬하게 뛰는 심장은 리듬의 발전소이다. 그 심장의 리드미컬한 작용에 따라 한낱 기호였던 언어가 기호를 넘어 동사성을 획득하게 되고, 그 리듬의 날숨과 들숨 같은 '율'에 따라 동사성에 질서가 만들어진다.

불교에서 각성에 이르기 위한 한 방법으로 사용되는 명상 가운데 가장 중요한 것은 수식관(數息觀)이다. 인간 존재의 처음이자 중심이며 마지막이라고 생각하는 '숨'에 우리의 마음을 모으는 것이 수식관이다. 불교는 말한다. 평상시에 우리는 내적 욕망으로 헐떡이고 외적 경계에 끄달리느라고 우리가 숨을 쉬고 있는지, 어떻게 숨을 쉬고 있는지 알아차리지를 못하고 살아간다고 말이다. 일반적으로 사람들은 숨이란 당연히 쉬는 것이고 노력하지 않아도 쉬는 것이며 아무렇게나 쉬어도 문제가 없는 것처럼 생각한다. 그러나 숨은 인간 생명의 모든 것이며, 숨을 쉬면서 만들어내는 숨결은 우리의 삶을 그대로 반영한다.

그런데 이 숨결을 만들어내는 원천은 '마음'이다. 마음을 어떻게 썼느냐에 따라 '숨결'이 달라진다. 따라서 숨결만 잘 관찰하고 읽어낼 수 있어도 우리의 마음 상태를 조절할 수 있다.

　이제 정리해보자. 마음은 숨결을 만들고 숨결은 리듬을 만들며 리듬은 시의 언어를 지배하는 중요한 요인이 된다. 시에서 리듬은 '질서 있는 동사성'을 경험하게 한다. 리듬은 본질적으로 강물의 흐름과 같은 시간적, 동사적 흐름인데, 그 동사적 행태에 질서가 부여돼 있는 것이다. 이렇게 볼 때 리듬은 서로 다른 두 가지 속성의 결합체이다. 동사적 행태에서 사람들은 흥을 느낀다. 반면에 질서 속에서는 긴장감을 느낄 것이다.

　외형률이든 내재율이든, 정형률이든 자유율이든, 모든 리듬은 그 속성상 자유와 구속, 방심과 규제, 분출과 억압이 함께 만들어내는 작품이다. 이런 이중성은 음양으로 존재하는 세계의 실상을 닮아 있다. 마치 태극 속에 음양의 씨앗이 존재하며 함께 조화를 이루어내듯이, 리듬 또한 움직이고자 하는 속성과 멈추고자 하는 속성이 한 몸 속에서 조화를 추구하고자 하는 것이다.

　시의 리듬을 논할 때, 지금까지는 너무 선형적인 리듬에만 치중해온 감이 있다. 선형적인 리듬이란 기계적으로 음수를 헤아리고, 음보를 따지며, 강약과 고저장단 같은 외형적인 특성을 강조하는 것이다. 그러나 실제로 모든 시는 오케스트라와 같은 다중의 리듬이 서로 어울려 하나가 된 장이다. 리듬을 이루는 사건단위란 음소(자음, 모음, 초성, 중성, 종성)나 음절 같은 작은 것으로부터 구나 절, 문장, 그리고 행과

연 등과 같은 큰 것에 이르기까지 정말로 다채롭다. 그리고 리듬의 기본적 속성인 반복의 양태 또한 참으로 다양하다. 이 모든 것들이 한데 어우러져 만들어내는 시의 리듬은 흐르는 물소리를 한두 가지 율동으로 형용할 수 없는 것처럼 매우 복합적이고 입체적이다. 그러므로 시의 리듬감을 즐길 때는 귀를 열고, 마음을 열어놓아야 한다. 주관적 시선에 따라 리듬을 선택할 일이 아니라 자신을 비우고 리듬 그 자체가 전체상으로 들려오게 해야 할 것이다.

좋은 리듬은 사람들을 살린다. 옛날의 왕들이 음악으로써 민심을 측정하고, 음악으로써 나라를 다스리고자 한 점은 기억할 만하다. 음의 율과 양의 율이 서로 조화를 이루는 '율려(律呂)'를 존중하던 시대의 일이다. 또한 불가에서 범종을 치고, 목탁을 치고, 독경을 하며 진선미로 어우러진 소리를 사랑하는 일도 리듬의 소중함을 보여주는 일이다.

위와 같은 소리가 사라지고 '소음'에 가까운 리듬들이 불협화음을 연주하는 이 시대에 다시금 참다운 소리와 리듬의 중요성을 음미해볼 일이다. 리듬의 원천이 숨결이고 숨결의 원천이 마음이라면, 이 시대의 '소음'들은 분명 마음에 이상이 생겼다는 징표이다. 그리고 우리의 심장에 과부하가 걸렸다는 징표이다.

4. 비유, 주인을 나르는 수레바퀴

거칠게 말하자면 모든 언어 행위는 'a는 b이다'의 구성 방식을 취한다. 언어 활동이란 애초에 'a'에 해당되는 대상을 주목했기 때문에 시작되는 것이고, 대상 'a'를 주목했다는 것은 그것에 대하여 마음이 일어났다는 것을 뜻한다. 불교에서는 '마음이 일어났다'는 것을 '생심(生心)'이라고 한다. '생심'은 바다의 파도처럼 마음이 움직인 것이다. 즉 아상이 출현함으로써 법상이 나타나게 한 것이다.

앞에서 몇 차례 언급했듯이 사적이며 주관적인 욕망의 다른 이름인 아상이 사라지면 언어는 필요하지 않다. 즉 대상인 'a'가 생겨나지 않게 되고, 그에 따라 당연히 대상 'a'에 대한 설명은 더군다나 필요하지 않게 된다. 그러므로 문제는 욕망과 아상에 의한 대상 'a'의 출현에 있다. 인간들은 끊임없이 대상을 만들고, 그 대상은 끊임없이 설명되고 기술되기를 기다린다.

'a는 b이다'로 구성되는 언어 형식에서 전자의 'a'를 원관념 혹은 취의라 칭하고, 후자인 'b'를 보조관념 또는 매재라고 칭하는 것이 시학계의 일반적인 관행이다. 여기서 사용되는 원관념과 보조관념, 취의와 매재라는 말은 각각 영어의 'tenor'와 'vehicle'을 번역한 것이다. 그런데 위와 같은 번역도 무방하지만 이 'tenor'와 'vehicle'을 주인과 수레바퀴라고 의역하면 새로운 이해가 가능해질 것이다. 요컨대 'b'는 'a'를 나르는 바퀴요, 'a'는 'b'에 의지해 목적지로 가고자 하는 주인이다.

일반적으로 'a는 b이다'라고 말할 때, 'b'는 상식적이고 사전적인 선에서 제시된다. 따라서 누구나 이와 같은 'b' 앞에서 당황할 필요가 없다. 명료한 'b'를 통해 언어 행위는 편리해지고 인간관계는 분명해진다.

그런데 이 'b'가 직설의 언어가 아니고 '비유의 언어'가 될 때 상황은 달라지기 시작한다. 비유란 말 그대로 빗대어 드러내는 것으로서, 직접적인 말하기 방식이 아니라 간접적인 말하기 방식이며, 친절한 설명의 말이 아니라 사적인 경험의 말이다. 그러므로 사람들은 비유적인 표현을 만날 때, 새롭지만 불편하다는 이중 감정을 갖게 된다. 사전적, 상식적 언어 너머를 만나는 데서 오는 새로움과 사전적, 상식적 언어로 해결할 수 없는 데서 오는 불편함이 공존하는 것이다.

그런 점에서 비유는 약이면서 독이다. 사전적, 상식적 언어로 도저히 표현할 수 없는 'a'의 진실을 비유는 해결해주면서, 그 대가로 'a'의 안정성을 위협하고 'a'에 대한 사람들의 사유에 혼란을 준다.

그나저나 인간은 비유의 천재이다. 그만큼 인간들은 비유를 즐겨 쓴다. 어떤 대상을 보는 순간 인간들은 즉각 '— 같다'는 느낌에 사로잡힌다. 그리고 'a'를 'b'로 대체한다. 이런 비유적 행위가 지속되고 반복되면 'a' 자체는 잊고 'b'로써 'a'를 기억하기도 한다. 가령 어떤 사람을 만났을 때 그 사람이 누구인지는 몰라도 그 사람이 백곰 같다는 느낌은 살아 있는 것이다.

시는 비유를 아주 즐겨 쓸 뿐만 아니라 고급하게 사용하는 장르이다. 따라서 시를 논할 때에는 비유의 문제를 빠뜨리지 않는 게 보통이다. 그렇다면 왜 시는 비유와 그토록 가까운 사이일까? 한마디로 말하면 시인이란 'a'에 대하여 사전적, 상식적 의미를 'b'로써 제시하는 사람들이 아니라 그것을 깨뜨리고 자신의 사적 경험을 드러내는 사람들이기 때문이다.

시인들의 사적 경험 세계는 끝이 없다. 넓이도, 다양성도, 깊이도 남다르다. 그들은 이런 사적 경험으로써 'b'의 세계를 기술한다.

시인들이 사적 경험의 세계로써 'b'를 만들어가는 사람들이라면, 그들은 일반 사람들과 다른 방식의 말하기를 즐기는 사람들이다. 이것을 달리 표현해본다면 일반 사람들이 '대중적인 바퀴'를 굴리며 목적지에 도달하는 대중교통 애용자나 운전자와 같다면, 시인들은 그마다의 다른 바퀴를 굴리며 목적지로 가는 자가용 사용자나 운전자 같다. 우리들의 길이 어떤 바퀴를 굴리며 가느냐에 따라 달라진다면, 대중교통의 뻔하지만 예측 가능한 바퀴를 굴리는 것과 시인들의 예측 불가능하지만 참신한 바퀴를 굴리며 가는 것엔 많은 차이가 있다. 우리는 인생길에서 이 두 가지 바퀴 중 어느 것도 버릴 수 없는 처지이지만 시인들이 굴리는 비유의 바퀴를 통하여 새 길과 새로운 승차감을 경험하는 것은 여간 흥미롭고 소중한 일이 아니다.

물론 시인들이 제아무리 대단한 비유의 바퀴를 굴린다 하여도 그것은 'a'의 참모습을 온전히 실어 나르지 못한다. 그렇더라도 훌륭한 비유는 그만큼의 수준으로 'a'의 실상에 우리가 다가가도록 길을 열어주고, 그런 비유의 힘에 의하여 우리는 존재와 세계의 더 새로운 속살을 만날 수 있게 된다.

　비유란 내가 경험한 것만큼 말할 수 있는 언어이다. 불교식으로 말한다면 우리의 아뢰야식에 저장돼 있는 경험의 총체가 이 비유의 현장에 나타나는 것이다. 불교는 말하기를, 우리는 매일, 그리고 매순간 존재와 세계를 촬영하여 이 아뢰야식에 저장한다고 한다. 그런데 그 촬영이란 '— 같다'는 비유적 입력의 모습이다. 우리는 우리의 업식에 따라 '— 같은' 존재와 세계를 만들어 저장하는 것이다.

　일반적인 비유이든, 시의 비유이든, 비유를 말할 때 반드시 언급해야 할 것이 불교의 언어관이자 비유관이다. 우리는 이미 성철 스님의 '산은 산이요 물은 물이다'라는 법어를 통해 불교가 전해주는 언어관과 비유관에 대해 짐작하고 있다. 그러나 현재의 문맥에서 조금 더 상세하게 이 언어관과 비유관을 살펴보면 성철 스님의 이 법어는 다음과 같은 세 단계를 확실하게 이해할 때 그 심오함과 전모가 전해진다.

　　① 산(a)은 산(b)이요 물(a)은 물(b)이로다
　　② 산(a)은 산(b)이 아니요, 물(a)은 물(b)이 아니로다
　　③ 산(a)은 산(b)이요 물(a)은 물(b)이로다

　첫 번째 ①의 '산(a)은 산(b)이요 물(a)은 물(b)이로다'에서 'b'인 산과

물은 인간적 아상에 의하여 만들어지고 굳어진 상식적이며 사전적인 보조관념이다. 위에서 이 1단계의 언어 행위와 비유 행위는 전격적으로 부정된다. 그러면서 다시 ②의 '산(a)은 산(b)이 아니요, 물(a)은 물(b)이 아니로다'라는 말이 제시되는 가운데 새 국면을 열어간다. 하지만 여기서의 'b'에 해당하는 '산이 아니요, 물이 아니로다'라는 말 역시 ①의 상식적, 사전적 의미를 깨뜨리고 있다는 점에서는 아주 진화한 언어 행위이고 비유 활동이지만 또다른 의미에서의 사적, 인간적 아상이 탄생시킨 언어이다. 따라서 위의 ② 역시 부정된다. '산이 아니요 물이 아니로다'라고 말하는 것 역시 어느 한쪽을 편애한 분별의 언어인 까닭이다. 그렇다면 어떻게 말해야 하는가? 위의 ③이 그 답안으로 제시되었다. 요컨대 '산은 산이요 물은 물이로다'라고 말할 수밖에 없다는 것이다. 이 때 'b'에 해당되는 산과 물엔 아무런 인간적, 사적 아상이 깃들어 있지 않다. 그저 존재와 세계를 있는 그대로 관조할 뿐인 것이다. 무심 속에서, 중도의 마음으로 존재와 세계를 바라볼 뿐인 것이다.

위와 같은 언어관과 비유관으로 본다면 시인들의 비유는 어떤 모습을 지니고 있는 것일까? 아마도 ②와 ③ 사이를 오가고 있는 것이 아닐까 한다. ③을 꿈꾸고 있지만 ②를 넘어설 수 없는 현실, 그런가 하면 ②를 벗어날 수 없으나 ③을 그리워하지 않을 수 없는 현실 속에 그들의 비유가 놓여 있는 것이다.

지금도 시인들은 '비유'를 사랑하며 '비유'와 씨름하고 있다. 수레바퀴를 얼마나 훌륭하게 만들어야 주인이 여여(如如)하게 길을 갈 수 있을까를 심사숙고하고 있는 것이다.

5. 상징, 효율적인 관상(觀象)

　언어 활동의 기본 원리 가운데 아주 중요한 것이 이른바 '경제성의 원리'이다. 소리를 내는 음성 작용에서부터 의미를 전달하는 의미 작용에 이르기까지 경제성의 원리는 언제나 적용된다. 언어 활동이 이처럼 경제성을 염두에 두고 이루어지는 것은 언어 행위 역시 에너지 사용의 한 방식이기 때문이다. 인간의 몸을 비롯하여 이 세상의 모든 것들은 가능하면 에너지를 적게 들이고 일을 행하고자 한다.

　상징은 언어 활동에서 에너지를 적게 사용하고 의미를 전달하고자 하는 대표적인 방식이다. 상징을 한자 말 그대로 풀이하면 '조짐(徵)을 표상(象)하는 것'이라고 할 수 있는데 이것을 언어학적으로 설명하면 'a는 b이다'라는 언어 구성 방식에서 'a'를 아예 버리고(혹은 숨기고) 'b'만을 표면에 드러내는 것이다. 이렇게 하면 'a는 b이다'라고 모든 것을 표면적으로 기술하는 데서 드는 비용이 크게 줄어든다. 오직 'b'만을 말함으로써 'a는 b이다'라고 말한 것과 동일한 효과를 내기 때문이다.

이와 관련하여 다음과 같은 자료를 보기로 하자.

① 지조(a, 원관념)는 대나무(b, 보조관념)와 같다 : 직유
② 지조(a, 원관념)는 대나무(b, 보조관념)이다 : 은유
③ 대나무(b, 보조관념)를 한 그루 심었다 : 상징

위의 세 가지는 모두 비유적 언어 행위에 속한다. 직유(直喩, 직접 드러냄) 혹은 명유(明喩, 밝게 드러냄)라고 불리는 ①의 경우는 그 비유방식이 매우 친절하다. 그에 비한다면 은유(隱喩, 숨겨서 드러냄) 혹은 암유(暗喩, 어둡게 드러냄)라고 불리는 ②의 경우는 친절함과는 좀 거리가 있지만 군더더기를 배제한 단호함이 있다. 이 두 가지 경우와 비교할 때 ③의 경우는 상징의 일종으로서 불친절하기 그지없는 언어 사용 방식을 보여준다. 외형적으로도 금방 드러나듯이 ③에서는 아예 'a'에 해당되는 원관념을 지워버린 것이다.

방금 설명했듯이 상징은 원관념을 버리고 보조관념만을 사용하여 경제적인 언어 활동을 하는 특수한 언어 행위이다. 이와 같은 상징은 원관념을 언급하지 않고도 공유할 수 있는 공동체 속에서 효율적으로 사용될 수 있거니와, 우리 주변을 둘러보면 이런 상징의 예는 이루 말할 수 없이 많다. 태극기를 걸어놓고 대한민국을 표상한다든지, 십자가를 걸어놓고 기독교를 뜻한다든지, 비둘기를 날려 보내고 평화를 생각한다든지, 반지를 끼워주고 사랑의 감정을 전한다든지, 미역국을 끓여주며 생일임을 기억시킨다든지 하는 등의 수많은 일들이 상징을 사용하는 실례들이다.

상징은 어떤 존재 안에 들어 있는 '상(象)'을 읽는 행위이다. 이것을 가리켜 '관상(觀象)'이라고 불러본다면 상징은 '상'을 '관'하는 데서 비롯되는 것이다. 대나무에서 지조라는 상을, 태극기에서 대한민국이라는 상을, 십자가에서 기독교라는 상을, 비둘기에서 평화라는 상을, 반지에서 사랑이라는 상을, 미역국에서 생일이라는 상을 읽어냄으로써 상징이 만들어지는 것이다.

이와 같은 '상'을 읽어내는 일은 고대부터 매우 중요한 과제가 되었다. 천지의 상을 읽어서 보여준 「하도(河圖)」와 「낙서(洛書)」, 우주만유의 운행이 지닌 상을 읽어서 음양의 괘로 표상한 『역경(易經)』, 사물들의 형상을 읽어서 글자로 만든 상형문자, 각종 제의와 의식에 사용되는 제기와 제물들, 이런 모든 것들이 다 상을 관하여 상징을 사용한 예이다.

그런데 상은 우리가 제아무리 잘 읽으려 해도 인간적 속성을 벗어나기 어렵다. 그런 점에서 상징은 '방편'이다. 불교에서는 이런 방편을 절대화할 위험성을 경고하기 위해 '살불살조(殺佛殺祖)'를 가르친다. 부처를 만나면 부처를 죽이고, 조사(祖師)를 만나면 조사를 죽이라는 것이다. 날씨가 추워서 사람이 죽을 것 같으면 법당의 목불을 때서 방을 덥히고, 불쏘시개가 없다면 경전을 찢어 불쏘시개로 사용하라는 것이다. 이것은 모두 상징에 결박되어 존재의 진실을 보지 못하기 쉬운 사람들의 어리석음을 일깨우는 가르침이다. 상징은 그야말로 하나의 '방편'일 뿐, 상징이 절대화될 수는 없다는 것이다.

이처럼 상징은 인간들의 삶 전반에서 두루 사용된다. 그리고 그 사용 방식은 언어의 경제성에 의존한다. 하지만 상징에 대한 이해와 사색이 없으면 상징은 경제성을 빙자한 경직된 도구가 되고 만다. 상징이 사람을 살리기보다 상징에 의하여 사람들이 규격화되고 피로해지고 마는 것이다.

　시는 어느 양식보다 상징을 애용하고 또 효과적으로 활용하는 장르이다. 짧은 분량과 정제된 형식으로 많은 의미를 담아내고자 하는 시 장르의 속성이 그 원인인 것 같다. 시는 때로 관습적 상징을 사용하기도 하지만, 대부분의 경우엔 개인적 상징 혹은 창조적 상징을 사용한다. 관습적 상징은 함께 살아가는 공동체의 구성원들이라면 대부분 그 함의(원관념)를 아는 경우이다. 그러나 개인적 상징과 창조적 상징은 시인 자신만의 독립된 정부 속에서 기능하고 탄생하는 것이므로 그 함의(원관념)의 공유가 쉽지 않다. 또한 그 함의의 공유가 이루어진다 하더라도 그것은 명료하기보다 모호하고 애매하며 자의적이기까지 하다. 일반적으로 시의 난해성을 말하는 데에 이 개인 상징 및 창조적 상징의 애용이 큰 원인을 제공한다. 그러나 시의 난해성은 시의 부족함을 말하는 것이 아니라 시의 특성을 알려주는 점이다. 난해함은 그 자체로 좋고 나쁜 것이 아니다. 다만 그 난해함이 예술적 성취를 높이고 인간 영혼을 고양시키는 데 이바지하는 것인가의 여부가 중요하고 그 점이 논의되어야 한다.

　시는 개인 상징과 창조적 상징을 마음껏 사용하여 원관념의 새로운 창조에 기여한다. 따라서 시를 읽음으로써 우리는 이전에 만나지 못했던 상징과 더불어 그것이 환기시키는 자유분방함과 발랄함에 매료된다. 그러면서 원관념과 보조관념이 서로 보이지 않는 가운데 얼마나 자유롭게 인연의 장을 만들어가며 '무상(無常)의 흐름' 속에 참여하는지를 보게 된다. 이와 같은 열린 상징들 앞에서 우리는 세상에 대해 고집하거나 집착하지 않는 마음을 익힌다. 윤동주가 그의 「서시」에서 "오늘 밤에도 별이 바람에 스치운다"라고 말했을 때 누구도 이 구절의 '별'과 '바람'이라는 상징의 함의를 특정한 것으로 고집하거나 그에 대한 정답을 요구하지 않는 것과 같이 시인들이 사용하는 시 속의 독자적 상징 앞에서 사람들은 한없이 자유로워지고 너그러워진다.

6. 상상력, 공성(空性)의 무한 창조력

인간의 가장 큰 능력 가운데 하나가 상상력이다. 상상력은 상(像; 모습, 모양, 형상)을 떠올리는 힘이다. 인간들은 마치 무에서 유를 창조하고 생성하듯이 상상력을 통해 새로운 상상의 세계를 만들어낸다. 인간들이 사용하는 상상력의 수준은 아주 높고 그 상상의 빈도는 매우 잦아서 인간들의 생애뿐만 아니라 인간 문명의 대부분이 이 상상력과 상상 작용에 의하여 이루어졌다고 볼 수 있다. 그런 점에서 이와 같은 상상력과 그 작용은 비현실적 혹은 초현실적인 것 같지만 매우 현실적인 바탕 위에서 인간 생존의 필요성을 반영한 것이라 생각된다.

인간의 삶에서 이토록 중요한 역할을 하는 상상력은 외형만으로 볼 때는 터무니없이 허황한 것에서부터 강력한 현실 적용과 변용의 가능성을 가진 것까지 그 양태가 다채롭다. 이를테면 망상, 공상, 환상 등과 같은 것에서부터 예술적, 시적 상상력에 이르기까지 그 상상의 실태가 다양한 것이다. 하지만 이 모든 것들은 다 인간 생존의 필요에 의하여 나타난 것이고, 오직 차이가 있다면 그 리얼리티의 경중이 다르다는 것뿐이다.

상상력 이론가 가운데 가스통 바슐라르는 상상력의 중요성을 가장 설득력 있게 해명해준 사람이다. 과학철학자였던 그가 실험과 실증에 의해서만 진실을 입증할 수 있는 것이 아니라 경험과 상상에 의해서도 진실을 입증하는 것이 가능하며 이 두 가지 진실 추구가 공존할 때 세계의 온전한 진실에 도달할 수 있다는 생각으로 두 길(과학철학자의 길과 상상력 이론가의 길)을 함께 탐색한 것은 의미심장하다. 특히 과학철학자의 길에서 상상력 이론가의 길로 자신의 주된 진로를 바꾸고 상상력 연구에 긴 시간 전념하여 상상력의 세계가 지닌 심오함과 아름다움을 보여준 것은 사람들로 하여금 그 세계를 바르게 인식하도록 하는 데 크나큰 역할을 한 것이었다.

바슐라르는 상상력을 두 가지 부류로 나누었다. 형태적 상상력과 물질적 상상력, 정태적 상상력과 역동적 상상력이 그것이다. 앞의 형태적 상상력과 정태적 상상력은 존재의 외양만을 건드린 상상력이고, 뒤의 물질적 상상력과 역동적 상상력은 존재의 심층을 무한정 탐사한 상상력이다. 가령 돌멩이에 관한 형태적 상상력은 둥글고 딱딱하며 무거운 형상을 그려 보인다. 그러나 물질적 상상력의 차원으로 들어가면 돌멩이는 대지의 숨소리를 듣는 자이고, 천상의 바람과 애무하는 자이며, 공중의 새소리를 저장하는 가슴이고, 흐르는 시냇물에 날마다 세수를 하는 자이다. 물질적 상상력 앞에서 존재와 세계는 무한 창조의 장으로 전변되고 날마다 다시 태어난다. 무한이라고 말할 수밖에 없는 상상의 가능성을 보여주게 되는 것이다.

바슐라르가 말하는 이와 같은 물질적 상상력과 역동적 상상력은 예술적, 시적 상상력의 근본이다. 예술가와 시인들은 모든 존재와 세계를 물렁물렁한 젤의 상태로 되돌리고, 일체의 것들을 뒤섞어서 한 몸으로 만들며, 이들을 용광로 속에 넣어 형태 이전의 허공과 같은 자리로 되돌아가게 한다. 그런 과정 속에서 예술가와 시인들은 존재와 세계의 무한한 삶을 읽어내고 창조한다. 그리고 그것을 통하여 외형에 사로잡혔던 우리의 표면적 상상 행위가 얼마나 유치하고 단순하며 거칠었던 것인가를 느끼게 한다.

하지만 물질적 상상력과 역동적 상상력의 진정한 힘은 다른 데 있다. 그것은 단순히 외형에 의존했던 우리의 얕고 협소한 상상력과 삶을 부끄러워하도록 만드는 데 그치지 않고 우리로 하여금 이 우주와 우주만유가 추는 이른바 '공성(空性)의 춤' 혹은 '마하무드라의 춤'을 관람하고 그 춤에 동참하도록 만드는 것이다.

바슐라르의 물질적 상상력과 역동적 상상력은 바로 위에서 언급한 바 '공성의 춤' 혹은 '마하무드라의 춤'을 직관하고 통찰한 자가 구사할 수 있는 상상력이다. 아시다시피 이 우주와 만유를 '공성의 춤' 혹은 '마하무드라의 춤'으로 읽는 것은 불교적 사유이다. 좀더 구체적으로 말한다면 물질적 상상력과 역동적 상상력은 불교의 '일미진중함시방(一微塵中含十方)'과 '인드라망의 그물', 그리고 '일중일체다중일(一中一切多中一) 일즉일체다즉일(一即一切多即一)'이라는 개념과 보다 깊은 연관 관계를 갖고 있다. 물론 이들은 '공성의 춤' 혹은 '마하무드라의 춤'

을 알려주는 친절한 설명들이다.

하나의 작은 티끌 속에 우주 전체가 들어 있다는 '일미진중함시방'의 진실, 우주 속의 일체가 인드라망의 그물처럼 얽혀 있다는 '제석천(帝釋天)의 그물망이 보여주는 중중무진의 연기적 실상' 그리고 하나 속에 일체가 들어 있으며 일체 속에 하나가 들어 있고 더 나아가 하나는 곧 일체이며 일체는 곧 하나라는 '일중일체다중일, 일즉일체다즉일'의 역설적 중도상은 물질적 상상력과 역동적 상상력을 가능하게 하는 원천이다. 바슐라르의 상상력 이론은 정신분석학과 깊은 관계를 가진 것으로 설명되기도 하지만, 실은 보다 근원적으로 불교의 '공성' '무유정법' '연기법' '프랙털의 원리' '중도법' 등과 관련돼 있다. 바슐라르의 많은 상상력 이론서들이 다 이런 점을 드러내 보이지만 직접 물질적 상상력과 역동적 상상력을 가동시키면서 미술작품을 시적 문체로 읽어 보인『꿈꿀 권리』는 특히 강하게 이 점을 실감하도록 한다.

이 우주와 만유가 '공성의 춤'을 추고 있는 것에 대하여 깊은 이해와 통찰 그리고 경험을 해본 사람은 물질적 상상력과 역동적 상상력으로 대표되는 무한 창조의 상상력을 발휘할 수 있고 그 기쁨과 의미가 어떤 것인지를 알 수 있을 것이다. 정해진 바 없지만 어떤 춤도 출 수 있는, 마치 양자역학에서의 '관찰자의 법칙'과 같은 묘용의 세계를 실천하고 사랑할 수 있는 것이다.

공성 속에서 빚어내는 상상력의 가능성은 누구도 예측할 수 없다. 다만 공성이 발할 수 있는 무한 창조의 능력이 무상한 흐름 속에서 지속적으로 발휘될 것이며 그것을 통해 세계는 한 번도 같은 모양으로 정지되지 않을 것임을 실감해볼 수 있다.

상상 속에 깊이 잠기면 그 깊이와 시간만큼 우리의 삶은 새롭게 깨어난다. 그러면서 고정관념에 함몰되어 드나들던 경직되고 진부한 길들을 부수고 새로운 길을 걸어가게 된다. 사실 '공성의 춤'에 온전히 들어가게 된다면 이 세상의 길은 무한하고 어떤 것도 길이 될 수 있는 가능성을 경험하고 즐기게 된다. 이처럼 모든 것이 길이 될 수 있을 때, 즉 무한 창조가 가능해질 수 있을 때, 우리는 어떤 곳에서도 모든 것을 볼 수 있으며 승찬 대사의 『신심명』이 그 첫부분에서 역설하는 "지도무난(至道無難) 유혐간택(唯嫌揀擇) 단막증애(但莫憎愛) 통연명백(洞然明白)"이라는 말이 무엇인지를 깨달을 수 있을 것이다. 또한 불교가 그토록 금기시하는 시비 분별을 그치는 일이 무엇인지도 실감할 수 있을 것이다.

이런 점에서 상상력은 인간이 우주적 진실과 만날 수 있는 '축복의 선물'과 같은 것인지도 모른다. 간혹 망상과 공상이 끼어들어 문제가 되기는 하지만, '공성의 춤'에 참여하는 상상의 기능은 우리를 우주 일체와 접속하도록 만드는 신비의 물질이자 고성능의 안테나임에 틀림없다.

7. 어조, 화신(化身)들의 목소리

어조(tone)란 말씨, 말투, 말하는 스타일, 말의 분위기, 말의 색상 등과 같은 뜻으로 풀이될 수 있다. 이 세상에 존재하는 모든 것들은 다 다른 어떤 존재들에게 말을 건네고 있으며 그 말에는 그들만의 독특한 어조가 담겨 있다.

인간뿐만 아니라 우주만물은 그것이 어떤 것이든 다 다른 존재들에게 어떤 말을 건네며 살고 있는 것이다. 이때의 말은 마음이기도 하다. 이를테면 지구도 자전과 공전을 통해 어떤 말과 말씨를 드러내고 있으며, 짐승들도 그 나름의 언어와 말씨를 갖고 있고, 식물들과 광물들도 들리지는 않으나 파동으로 구성된 기호를 발산하며, 시냇물과 바람도 그들만의 소리와 음조를 드러내며 흐르고 있다.

이처럼 모든 존재가 말과 어조를 지니고 있다는 것은 그들 모두가 이 우주 속에서 대화의 장에 참여하고 있다는 뜻이다. 말하자면 모든 존재는 다른 존재들과의 연관관계 속에서 무엇인가를 주고받으며 그들과 연기적 실체가 되어 살아가고 있는 것이다.

불교는 두두물물(頭頭物物)이 설법을 하고 있다는 말을 한다. 물론 여기서 중요한 의미는 '모든 존재가 진리인 법을 설한다'는 것이지만, 이로부터 또다른 의미를 읽어내자면 그것은 모든 존재가 그들만의 언어와 어조를 지니고 있다는 뜻이 될 것이다.

이 우주 만유들의 말과 어조에 귀를 기울이는 일은 흥미롭다. 그들은 다른 존재와 구별되는 그들만의 말과 어조를 드러내고, 이와 같은 서로 다른 말과 어조들은 함께 어울려서 하나의 화엄세계를 이룬다. 이 것은 마치 모든 악기들이 서로 다른 소리와 음조를 드러내면서 함께 어우러져 종합적이고 거대한 교향악을 만들어내는 것과 같다.

모든 존재에게 어조는 매우 중요하다. 그들이 지금 어떤 마음 상태에 있는지를 알려주는 지표이기 때문이다. 모든 존재들은 상대방의 어조의 섬세한 차이까지도 직감적으로 느낄 수 있는 능력을 지니고 있다. 따라서 어떤 어조를 구사하느냐 하는 점은 대화의 모습을 결정한다.

어조를 논하는 데서 화자의 마음 상태는 매우 중요하다. 화자가 지닌 마음 상태에 따라 천변만화의 어조가 탄생되기 때문이다. 그런 점에서 어조는 마음을 담아내는 그릇이고, 마음이 담긴 파장이며 에너지 장이다. 화자의 감정 상태, 화자의 의지, 화자의 욕망, 화자의 자아정체성, 화자의 의식 수준, 화자의 세계관 등, 그야말로 화자의 모든 마음 상태가 어조에 담겨 있다.

시에서도 어조는 매우 중요하다. 시를 가리켜 일반적으로 고백의 장르라고 말하지만 실은 시 또한 대화의 한 양식이다. 시인은 청자인 독자를 상상하거나 설정하고, 시 속의 화자 역시 작품 내에서 어떤 청자를 염두에 두거나 가상하고 말을 한다. 일단 대화가 시작되면 모든 화자는 그만의 어떤 어조를 구사한다. 그에 따라 시의 분위기는 완전히 달라지고 시가 독자인 청자와 맺는 관계도 달라진다.

정진규는 그의 시론에서 '화자우월주의'를 경계하였다. 화자우월주의란 말하는 자로서의 시인이나 시적 화자가 우월한 태도를 보이는 것을 뜻한다. 정진규는 이와 같은 상황에서 좋은 시가 탄생되기는 어렵다고 말한다. 그러니까 화자우월주의는 화자와 청자 사이의 대화적 관계를 좋지 못하게 할 뿐만 아니라 화자의 어조에도 좋은 영향을 주지 못한다는 것이다.

필자는 앞에서 어조야말로 화자의 마음이 담긴 말씨라고 말하였다. 그렇다면 어떤 마음이 담겨야 어조를 통하여 시가 살아나고 화자와 청자와의 관계가 좋은 방향으로 구축될 수 있을까. 불교의 마음법과 견해를 따르면 탐진치가 닦여진 마음, 지혜와 자비를 구족한 마음, 이상을 초월한 마음, 업장을 극복한 마음, 집착과 갈애를 넘어선 마음, 이런 마음들이 작용하였을 때 시도, 대화도, 세상도 살릴 수 있는 어조가 탄생된다고 볼 수 있다.

훌륭한 어조는 화자 자신은 물론 시 작품도, 시를 읽는 청자로서의 독자도 살려낸다. 그 어조 앞에서 화자를 포함한 청자들은 고양되고, 세계는 중생(重生)하는 것이다. 인간적 특성을 몸에서 읽어내려고 하는 연구자들은 인간을 가늠하는 데 목소리가 가장 중요한 지표가 된다는 말을 하고 있거니와 이렇게 되는 이유는 목소리가 신체적으로 오장육

부의 작용태이며 심리적으로 마음의 작용태이기 때문이다.

불교에선 석가모니 부처님의 목소리를 '사자후(獅子吼)'라고 칭하며 찬탄한다. 다들 아시겠지만 사자후란 '사자의 외침'이라는 뜻으로서 '사자'는 백수의 제왕이고, 그 목소리는 일체를 잠재우는 법어이다. 겉으로 보면 부처님의 '사자후'는 우월한 자리에서 누군가를 혹은 세상을 지배하는 권위적인 목소리 같지만, 실은 그것이 아니라 누구도 혹은 어떤 세상도 자발적으로 '마음의 무릎을 꿇게 하는' 감동과 깨침을 주는 목소리이다. 고도로 수행이 이루어진 사람은 그 모습만 보아도 신뢰 속에서 안심이 되듯, 석가모니 부처님의 '사자후'는 그 자체로 사람들을 안심시키고 자유와 평화 속으로 이끌었던 것이다.

시인들의 시 작품 속에 등장하는 목소리가 고도의 진정성과 수행의 마음을 담은 것일 때, 그 목소리 앞에서 독자들은 착한 어린이처럼 조용해지며 마음을 열고 감동한다. 그것은 어떤 권위나 고성의 외침 때문이 아니라 화자와 청자 간에 이루어지는 참된 대화와 사랑의 관계 때문이다. 그러므로 조금 거칠게 말한다면 좋은 시를 기억할 때 그 속의 좋은 어조가 먼저 떠오른다고 할 수 있다. 그 시가 뿜어내는 어조가 독자인 청자를 깊이 사로잡는 것이다.

어조는 묘하다. '아 다르고 어 다르다'는 우리말 속담처럼 단 하나의 음절이 모든 것을 바꾸어놓을 수 있다. 그만큼 어조는 숨길 수 없는 마음의 실제를 담고 있다. 마음이 말의 색상을 이루며 나타나는 것, 그것이 곧 어조이다.

이렇게 어조에 대하여 글을 쓰고 보니, 고도의 수행력이 담긴 드문 어조로서 청자인 독자들을 어린이처럼 조용하게 만드는 '사자후'의 힘을 가진 만해 한용운의 시적 어조가 떠오른다. 한용운의 시집『님의 침묵』속에 있는 어떤 작품도 어조 면에서 '사자후'의 힘을 지니고 있지만 그 가운데서도 많은 이들이 아끼는 시 작품「님의 침묵」과 「알 수 없어요」의 어조는 빼어나다.

지금도 이 우주 속에서 인간뿐만 아니라 만물이 그들만의 어조로 말을 하고 있다. 그러면서 그들 나름대로 세상의 일에 동참하고 있다. 그런 점에서 만물이 진리의 화신들이라면 세상은 화신들의 목소리로 가득 찬 어조의 바다이다. 그 바다에서 시인들도 어조를 통하여 말을 하고 있다. 생각하는 인간으로서의 번뇌 때문에 목소리에 금이 가기는 하지만, 그래도 그들이 내는 목소리는 낭송하고 싶을 만큼 매력적이다. 다른 장르와 달리 사람들이 시를 즐겨 낭송하거나 낭독하는 중요한 이유는 여기에 있을 것이다. 어조가 주는 기쁨을 낭송에서 맛보는 것일 터이다.

8. 소재, 두두물물(頭頭物物)의 발견

소재란 무엇인가를 만들고자 할 때 사용되는 '바탕 재료'이다. 집을 짓고자 할 때 나무를 바탕 재료로 삼으면 목조 건물이라 부르고, 흙을 바탕 재료로 삼으면 흙집이라 부르며, 돌을 바탕 재료로 삼으면 석조 건물이라고 부르듯이 무엇을 바탕 재료로 삼았느냐 하는 점은 만들어진 존재를 특징짓고 규정짓는 데 매우 중요하다.

사람들은 재료가 없으면 어떤 것도 만들 수가 없다. 쌀이라는 재료가 있어야 밥을 만들 수 있고, 배추라는 재료가 있어야 김치를 만들 수 있듯이, 일체의 만드는 행위에는 재료가 필요하다.

글을 쓰는 데 있어서도 재료는 매우 소중하다. 글이라고 하는 것이 어떤 것을 가지고 무엇을 만들 것이냐는 두 가지 물음 속에서 탄생된다면 재료는 이 가운데 '어떤 것'에 해당되는 것으로서 그 중요성이 크다.

재료가 훌륭하고 적절하면 만들어진 존재도 빛이 나기 쉽다. 좋은 쌀을 쓰면 양질의 밥이 될 가능성이 크고, 좋은 배추를 사용하면 맛있는 김치가 될 확률이 크듯이, 어떤 재료를 선택하고 사용하느냐 하는 점은 창조 작업에서 매우 중요하다.

글에서도 좋은 재료의 선택과 사용은 위에서 예를 들어 보인 것들만큼 중요하다. 이른바 좋은 글감을 가지고 있으면 좋은 글을 쓸 확률이 높아지는 것이다. 따라서 소재를 고를 때는 밥을 짓는 이가 양질의 쌀을 고르고 김치를 담그는 이가 질 좋은 배추를 고르듯이 양질의 소재를 찾아내야 한다.

그렇다면 어떻게 양질의 소재를 고를 수 있을까? 달리 말해 좋은 글감을 어떻게 찾아낼 수 있을까? 불교적 사유를 적용해서 말해보면 좋은 소재와 좋은 글감에는 불성이 빛나고 있다. 우리의 마음을 움직이는 불성이 크게, 높게, 넓게, 깊게, 그리고 풍요롭게 깃들어 있는 것이다. 이것은 마치 목조 건물의 재료가 되는 좋은 질의 나무 속에, 흙집의 재료가 되는 좋은 질의 찰흙 속에, 돌집의 재료가 되는 좋은 재료의 석물 속에 불성이 꽃피어 있는 것과 마찬가지이다.

불성이 꽃피고 깃들어 있을 때, 그 대상은 영적 아우라를 발하며 좋은 재료로 돋보인다. 그것은 보는 이의 마음을 행복하게 하고 그것을 보는 이로 하여금 행복감 속에서 '바탕 재료'로 삼게 한다. 누군가가 어떤 대상을 바탕 재료로 삼았다는 것은 그 대상과 사랑의 일체감을 느꼈다는 것이다.

좋은 소재와 그 소재를 만나는 일은 이처럼 중요하다. 그런 점에서 글감으로서의 좋은 소재를 만나고 품게 되었다면 글의 절반은 성공한 것이나 마찬가지라고 해도 과언이 아니다.

그렇다면 어떻게 해야 좋은 소재를 만나고 품을 수 있을까? 말할 나위도 없이 좋은 소재가 우리 앞에 나타나면 될 것이다. 마치 누군가가 좋은 쌀을 생산해놓고, 또 누군가가 좋은 배추를 생산해 내놓는 것처럼, 그렇게 대상이 우리 앞에 나타나면 될 것이다. 그러나 이렇게만 생각하는 것은 너무 소극적인 태도이다. 대상에 의하여 내가 일방적으로 좌우되기 때문이다. 그렇다면 어떻게 해야 할까? 대상의 힘과 더불어 나의 힘이 개발되어야 한다.

나의 마음의 눈이 열리면 세상은 모두가 좋은 소재로 변할 수 있다. 모난 돌에서 잘생긴 바위에 이르기까지 그들 모두가 다 훌륭한 소재이고, 벌레 먹은 배추에서부터 박람회에 출품할 정도로 잘생긴 배추에 이르기까지 이들 모두가 다 훌륭한 소재이다. 이른바 두두물물, 사사물물이 다 좋은 소재가 되는 것이다. 이것을 『화엄경』식으로 말한다면 두두물물과 사사물물의 다른 말인 제법(諸法)이 세상의 주인이 되어 묘하게 장엄돼 있음(世主妙嚴)을 보게 되는 것이다.

그렇게 볼 때 소재는 깊은 의미에서 단순히 선택되는 것이 아니라 발견되고 생성되는 것이다. 내가 마음의 문을 열어 대상의 속 깊은 불성을 읽어내고 그 대상에 불성의 기운을 불어넣으면서 그것과 마주할 때 일체만물은 다 그 나름의 모양으로 '한 소식'을 전하며 글의 소재가 될 자격을 갖추는 것이다.

따라서 글감이 없다는 말의 뜻은 일체만물에 대한 나의 마음의 열림이 부족하다는 것이 된다. 내가 마음의 눈을 뜨고 보면 이 세상에 존재하는 모든 것들은 다 글의 소재가 된다.

시인들은 그 어떤 사람들보다 세상에 두루 존재해 있는 소재를 잘 발굴해내는 사람들이다. 눈이 어두워 아무도 돌아보지 않던 것들을 찾아내어 새로운 소재로 격상시키고 그것이 훌륭한 쓰임새와 역할을 갖도록 하는 사람들이며, 모든 사람들이 너무 타성적으로 오래 사용하여 진부해진 소재들을 새롭게 탈각시켜 재사용하는 사람들이다.

　우리 근현대시를 보면 소재의 발굴과 생성에서 엄청난 영역의 확대와 종류의 다양화를 보여준다. 그것은 이전의 고시조가 보여준 소재의 협소함이나 반복성과 비교하면 더욱 그러하다. 그러나 진정 소재로서의 영적 감흥이 없는 것을 참다운 개안(開眼) 없이 마구 작품 속에 이끌어들일 때, 그것은 외연만의 확장과 다채로움일 뿐 내실까지 갖추기 어렵다. 최근 우리 시에서 나타나고 있는 소재 확장의 양상은 그런 위험성을 경계할 필요가 있음을 느끼게 한다.

　마음의 눈을 뜨고 보면 이 세상의 모든 것들이 소재가 되어 다가온다고 할 때, 글의 소재는 무궁무진하다. '두두시도(頭頭是道) 물물전진(物物全眞)'이라는 말에서 나온 '두두물물'의 함의처럼 일체가 깨침을 주는 재료로 우리 앞에 놓여 있는 것이다. 소재를 잘 발견하고 그것을 잘 사용하는 사람은 자유자재로 수영을 하는 사람처럼 어느 곳에서도 창조적일 수 있다. 그리고 마치 어떤 재료로도 멋진 음식을 만들 수 있는 사람처럼 재료의 부족이나 부적절함을 탓하지 않을 것이다.

　시를 혁신시키는 데는 다른 여러 가지 요소도 작용하지만 소재의 발굴과 발견, 생성과 재창조도 크나큰 역할을 한다. 소재의 힘만으로도 어떤 작품은 상당한 질적 수준을 확보하고 독자들에게 감동을 줄 수 있다. 시가 그 역할을 제대로 하지 못한다면 다른 것을 돌아보기도 해야 하지만 소재의 문제를 살펴볼 필요가 있다.

지금 시대는 일체만물과의 만남이 점점 속화되고 표피화되어가는 때이다. 우리는 대상을 만나지 않고 스쳐가는 데 익숙하며, 우리와 대상 사이엔 순정으로부터 벗어난 이해관계가 너무나 많이 끼어 있다. 따라서 주변의 두두물물 자체는 엄청나지만 그들의 참모습과 만날 수 있는 시간과 마음은 빈곤하다. 이런 점에서 지금은 우리가 소재의 빈곤을 걱정해야 할 때이다. 그리고 그것이 좋은 글의 생산을 막고 있는 것이 아닌지 진지하게 점검해볼 때이다.

9. 역설과 반어, 쌍차쌍조(雙遮雙照)의 드라마

역설(paradox)과 반어(irony)는 단순한 언어적 기교나 인위적으로 훈련된 수사법이 아니다. 만약 역설과 반어를 이와 같은 차원으로 인식하는 데서 그친다면 이들에 대한 이해와 인식은 너무나도 표피적이고 곡해된 것에 머물고 있는 셈이다.

일반적으로 역설을 가리켜 '겉으로는 말이 안 되는 것처럼 보이지만 속으로 생각해보면 말이 되는 언어 사용 방식'이라고 설명한다. 그리고 반어를 두고는 '겉으로는 말이 되지만 그 속뜻은 정반대인 언어 사용 방식'이라고 규정한다. 크게 보아 틀린 말은 아니다. 그러나 서양식 수사법에서 비롯된 이와 같은 역설과 반어에 대한 이해는 이들의 드러난 기술적 특성을 설명하는 데 초점이 맞추어져 있을 뿐, 보다 더욱 근본적인 차원에 대한 탐구와 통찰은 제외시켜놓고 있다.

역설과 반어는 기교와 수사법 이전의 우주관과 세계관의 문제이다. 역설과 반어를 가장 많이, 그리고 심오하게 사용하는 경우가 소위 '경전'이라고 불리는 것들에서 나타난다. 불교의 팔만사천 대장경은 말할 것도 없거니와,『천부경』,『도덕경』,『장자』,『주역』, 기독교의『성경』,『동경대전』, 공자나 소크라테스의 어록 등은 그 기저가 역설과 반어로 구성돼 있다. 이것은 이들 경전이 지니고 있는 우주관과 세계관을 그대로 반영하고 있는 것이다.

그렇다면 그 우주관과 세계관이란 어떤 것일까? 말할 것도 없이 모든 경전은 그 세부적인 차원에서 얼마간 혹은 상당히 다른 우주관과 세계관을 드러내고 있으나 한 가지 크나큰 공통점을 말하라면 그것은 이들이 전체성 속에서 세계의 표면적인 이원성을 넘어서고 그들을 심층적인 일원성으로 통합시키고자 한다는 점이다.

인간적 단견과 분리심에 의해 나타난 현상계에서는 이분법이 근간을 이룬다. 생과 사, 나와 너, 남자와 여자, 젊음과 늙음, 안과 바깥, 위와 아래, 중심과 주변, 동쪽과 서쪽, 큰 것과 작은 것, 움직임과 정지, 낮 시간과 밤 시간, 이익과 손해, 처음과 끝, 천상과 천하 등, 그야말로 수도 없는 이분법을 탄생시키고 그것에 의존하고 있는 것이다. 이와 같은 현상계의 이분법적 논리가 모든 것인 줄 알고 그것에 기준을 두는 사람들은 언제나 작은 일에 일희일비하며 살아간다. 자신에게 이롭다고 '생각되는 것'이 다가왔을 때엔 기뻐하고 그렇지 않다고 '생각되는 것'이 다가왔을 땐 슬퍼하기 때문이다. 이런 일희일비의 패턴 속에서 인간들이 반쪽짜리 기쁨을 추구하며 불안정한 삶을 살아가는 것, 이것을 전체성과 일원성 속에서 극복해보려는 것이 대부분의 경전들이 지향하는 바이다.

동양사상의 근간이 되는 음양론 혹은 음양오행론은 우주와 세계를 전체성과 일원성 속에서 가장 잘 읽어낸 대표적인 예이다. 이들은 이분법의 현상적 양면을 편의상 음과 양으로 칭한 다음, 이들이 전체성과 일원성 속에서 어떤 관계를 맺으며 이분법 너머의 활동을 하고 있는지를 체계적으로 보여주고 있다. 음양론 혹은 음양오행론에서 이분법에 지배되는 듯한 음양의 한 쌍은 실제로 상호대립의 원리, 상호의존의 원리, 상호소장(相互消長)의 원리, 상호전화의 원리, 분화의 법칙, 체용(體用)의 법칙을 함께 구사하는 것으로 파악되고 있으며, 이를 한마디로 줄여서 말한다면 '대대성(待對性)의 원리' 속에 놓여 있는 것으로 파악되고 있다.

대대성이란 매우 흥미로운 말이자 세계이다. 서로를 기다리면서 서로 대립되어 있다는 이 관점은 존재와 세계를 하나로 아우르는 고차원의 방식이다. 이는 불교에서 말하는 '불이성(不二性)의 원리' 혹은 '쌍차쌍조(雙遮雙照)의 원리'와 유사하며, 서양에서 말하는 뫼비우스의 띠의 원리, 우로보로스의 원의 원리 등과도 맥을 같이 한다.

전체를 통찰할 수 있는 안목으로 보면 세계와 우주는 '하나'이며 그 '하나'는 '음양'의 속성을 지닌 것과 같은 상호 대대적 관계 속의 것들이 함께 동적 드라마를 연출하는 장이다. 이 대대적 관계의 전체성에 눈을 뜬 자가 자유자재로 구사할 수 있는 수준 높은 언어 사용 방식 가운데 하나가 역설과 반어이다. 그러니까 역설과 반어는 이 절의 앞자리에서 말했듯이 단순한 기교나 훈련으로 되는 것이 아니라 우주적 진리와 세계의 실상에 대한 개안이 되어야 비로소 가능한 언어 사용 방식인 것이다. 불교식으로 말한다면 제법의 공상(空相)이 지닌 불생불멸, 불구부정, 부증불감의 실상에 눈을 떠야만 진정한 역설과 반어를 쓸 줄 아는 자가 되는 것이다.

이런 점에서 역설과 반어를 쓸 줄 아는 자는 일반적인 다른 언어의 구사력을 가진 자와 구별된다. 역설과 반어는 아무나 쓸 수 있는 것이 아니라 '눈을 뜬 자'라야 제대로 쓸 수 있는 것이다.

시에서 역설과 반어는 매우 중요하게 다루어진다. 그러나 역설과 반어가 가장 본격적인 언어 사용 방식이자 수사적 방법으로 사용되고 있는 텍스트는 경전들이다. 따라서 역설과 반어는 시의 전유물이 결코 아니지만 인간들의 다른 양식들과 비교할 때 시는 이를 상당히 풍요롭게 사용하고 있는 것이 사실이다. 시는 이와 같은 역설과 반어를 수준 높게 구사함으로써 시의 품격을 한 차원 드높인다. 그것은 역설과 반어를 통하여 세계와 우주의 이중성 및 전체성이 시현되기 때문이다.

우리시사에서 만해 한용운의 『님의 침묵』은 역설과 반어를 가장 고차원적으로 풍성하게 사용한 시집이다. 따라서 이 시집을 이해하는 데는 역설과 반어의 토대가 되는 우주관과 세계관을 터득하는 일이 전제되어야 한다. 만약 그와 같은 일이 전제되지 않는다면 이 시집 속의 역설과 반어에 대한 이해는 아주 표면적인 수준에 그치고 말 것이다. 일반적으로 한용운의 시집 『님의 침묵』을 제대로 읽어내지 못하고 있는데는 이런 점이 크게 작용하고 있다.

한용운처럼 우주와 세계의 진실상을 꿰뚫고 있는 대선사가 아니더라도 시인들은 앞서 말했듯이 다른 사람들보다 탁월한 직관력과 통찰력으로 우주와 세계의 진실상을 경험하거나 엿보는 자들이다. 이 점이 그들로 하여금 역설과 반어를 구사하도록 하고, 이로 인해 시의 깊이가 깊어진다.

미당 서정주가「푸르른 날」에서 '초록이 지쳐 단풍드는데'라고 말했을 때, 김소월이「산유화」에서 '갈 봄 여름 없이 꽃이 피고 진다'고 말했을 때, 엘리엇이「황무지」에서 '4월은 가장 잔인한 달'이라고 말했을 때, 김영랑이「모란이 피기까지는」에서 '찬란한 슬픔의 봄'이라고 말했을 때, 정진규가「해마다 피는 꽃, 우리 집 마당 10품(品)들」에서 '지천(至賤)이 시의 완성'이라고 말했을 때, 그런가 하면 이상이「오감도」에서 막다른 골목과 뚫린 골목을 같은 것으로 취급했을 때 이들은 우리로 하여금 역설과 반어의 가치와 영향력을 실감하지 않을 수 없게 한다.

그러나 전체적으로 우리시는 역설과 반어의 구사에 좀더 많은 노력을 기울여야 할 것이다. 달리 말하면 우주와 세계의 실상에 대한 '공부'에 분발하여 제대로 된 역설과 반어를 구사하고, 그 일에 자재롭게 될 필요가 있다.

10. 여백, 공터의 쓰임새

시만큼 여백을 즐기는 장르도 없다. 물리적으로 보더라도 그렇고, 심리적으로 보더라도 그렇다. 아무리 경제성을 따지고 인색한 사람이라도 시를 쓸 때는 하얀 A4용지 한 장을 아무렇지도 않게 바친다. 극단적으로 제목도 없는 시작품이건, 겨우 제목만 있거나 본문이 오직 한 줄로 이루어진 일행시이건, 좀더 양보하여 여러 행으로 구성된 단련시나 짧은 시이건, 시인들은 A4 용지의 빈터를 시에 바치는 데 아무 다른 생각이나 불만이 없다. 시를 쓰는 데 있어서만큼은 글자가 쓰여지지 않은 채 존재하는 종이의 빈터를 시인들은 전혀 아까워하지도, 이상하게 생각하지도 않는 것이다.

그렇더라도 혹시 어떤 사람들은 시집을 사서 읽어보다가 시 작품마다에 너무나 많은 여백이 아무렇지도 않게 남겨진 것을 보고 불편한 마음을 가졌을지도 모르겠다. 그러나 필자의 생각으론 오히려 대부분의 사람들이 시집 속의 작품마다에 담긴 이와 같은 종이의 여백 앞에서 넉

넉함, 편안함, 해방감 같은 것을 느꼈을 것이라 여겨진다. 시에서 물리적인 여백은 이처럼 시적 관습을 넘어 독자들에게 호감을 불러일으키는 중요한 요소이다.

시의 물리적 여백 앞에서 시 작품은 한결 돋보인다. 그것은 여백을 많이 거느릴수록 어느 경우에나 존재가 부각되는 것과 같은 이치에서이다. 한번 상상해보자. 넓은 운동장에 깃발 하나가 나부끼는 것을, 그런가 하면 그 운동장에서 단지 몇 마리의 새들이 놀고 있는 것을, 그리고 빈 책상 위에 꽃병 하나가 놓여 있는 것을. 그럴 때 이들은 그 여백의 힘에 의하여 단연 주목을 받는다.

시의 물리적 여백은 바로 이와 같은 것이다. 시간과 효율성에 쫓기는 세속 사회의 문법과 달리 시는 여백을 통하여 풍류에 가까운 여유와 무관심과 우아함을 드러내는 것이다.

시가 외형적으로 짧은 형태인 점, 행 구분을 하고 연 구분을 하는 점, 가능하면 언어를 아끼려고 하는 점 등은 모두 시의 물리적 여백 형성에 이바지한다.

시는 이와 같은 물리적 여백 이외에 심리적 여백을 또한 사랑한다. 우리가 일반적으로 시를 논할 때 거론하는 함축성, 모호성, 애매성, 다의성, 간접성, 무상성 등이 다 심리적 여백과 관련이 있는 점이며, 시적 관습처럼 남아 있는 시의 낭송 및 낭독 방식, 시의 암송 및 가창방식 등도 모두 시의 심리적 여백을 반영하는 부분이다.

시가 이처럼 여백을 애용하고 사랑하는 것은 시에 대한 여러 가지 생각을 불러일으키는 대목이다. 우선 시를 읽고 시집을 구입하는 것은 여백을 읽고 여백을 구입하는 것이라는 점을 떠올릴 수 있다. 사람들은 어떤 방식으로든 여백이 지닌 참의미를 좋아하고 그에 공감하며 시와의 만남을 이룩하는 것이다.

그렇다면 시의 이와 같은 여백을 어떻게 설명할 수 있을까? 여백은 다른 말로 하면 빈터 또는 공터가 될 것이다. 여백이라고 표현할 때는 시 작품의 주변이나 뒷부분에 남아 있는 어떤 공간 같은 느낌을 주지만 빈터나 공터라는 말을 쓰면 시작품의 문면을 외적으로 초월한 세계뿐만 아니라 내적으로 초월한 어떤 세계를 떠올리게 한다. 그러면서 시 작품은 문면의 것만이 아니며 여백, 빈터, 공터 등으로 불리는 모든 것들까지가 다 시 작품의 구성 요소라는 생각을 하게 한다. 그러니 조금 과장하여 말한다면 시를 읽고 쓴다는 것은 문자로 이루어진 작품만이 아니라 이 여백, 빈터, 공터까지도 함께 읽고 쓰는 것이다.

불교에선 색의 세계 못지않게 공의 세계에 대해 깊이 주목하고 크게 사유하며 매우 중시한다. 색으로 불릴 수 있는 물질적인 것들 밖에 허공이 어마어마하게 펼쳐지며, 실은 색인 물질조차도 그 허공의 산물이라는 것이다. 예를 들어 여기 지구라는 색의 세계가 있다고 하자. 우리는 이 지구라는 색에 눈길을 고착시키고 그 인력권에서 떨어질 줄을 모르지만, 잠시만 눈길을 지구 바깥으로 돌려보면 거기엔 어마어마한 대허공이 펼쳐져 있다는 것이다. 그러니 지구라는 색의 세계는 허공이라는 빈터 위에 존재하는 하나의 작은 물체이다. 지구라는 색의 세계가 주인인 것 같지만 실은 허공이라는 주인 위에 지구가 인연 따라 작은 형상으로 떠 있는 것이다.

지구와 허공과의 이와 같은 관계는 모든 색의 세계에 적용된다. 바다 위의 파도처럼, 색의 세계는 허공 위에서 나타났다 사라지는 연기적(緣起的) 포말인 것이다.

만약 문자로 구축된 시를 색의 세계라고 본다면 여백은 허공의 세계와 같다. 따라서 여백이 주인이고 문면에 나타난 시작품이 일시적 형상일 수 있다. 이런 생각을 하면서 우리는 세속적 속성과 구별되는 풍류적이고 초월적인 시의 본질에 대하여 다음과 같은 말을 해볼 수 있다.

불교적 관점으로 보면 집착이 심할수록 색의 세계에 밀착돼 있다. 강인한 인력으로 결합된 이 색의 세계에서 떨어질 기미를 보이지 않는 것이다. 이런 집착의 정도에 비례하여 색의 세계는 무거워지고 단단해진다. 마치 바윗덩어리가 그 무게로 내려앉고 그 단단함으로 형태를 바꾸지 않는 것처럼 색의 세계는 영생하고자 하는 것이다.

이와 달리 집착을 놓아 버리면 존재는 한없이 가벼워지며 허공을 닮는다. 궁극적으로는 공성 그 자체가 된다. 거기까지 갈 수 없는 경우에도 우리의 몸과 마음은 이미 허공을 지향하고 있다. 존재가 가벼워질 때 우리는 색의 세계로부터 벗어날 수 있다. 불교식으로 말한다면 욕계에서의 윤회를 넘어서 더 높은 세계로 비상할 수 있다.

시가 여백을 사랑하는 것은 시라는 장르의 허공성, 비상성, 초월성을 보여주는 것으로 볼 수 있다. 우리가 살아가는 세계에서 시만큼 순수하고 순정하며 자발적인 것은 달리 없다. 조금 거창하게 말하여 무심과 무목적성을 기저에 깔고 있는 시는 색의 세계 너머를 그리워하는 장르라고 말하여도 좋을 것이다. 집착의 인력권을 벗어나 허공과 같아지고 싶은 마음, 허공이 되고 싶은 마음, 허공에서 살고 싶은 마음, 이런 마음을 지상에서 표현한 것이 시가 아닌가 한다. 따라서 시를 읽으면 마음이 가벼워진다. 잠시나마 근심 걱정이 사라지고, 허공의 기운을 받아들인 듯 초월감이 찾아온다. 마치 비행기가 활주로를 떠나 이륙하였을 때와 같은 그 탈속감과 해탈감, 영원감과 무한의 느낌이 다가오는 것이다.

시가 세속의 직접적인 유용한 도구가 되지 못할지라도, 사람들이 시를 그리워하고 시에 대한 내적 존중심을 잃지 않는 것은 바로 시가 가진 이런 본성 때문이라 생각된다. 두 발 달린 짐승으로 이 지구라는 색의 세계에 붙들려 있으면서도 사람들은 끊임없이 날개 달린 천사를 꿈꾸거나 허공처럼 가볍고 자유로운 세계를 사모하고 있는 것이다.

11. 이미지, 진실한 환영들

인간들은 이미지와 스토리를 만들면서 살아간다. 이들을 설명하기 위해 사람들은 '이미지 메이킹'이란 말과 '스토리텔링'이란 서양 말을 애용한다. 이미지와 스토리는 인간들이 만들어낸 세계이다. 말하자면 '픽션'의 세계이다. 그러므로 인간들의 삶의 현장을 벗어나면 이들은 종적도 없이 사라진다.

그렇다면 인간들은 왜 이미지와 스토리를 만드는 데 그토록 열중하는 것일까? 근본적인 차원에서 생각해보면 생존의 실리와 삶의 즐거움을 주기 때문인 것 같다. 이미지와 스토리는 인간적 경험과 연관되어 생물학적 생존과 더불어 사회적 생존을 가능케 하고 인생에서 허구적 기쁨을 만끽하게 한다.

이처럼 이미지와 스토리는 만들어진 것이지만 그것이 누적됨으로써 인간 역사와 인간 문명 그리고 인간 문화가 만들어진다. 인간들은 이미지와 스토리를 생산하고 소비하고 유포하고 나누면서 살아가는 것이다.

　이미지를 만드는 최전선에 다섯 가지 감각이 존재한다. 말할 것도 없이 다섯 가지 감각은 안이비설신(眼耳鼻舌身)에 각각 대응되는 시각, 청각, 후각, 미각, 촉각이다. 이 감각은 인간이 세상과 만나서 정보를 생산하는 가장 앞자리의 지각기관이다. 인간이 살아간다는 것은 바로 이 다섯 가지 감각이 세상에서 정보를 생산하고 그 정보 교환을 하는 일이다.

　안이비설신의 다섯 가지 감각은 그만큼 중요한 현실성을 띠고 있기 때문에 불교에선 이들은 안근, 이근, 비근, 설근, 신근이라고 무게 있게 명명한다. 즉 생명의 뿌리처럼 깊고 근원적인 존재라는 것이다. 그러나 이 다섯 가지 뿌리는 주관성과 오독의 명수라서, 불교는 이들을 가리켜 '오적(五賊)'이라고 경고하기도 한다. 이 다섯 가지 감각을 잘 사용하면 세상과 엄청난 교감을 할 수 있지만 이 다섯 가지 감각을 오용하면 세상의 경계에 끄달리면서 망상 속을 헤매게 된다는 것이다. 불교가 오적을 잘 관리하라고 할 때 그것은 바로 이 다섯 가지 감각을 제대로 단속하라는 말이다.

　위와 같은 위험성을 안고 있다 하더라도, 다섯 가지 감각은 이미지 생산의 보고임에 틀림없다. 눈은 본 대로, 귀는 들은 대로, 코는 냄새 맡은 대로, 혀는 맛본 대로, 피부는 감촉한 대로 이미지를 형성한다. 이들 다섯 가지 감각에 의해 만들어진 이미지를 각각 시각 이미지, 청각 이미지, 후각 이미지, 미각 이미지, 촉각 이미지라고 부르는 것은 상식적이다.

　그렇다면 우리는 이 다섯 가지 감각적 이미지에 대해 어떤 태도를 보여야 할까? 앞서 언급했듯이 다섯 가지 감각은 세상의 최전선에서 이미지를 만들어 우리를 생존케 하는 정보통이다. 불교와 과학(그 가운데서도 진화생물학)과의 관계를 논한 김성철이 말하고 있듯 다섯 가지 감각을 담당하는 안이비설신은 우리 얼굴에 집중적으로 모여 있거니와 그것은 우리가 목숨을 가진 생명체로서 '잡아먹고자 하는 욕망과 잡아먹히지 않으려는 욕망'에서 진화된 생존 형태이다.

　이런 기능을 가진 다섯 가지 감각은 그 속성이 자기중심적이고 일정한 한계 내의 능력만 지니고 있으며, 자기 방식대로의 오독을 즐긴다. 예를 들어보자. 온몸에서 가장 넓은 영역을 차지하고 있는 촉각은 덥다고, 춥다고, 거칠다고, 매끄럽다고 이런저런 이미지를 만들어내며 세상을 판단하지만 그것은 자신에게만 그러할 뿐 다른 존재에게는 해당되지 않는 것이다. 그리고 가장 명민한 감각인 시각은 대상을 만날 때마다 넓다, 좁다, 둥글다, 뾰족하다, 빨갛다, 노랗다, 파랗다 등, 읽어낸 정보를 이미지화하고 생존에 이용하지만 이것 역시 자기중심적 구성체일 뿐 진리 그 자체는 아니다. 그러나 우리는 이 다섯 가지 감각에 의존하여 생을 영위해가고 그 다섯 가지 감각의 한계와 오용으로 인한 고통까지 감수한다.

　지금까지 논의한 다섯 가지 감각과 그 이미지 이외에 인간에겐 정신이 만들어내는 정신적 이미지가 있다. 인간의 정신 활동이 하는 여러 가지 일 가운데 특히 중요한 일 한 가지가 바로 외부의 대상이 부재하는 데도 불구하고 이런저런 내적 이미지들을 끊임없이 합성하고 만들어내는 것이다. 정신적 이미지는 생각하는 존재, 관념을 만들고 사용할 줄 아는 존재로서의 인간이 만들어내는 특수한 이미지이다. 감각적 이미지가 1차적이고 즉각적인 데 비해 정신적 이미지는 2차적이고 추상적이다.

시에는 감각적 이미지도 사용되고 정신적 이미지도 사용된다. 그러나 시를 논하는 자리에서 감각적 이미지에 대해 비중을 두고 언급하는 것은 감각적 이미지가 지닌 구체성이 세계를 실감 있게 인지하는 데 도움을 주기 때문이다. 감각적 이미지는 워낙 원초적이고 생명적인 것이어서 그에 입각한 묘사나 비유, 기술이나 형상화는 어느 경우보다 생생한 효과를 발한다.

한 인간이 다섯 가지의 몸의 감각으로 이미지화한 것들은 몸속의 세포에 기억된다. 이 기억만큼 절실한 것이 없고, 이 기억만큼 오래가는 것도 없다. 초봄의 어느 날 꽃향기에 취해서 비틀거린 사람의 후각적 이미지, 한여름날 천둥소리에 귀가 먹먹해진 사람의 청각적 이미지, 늦가을 들녘에서 누렇게 익어가는 벼의 풍경에 눈먼 사람의 시각적 이미지, 겨울철 차가운 얼음물에 발을 넣어본 사람의 촉각적 이미지는 평생 잊을 수 없는 몸의 상감이다.

시는 이와 같은 감각적 이미지를 잘 활용할 때 독자들의 몸에 직접 호소하는 효과를 낸다. 특히 공감각적 이미지라고 불리는 감각의 교호 작용과 중첩 기능을 살릴 때 시의 구상력과 전달력은 한층 강화된다. 감각적 이미지 가운데 공감각적 이미지는 상당히 매력적이고 인상적이며 심오한 토대를 갖고 있다. 그것은 본래 감각들이 서로 분리된 것이 아니라 하나의 몸속에서 무한히 교류하며 하나로 어우러져 존재하는 것임을 보여준다. 그 감각적 능력이 지금은 많은 사람들에게서 퇴색

되었으나 인간 존재의 초창기에는 왕성하게 살아 움직인 것이었다.

잠시 틈을 내어 공감각적 이미지의 연습을 해보기로 하자. 여기 시각적으로 푸른 소나무가 한 그루 있다고 하자. 푸른 소나무에선 어떤 소리가 들리는가? 청년들의 노랫소리가 들린다고 말할 수 있을 것이다. 다시 이 소나무에선 어떤 냄새가 나는가라고 물어보자. 식욕을 돋구는 대파 냄새가 난다고 할 수 있을 것이다. 또한 이 소나무에선 어떤 맛이 느껴진다고 할 수 있을까? 싱싱한 샘물 맛이 느껴진다고 말할 수 있을 것이다. 그리고 이 소나무에선 어떤 촉각적 이미지가 느껴진다고 할 수 있을까? 힘차게 흐르는 강물의 힘줄 같은 느낌이 느껴진다고 할 수 있을 것이다. 공감각적 이미지는 이처럼 우리의 감각과 느낌을 분리 이전의 상태로 되돌려준다.

시는 구체성을 지향한다. 이것은 시의 성질이자 특장이다. 시가 구체성을 지향한다는 것은 모든 것을 실물처럼 생생하게 만나고 싶어 한다는 것이다. 이미지는 그런 시의 소망에 크게 기여한다. 특히 감각적 이미지는 그 기여도가 더욱 크다.

그러나 아무리 청정한 상태에서 감각을 열고 이미지를 창조하고자 하여도 모든 이미지엔 주관성이 개입된다. 거칠게 말하자면 '진실한 오독'의 면모가 작용하고 있는 것이다. 이것이 이미지가 지닌 한계이지만 시는 그 한계를 인정하며 그 한계를 넘어서고자 하는 꿈을 포기하지 않는다. 실제로 모든 이미지는 '진실한 환영들'이지만 그 '진실한'이라는 수식어에 기대어 시는 환영과 같은 이미지를 마음껏 만들고 구사해보는 것이다.

12. 정서, 공심(公·心)으로 발효된 감정

정서는 사람들의 마음에 일어나는 여러 가지 감정을 뜻한다. 인간의 마음을 구성하는 3대 요소를 지정의(知情意)라고 볼 때, '정'의 영역에 속하는 이 정서 혹은 감정은 매우 큰 역할을 하고 있다. 또한 인간의 정보 인식과 정보 표출의 4대 영역이 감각, 감성, 이성, 영성이라고 할 때, 역시 감성의 영역에 속하는 정서와 감정은 매우 중요한 존재이자 세계이다.

그런데 이와 같은 인간의 감정은 그 기원을 어디에 두고 있을까? 그 것은 쉽게 말하기 어렵지만, 아무튼 감정은 생리적이면서 심리적인 것이고, 개인적이면서 집단적인 것이고, 본능적이면서 사회문화적인 것이고, 생존 욕망의 산물이면서 그것을 넘어서고자 하는 산물이다.

인간이 지닌 마음의 내용 가운데서 가장 다스리기 어려운 것이 정서 혹은 감정일 것이다. 정서와 감정은 액체와 같아서 우리는 그것이 오는 자리도 찾기 어렵고 가도록 하는 방법도 찾기 어렵다. 감각과 이성이 지닌 확실성과 명료함에 비하면 감정은 불투명하고 애매모호하다. 그러나 그 존재를 가장 강하게 오랫동안 느끼도록 만드는 것이 바로 이 감정의 세계이다.

잘 살펴보면 인간의 감정은 매우 격하고 변덕스럽다. 희로애락의 어떤 영역이든 격함과 변덕스러움의 가능성을 크게 가지고 있다는 점에서 동일하다. 인간의 생존에서부터 비롯된 것이 인간적 감정이기에 그 감정은 생존의 가능성 여부에 따라 그 격함과 변덕스러움의 정도를 드러낸다.

시에서 내세우는 아주 중요한 순기능이자 교육목표 가운데 하나가 이른바 '정서 함양' 혹은 '감정의 순화'이다. 시가 이와 같은 기능과 목표 앞에서 돋보이는 것은 시에 '정의적(情意的) 영역'이 발달돼 있기 때문이다. 말하자면 시는 다른 어떤 양식보다도 고급한 차원의 인간 감정을 내재시키고 있으며 또 표현하고 있기 때문이다.

방금 위에서 언급한 '정서를 함양한다는 것'은 무슨 뜻인가. 그리고 '감정을 순화한다는 것'은 또한 무슨 뜻인가. 너무 많이 들어서 다른 생각조차 나지 않게 만드는 말들이지만 이들의 의미를 잠시 점검해볼 필요가 있다. 먼저 정서를 함양한다는 것은 우리들이 대상에 대하여 느낄 수 있는 능력을 기르고 키운다는 뜻이다. 그리고 감정을 순화한다는 것은 무엇인가에 대한 감정을 바르고 아름다운 차원으로 들어 올린다는 뜻이다. 요컨대 이 두 가지 말이 가리키는 바는 느낄 수 있는 능력의 향상과 순정하고 아름다운 감정의 창조인 것이다.

실제로 범부중생이라고 불리는 우리 인간들의 정서 혹은 감정은 짐승의 잔재를 크게 지니고 있다. 호오의 증폭이 크고, 그 정서와 감정의 기저가 지독히 이기적이다. 따라서 자신의 야생적인 정서나 감정 그대로를 지니고 표현하며 살다가는 사회적 삶을 영위한다는 것이 불가능하며, 만약 그런 것을 허용하는 사회가 있다면 그 사회에서 살아가는 사람들은 엄청난 사회적 비용을 감당해야 할 것이다.

따라서 인간들의 정서와 감정은 아무리 함양되고 순화되어도 지나치지 않다. 그 함양의 정도와 순화의 정도가 높아질수록 인간들은 짐승성을 벗어버리고 차원 전이를 할 수 있는 것이다.

정서와 감정의 중요성을 일찍이 간파한 불교는 인간이 가진 삼독심(三毒心)의 극복을 핵심 과제로 삼으면서 그 삼독심 속에 이 감정과 정서의 문제를 소속시켰다. 다들 아시겠지만 삼독심에 해당되는 탐심(貪心), 진심(嗔心), 치심(癡心) 중 진심이 바로 정서 혹은 감정과 직결된 부분이다. '진심'이란 '화를 내는 마음'이라고 풀이된다. 그러나 여기서 '화를 내는 마음'이란 좁은 의미에서의 단순한 '화'만을 가리키는 것이 아니라 한 인간이 지닌 이기적인 호오(好惡)의 감정적 파동 전체를 가리킨다. 그러고 보면 우리는 항상 화가 나 있다. 무엇인가가 내 마음대로 되지 않는 마음 상태가 계속되는 것이다.

이런 정서와 감정을 어떻게 함양하고 순화시킬 수 있을까? 어떻게 하면 대상을 감수하는 능력이 향상되고 그 감수한 내용이 바르고 아름다워질 수 있을까? 여기서 우리는 다음과 같은 생각을 해볼 수 있다. 불교에서 선악을 나누는 기준으로 애용하는 방식대로 나를 위하는 마음에서 나온 정서나 감정이라면 악한(저차원의) 것이고, 남을 위하는 마음에서 나온 정서나 감정이라면 선한(고차원의) 것이라고 말이다. 그러고 보면 정서를 함양하고 감정을 순화시킨다는 것은 마음 상태를 저차원의 세계에서 고차원의 세계로 나아가게 하는 일이다. 달리 말하면 공심(公心)의 영역을 확대해가며 그 위에서 감정과 정서를 창출하는 일이다.

　공심 위에서 만들어진 감정과 정서는 진실하고 아름답다. 그것이 슬픔이든, 쓸쓸함이든, 서러움이든, 우울이든, 또한 그것이 기쁨이든, 황홀이든, 안타까움이든, 연민이든 그 모든 감정과 정서가 사람의 마음을 울린다.

　사전에서 감정동사나 감정형용사 등을 찾아보면 그 수가 엄청나다. 그만큼 우리가 감정 사용에 익숙하다는 것이다. 또한 감정이 우리의 삶을 크게 지배하고 있다는 것이다. 이런 감정과 정서는 다루기 어려운 만큼 그 효력 또한 대단하다. 우리는 이성과 지성을 통하여 사람들을 설득하고 그들과 소통할 수도 있지만 이보다 더 강력한 것이 감정과 정서이다. 시는 바로 이 감정과 정서에 크게 기대어 있는 장르이다. 시에 이성적, 지적 세계가 부재하는 것은 결코 아니지만 이 감정적, 정서적 세계야말로 시의 근간을 이룬다. 시가 사람들에게 영향력을 미치고 사람들과 교감하며 소통할 수 있다면 그 주요 요인은 이 감정과 정서의 힘이다. 다만 여기서 단서를 붙일 것이 있다. 그것은 시에 사용되는 고급한 감정과 정서는 잘 살펴보면 그 아래 공심을 깔고 있다는 것이다. 공심에서 탄생되고 다듬어진 감정과 정서, 이것이 시 속에서 사람들의 마음을 울리고 시의 수준을 드높이는 것이다.

감정과 정서는 누구나 발할 수 있는 것이다. 배우지 않아도 우리의 이기적이고 야생적인 감정과 정서는 단절 없이 흐르는 강물처럼 우리의 몸 안을 흘러 다닌다. 그러나 공심의 순화된 감정과 정서는 깨침과 수련, 사랑과 수양이 이루어질 때 비로소 탄생할 수 있는 드문 마음의 상태이다. 시가 감정과 정서를 통하여 사람들을 사로잡는 것은 바로 이 숨은 인격 위의 감정과 정서들이 작용하기 때문이다.

고차원의 좋은 감정과 정서로 이루어진 시를 읽으면 우리의 마음이 맑아지고 환해지며 따스해진다. 이런 가운데 우리들의 마음은 점점 원만해지고 그 원만함은 행복감과 이어진다. 감정과 정서가 어느 때보다 삭막하고 거친 이 시대에, 시를 통한 감정과 정서의 함양과 순화는 어느 때보다 필요하다. 이런 말은 이제 교과서적인 진부함과 추상적인 지식의 자리에서 뛰쳐나와 우리들의 현실적인 감정과 정서를 돌보는 데 제대로 적용되어야 한다.

13. 공감, 무아(無我)의 순간과 경험

공감과 소통은 이 시대의 주요 관심사이다. 이것은 그만큼 우리 현실에서 공감과 소통이 제대로 이루어지지 않고 있다는 것을 보여주는 면이면서 동시에 어떤 시대보다 우리 시대의 삶의 방식에 이 공감과 소통이 큰 비중을 차지하게 되었다는 것을 알려주는 점이기도 하다.

시는 예술이면서 문화이고 더 나아가 사회적 소통 행위이다. 이것을 달리 표현하면 시란 사회 속에서 소통되기를 기다리는 문화이자 예술이라고 할 수 있다. 시를 이처럼 사회적 문면 위에 놓고 생각할 때, 공감의 문제는 어느 때보다 중요해진다.

거칠게 말하자면 공감은 나의 마음이 다른 사람의 마음과 '하나'가 되는 것이다. 이와 같이 하나가 되는 마음은 이해, 납득, 감정이입, 애호, 감격, 통쾌, 납득, 동의, 감탄, 전율, 감동 등과 같은 다양한 형태를 띤다. 그러나 그것이 어떤 형태의 것이든 큰 차원에서 보면 이들의 공통점은 서로가 일시적으로나마 한마음이 되는 것이다.

시는 특별히 공감이라는 측면에서 다른 양식이나 행위들보다 우위를 차지하는 장르이다. 시가 인간 사회 속에서 우월하게 존재하는 중요한 토대가 바로 이 탁월한 공감의 힘에 있다고 말하여도 지나치지 않을 만큼, 시는 공감력에서 그 존재 의의와 위의를 드러낸다.

시가 이와 같은 장르이기에 사람들은 시를 앞에 두고 현실적 유용성을 계산하기 이전에 공감할 마음의 준비를 한다. 막상 시 작품을 처음부터 끝까지 다 읽고 나면 그것이 뜻처럼 성공적일 수도 있고 그렇지 않을 수도 있지만, 시 앞에서 사람들이 공감할 마음의 준비를 한다는 점은 매우 중요한 것이다. 이렇게 볼 때 시의 공감력은 시의 성패를 규정짓는 핵심 요인이라고 할 수 있다.

공감은 인간의 삶에서 매우 긍정적인 기능을 한다. 사람들은 시뿐만 아니라 이 세상에 존재하는 어떤 대상과의 공감을 이룩하여도 그로부터 크나큰 환희심을 갖게 되고 긍정적 에너지가 생성되는 것을 실감하게 된다. 세상을 신뢰할 수 있을 것 같은 믿음, 살고 싶은 의욕, 잘 살 수 있을 것 같은 자신감, 미래에 대한 희망, 행복에 대한 실감 등이 솟구치는 것이다.

그렇다면 공감의 상태에서 왜 우리는 이와 같은 긍정적인 느낌과 변화를 경험하게 되는 것일까? 그것은 우리가 개체로 분리된 단절의 자리에서 일체로 합일된 연속의 자리로 돌아가게 되기 때문이다. 지금 우리들은 자아의식으로서의 개체의식이 과도해짐에 따라 일체로서 합일된 연속의 자리로부터 너무나 멀리 떨어져 나와 있다. 마치 생장의 극단에 다다른 여름날의 나뭇잎들이 뿌리로부터 너무나 멀리 떨어져 나와 그들의 원적이 뿌리인 줄을 모르게 되듯이 현대의 인간들 또한 그 본향으로부터 너무나 멀리 떨어져 나와 분화된 개체화 현상에 매몰돼 있는 것이다. 이와 같은 극단적 개체화 현상은 이 세상에 무수한 단절의 칸막이를 만듦으로써 마치 본향은 없고 경계만 있는 것처럼 세상에 대한 착각을 하게 한다. 그리고 수많은 사람들을 이기심과 분리심의 칸막이 안으로 몰아넣는다. 여기서 나는 나이고 너는 너이다. 나와 너는 남남일 뿐 본향이 같다는 것을 생각할 수 없다. 오직 '나'가 있고 세상은 그 '나'를 위해 수렴되는 것처럼 자기중심성을 키워갈 뿐이다.

지금 인류의 삶은 여름의 막바지에 이르러 나뭇잎이 그 개수의 분화와 증가에서 최대치에 도달함에 따라 그 시원인 뿌리로부터 너무나 멀어진 것과 유사한 현상을 보여주고 있다. 구체적으로 지구상의 인류사 속에서 인간들은 그 종의 숫자에 있어 역대 최고의 기록을 갱신해가고 있는 중이며, 그들이 느끼는 개체 의식과 분리 의식은 어느 때보다 강력하고, 그들이 이로 인하여 감당해야 할 갈등 비용 역시 역대 최고의 상태에 도달해 있다. 인간들은 뿌리로부터 너무 멀리 떨어져 나와 뿌리를 잊은 대가를 톡톡히 치르고 있는 중인 것이다.

이런 시대의 인간들을 지배하는 주된 감정은 수많은 인파와 화려한 문명 아래서도 근원을 알 수 없이 느끼는 불안감, 상실감, 공포감, 고독감 등과 같은 것들이다. 달리 표현한다면 고아 의식, 기아(棄兒) 의식, 외톨이 의식, 떠돌이 의식 등과 같은 것이다.

그러나 표면으로 올라오는 이런 감정과 의식 아래엔 우리가 모르는, 그러면서 우리가 그리워하고 우리로 하여금 울림을 경험하게 하는 어떤 세계가 있다. 그것은 우리 모두가 '하나'라는 일체감, 우리 모두의 근원이 한 뿌리라는 동근 의식, 우리의 단절된 칸막이를 부숴버렸을 때의 합일감, 너와 내가 내통하게 되었을 때의 연대감 등과 같은 것이다. 불교는 이것을 말하기 위하여 모든 존재가 법신의 천백억 화신이고, 이 세계는 하나의 장이며, 우리의 본향은 불생불멸의 영원 세계라고 반복하여 알려준다.

그러나 우리는 이런 불교적 가르침에 기대지 않고도 우리 속에 이와 같은 세계가 있으며 그것을 만나거나 이룩하였을 때 우리에게 얼마나 긍정적인 좋은 감정과 에너지가 찾아오는지를 경험으로 알 수 있다. 당장 앞집의 친구와 단절의 벽을 허물고 하나가 되는 상태를 이루었을 때, 혹은 지나가는 행인과 눈인사를 나누며 마음을 열었을 때, 우리는 삶의 긍정적인 스위치가 켜진 것처럼 존재가 기쁨의 물결로 일렁이게 되는 것을 실감할 수 있다.

그러고 보면 공감은 우리 안에 있으나 우리가 잊었던 우리의 본성이자 근원인 일체감을 회복시키는 일이다. 그것이 비록 순간의 일이거나 잠시의 일일지라도 그 일체감의 성감대가 움직이면 사람들은 안심을 하고 기쁨을 느낀다. 앞서 이 시대의 개체 의식과 단절 의식의 과도함 속에서 나타나는 문제점으로 지적되었던 것들—불안감, 상실감, 공포감, 고독감, 고아 의식, 기아 의식, 외톨이 의식, 떠돌이 의식 등—이 이런 일체감의 순간에는 사라지고 마는 것이다.

불교는 '무아'를 첫자리에 내세운다. 무아법에 통달하면 여래를 본다는 『금강경』의 선언처럼 무아를 증득하면 풀리지 않는 문제가 없다고 불교는 역설하는 것이다. 공감의 문제는 바로 일시적이고 순간적이나마 우리가 무아의 상태를 경험하는 일이다. 개체 의식과 단절 의식에 사로잡힌 유아(有我)가 소멸함으로써 너와 내가 무아 속에서 이룩하는 일체의 장이 넓어지는 현상, 그것이 바로 공감의 세계이자 비밀인 것이다.

좋은 시는 공감의 영역이 넓다. 그 시 속에 담긴 무아의 마음과 말과 행위들이 시 앞에서 공감하고자 준비 상태에 있는 사람들을 충격하고 일깨우는 것이다. 좋은 시의 이러한 기능은 사람들로 하여금 비록 오랫동안 잊혀졌으나 사실은 자기 자신의 가장 근원적인 실재인 일심의 세계를 만나게 한다.

14. 독자, 시담(詩談)의 도반들

　사람들은 관심사에 따라 '마을'을 이루고 '대화'를 하며 살아간다. 그 '마을'은 '공동체'의 성격을 띠며, 그 '대화'는 발전을 도모한다. 시에 관심을 두고 있는 사람들이 모여서 만든 마을을 '시마을'이라고 한다면 그 '시마을'에서 이루어지는 대화는 '시담'이라고 할 수 있다. 그런데 시에 대한 관심 속에서 탄생한 '시마을'과 '시담'은 시인뿐만 아니라 독자들의 폭넓은 참여가 이루어져야 진가를 발휘할 수 있다.

　말할 나위도 없이 '시마을'의 발전을 위해 가장 중요한 것은 시인들이 훌륭한 시를 풍성하게 산출하는 것이다. 좋은 시가 풍성하게 창조될 때 시마을은 일단 발전의 첫 요건을 구비하게 되는 셈이다. 그러니 시인들은 무엇보다 좋은 시를 쓰고 볼 일이다. 그러나 시마을의 발전을 위해서는 시인의 시 창작 못지않게 독자들의 적극적이고도 수준 높은 참여가 요구된다. 독자들이 어떤 자세를 가지고 어떤 반응을 보이느냐에 따라 시마을의 융성과 발전이 결정된다고 할 수 있다.

여기서 독자라 함은 시에 대해 소박한 관심을 가진 아마추어 독자들로부터 시에 전 생애를 바치는 전문 비평가나 연구자들에 이르기까지 시를 두고 마음과 말을 보태는 모든 사람들을 가리킨다. 시론가들은 일반 독자(reader)가 아닌 전문 독자를 '초독자(super-reader)라고 구별하여 부르고 그들을 따로 대접하기도 하지만, 시마을의 융성과 발전에는 모든 유형의 독자들의 역할이 다 중요하다.

심각하게 말한다면 독자들은 시마을의 도반으로서 시인과 함께하는 사람들이다. 그만큼 독자의 역할은 크다. 독자는 단순한 소비자가 아니며, 시인의 말을 일방적으로 전달받는 수용자도 아니고, 시인으로부터 무엇인가를 배워야 할 학습자도 아니다. 독자들이란 시인과 더불어 텍스트를 함께 완성해가는 공저자의 자격을 갖고 있고, 시인들과 시담을 나누면서 시마을을 이끌어가는 책임 있는 대화자의 자리에 있으며, 시인과 더불어 자아실현과 세계의 완성을 꿈꾸는 이상주의자의 면모를 지닌다.

시(문학)에서 독자의 역할을 격상시킨 대표적인 비평이 독자 중심 비평, 독자 반응 이론, 수용미학 등으로 불리는 독일의 문학비평 이론이다. 여기서 독자들은 해석의 주체이고, 여백을 채워 넣는 능동적 존재이며, '읽는 것이 곧 쓰는 것'임을 보여주는 텍스트 생산자들이다. 독자의 이와 같은 위상의 격상은 시마을의 시담 형성에 엄청난 변화를 가져왔다. 더 이상 시인의 아랫자리에 머물지 않는 독자, 오히려 시인들보다 더 우월한 지위를 가진 듯한 이 독자들의 새로운 발견은 20세기 후반에서부터 일어난 포스트모더니즘의 중심 해체 현상과 흐름을 같이하며 시세계의 수평적 구도를 구축하였다. 결국 시는 위에서 아래로 주어지는 수직선상의 시혜물이 아니며, 시인에게서 독자에게로만 갈 수 있는 일방통행로의 전달 행위도 아니고, 시인만의 신비로운 영감을 특화시켜 독자들의 접근을 금지시키는 이색 지대도 아니다.

불교에서 '마을'에 해당되는 승가는 너무나 중요한 처소이다. 그리고 그 처소에 모인 도반들은 진리의 길을 함께 가는 법우들로 살아간다. 적어도 이 세상의 인간과 인간의 만남에서 법우로서의 만남, 도반으로서의 만남, 공동체의 식구가 되어 만나는 운명적인 길동무만큼 숭고한 것은 없다. 공자가 '삼인행(三人行) 필유아사(必有我師)'를 말했듯이 법우들의 공동체, 도반들의 공동체, 식구들의 공동체에선 서로가 서로에게 스승이며 제자이다. 중심에 참다운 삶을 꿈꾸는 '주장자'를 세우고 함께 살아가는 공동체의 구성원이 된다는 것은 인간사의 지복이 아닐 수 없다.

앞서 말했듯이 20세기 후반에 이르면서 독자들의 위상과 역할은 예전과 아주 다른 차원으로 격상되었지만 그래도 다시 한 번 강조하고자 하는 것은 시마을에서 독자들이 자신의 위치와 역할을 중요하게 생각해야 한다는 것이다. 독자들이 만들어내는 시담의 수준과 역량에 따라 시와 시인은 물론 시마을 자체가 살아날 수도 있고 소멸할 수도 있다고 말하여도 과언이 아니다. 독자들은 시와 시인과 시인마을에 대한 한없는 애정 속에서 때로는 서슬 퍼런 '사자 새끼'처럼 긴장감을 유발시키기도 하고, 때로는 자비로운 보살처럼 사랑의 언어를 들려주기도 하며, 또 때로는 눈 밝은 스승처럼 진정한 의미에서의 눈뜸의 언어, 계몽의 언어를 들려주기도 하여야 할 것이다. 그렇게 해야만 시인과 시와 시마을의 미래가 보일 것이다.

　독자들의 가장 큰 문제는 시인들에 대한 무비판의 추종과 그들과의 순정하지 않은 야합이다. 이 점은 시인들에게 있어서도 마찬가지이다. 시인들이 자신의 존재 의미를 추락시키는 가장 큰 요인은 독자들에 대한 아첨이며 그들과의 결탁이다. 우리 시단은 지금 참다운 의미에서의 도반 의식이 사라진 이완된 풍경 속에 있다. 전문 독자 가운데 최고의 자리에 서 있는 평론가들이 비판적인 목소리를 거둬들인 지 오래되었고 시인들 역시 그와 같은 소리를 듣는 것을 좋아하지 않는다. 겉보기에는 아주 무난한 시단 풍경이 창출되고 있는 셈인데, 이것은 사실 시와 시인과 시마을의 위기를 알리는 징후이기도 하다.

　위와 같은 우리 시단의 현실을 언급하다 보니 석가모니 부처님 사후 그 제자들이 경전 결집에 나섰던 때의 일들이 떠오른다. 그때 도반의 관계로 모인 부처님의 제자들은 한 치의 타협이나 왜곡도 없이 부처님의 말씀을 기록하고자 하였다. 아시다시피 부처님의 말씀을 가장 잘 기억하고 있는 천재적 암송가이자 다문가(多聞家)는 부처님의 사촌인 아난다 존자이다. 그러나 아난다 존자는 결집 현장에서 환영받지 못한다. 왜냐하면 그는 다문제일(多聞第一)일 뿐, 수행자의 참된 자세와 인격을 갖추지 못하였기 때문이다. 결국 아난다는 참된 자세와 인격을 갖추고 온전한 도반 의식을 지니기 위한 수행의 과정을 거친 후에야 경전 결집에 동참할 수 있게 되었거니와, 그로 인하여 그의 경전 결집에의 공헌이 가능해졌다.

위의 아난다 존자에 관한 일화가 말해주고 있는 것처럼, 독자의 바름과 능력과 의욕은 시와 시인과 시마을을 성장시키는 원동력이 된다. 시를 사랑하는 일반 독자들, 시를 전문적으로 비평하는 평론가들, 시를 직업적으로 연구하는 학자들이 시인들과의 도반 의식 속에서 수준 높은 대화의 장을 구축해 나아간다면 시는 시인에게나 독자에게나 또 우리 인간 사회의 수많은 인간들에게나 크나큰 빛이 되어줄 수 있을 것이다. 그리고 우리 사회의 고급한 말과 사유와 삶이 살아 있는 하나의 모범적인 마을을 만들 수 있을 것이다.

15. 시집, 만행(卍行)의 보고서

한 편의 시 작품보다 한 권의 시집을 전체적으로 읽으면 그 시인의 세계를 보다 잘 알 수 있다. 또한 한 권의 시집보다 그 시인이 출간한 시집 전부를 읽으면 그 시인이 창조한 시세계를 보다 포괄적으로 만날 수 있다. 그런 점에서 한 시인을 이해하려면 적어도 한두 편의 작품보다는 그의 시집을 대상으로 삼아야 소기의 성과를 거둘 수 있다.

시집에 대해 여러 가지 규정이 가능할 터이나, 여기서는 '만행(卍行)의 보고서'라고 규정하고자 한다. 시집은 단순한 예술로서의 시 작품들의 모음집이 아니라 한 인간이자 예술가의 만행이자 수행의 여정을 기록한 것이라고 생각되기 때문이다. 만행이란 불교적 용어로서 선방에서 안거를 마친 스님들이 리얼한 현실이자 현장 속으로 나아가 수행하는 것을 가리킨다. 진리를 중심에 두고 발걸음마다의 행을 닦아가는 만행은 이치로서 깨우쳤던 진리를 현실 속에서 실험하고 적용해보는 것이며, 곳곳이 장애물인 업장을 거둬내면서 이무애(理無碍), 사무애(事

無碍), 이사무애(理事無碍), 사사무애(事事無碍)의 길을 연습하는 것이다.

이런 만행이 깊어지면 무슨 보람이 있는가. 그것은 한마디로 말하여 주인공의 영역, 자유인의 영역을 넓혀가는 일이다.

그런데 사실 스님이 아니더라도, 그리고 시인이 아니더라도 우리는 모두 만행의 보고서를 작성하며 살아가고 있는 길 위의 존재들이다. 불교는 이와 같은 우리의 탄생을 두고 '전생의 성적표'에 의한 것이라고 말한다. 여기서 전생의 성적표란 전생의 만행의 보고서라고 할 수 있을 것이다. 불교는 이 세계에서의 우리의 삶이란 단 한 치의 오차도 없는 인과법에 의하여 만행의 보고서를 작성해가고 있는 과정이라고 보는 것이다. 염라대왕의 업경대 이야기나, '아뢰야식은 사라지지 않는다'고 하는 불교심리학적 관점은 모두 만행의 보고서에 관한 언급으로 읽을 수 있다.

불교는 그때가 구체적으로 언제일지 모르나 미숙한 우리는 모두 언젠가 만행의 보고서에서 만점을 받고 성불할 날이 있을 것이라고 희망적인 미래를 열어 보인다. 『법화경』의 「수기품」에서 이 세상 모든 존재들에게 수기를 주는 일이나 '일체중생(一切衆生) 실유불성(悉有佛性)'이라는 선언은 이 점을 여실하게 보여주는 대목이다. 우리는 지금 고통 속에서 허덕이며 미망의 길을 우왕좌왕하며 가고 있지만 우리의 근원을 볼 때 우리에게는 그와 같은 고통 속에서도 끊임없이 광명을 향하는 본성이 작동하고 있다는 것이다.

앞서 말했듯이 너 나 할 것 없이 이 세상 모든 사람들은 다 만행의 보고서를 작성하며 살아가고 있는 사람들이다. 그러나 시인들을 두고 이 점을 특히 강조하는 까닭은 그들의 만행의 보고서가 질적 수준을 담보하고 있다는 점 때문이다. 시인들은 일반인들보다 좀더 수준 높은 만행의 보고서를 작성하고 발표하는 대표적인 사람들이다. 대부분의 시인들은 비교적 높고 민감하게 열린 안목으로 만행의 길을 창조한 사람들이며, 그 순간순간들을 여실한 언어로 형상화한 사람들이고, 그것을 시집이라는 두터운 책으로 엮어 발표한 사람들이다. 학생들의 보고서 가운데서도 정말 훌륭하게 작성된 것은 여러 학생들이 함께 나누어 읽어볼 만큼 가치가 있지 않은가. 우리가 시인들의 시집에 귀를 기울이고 그들의 출간 활동을 격려하며 기뻐하는 것은 바로 이와 같은 특징이 그 시집들 속에 담겨 있기 때문이다.

시인들의 만행의 보고서인 시집을 읽으면 그들이 진리를 중심에 두고 진지하게 간 길과, 행한 일과, 생각한 일 등이 전달된다. 그것을 통해 우리는 성장하고 성숙할 기회를 얻게 되며, 이전보다 맑아지고 밝아질 기회를 얻게 된다. 만행의 심도가 남다른 많은 시인들의 다양한 시집들을 읽어가면 그러할수록 방금 말한 성장과 성숙, 맑아짐과 밝아짐의 기회는 증장된다. 사실 추상적이고 관념적인 글보다 만행의 구체적인 글이 효과적이다. 존재 전체를 움직이는 구체적인 글의 힘은 글의 속성에 대하여 조금만 관심을 기울여본 사람들은 다 알 것이다.

만행의 글쓰기는 그것이 시가 아니더라도 수련과 수양과 수도의 면모를 지닌다. 진리와 진실을 중심에 두고 성찰의 과정과 사색의 과정을 거치는 글쓰기는 그것이 어떤 것이든 우리를 순화시키고 고양시키기 때문이다.

만행이 깊을수록 그 글은 반복하여 읽어도 매번 다른 감동을 준다. 시집도 마찬가지여서 만행의 깊이가 깊은 경우일수록 시집 읽기는 새롭게 반복되고 마침내 그 시집은 고전의 반열에 들어간다.

우리는 시를 방 안에 앉아서 상상력으로 쓰는 것처럼 생각하기 쉽다. 그러나 시는 만행의 길을 가지 않고서는 진정성과 실감 속에서 씌어지기 어렵다. 고민한 만큼, 길을 간 만큼, 진리를 사모한 만큼, 밤을 새운 만큼 시는 그에 비례하여 좋은 시로 탄생된다.

인간 사회에 수준 높은 만행의 보고서가 많다는 것은 개인을 위해서는 물론 사회 전체의 향상을 위해 다행스러운 일이다. 개별업과 공동업을 함께 지니고 살아가는 게 인간들이라면 수준 높은 만행의 보고서가 많아질수록 개별업과 더불어 인간 전체의 공동업이 정화될 수 있기 때문이다.

만행의 완결체라 할 수 있는 경전을 읽는 순간처럼, 그리고 설법을 듣는 순간처럼, 누군가의 수준 높은 만행의 보고서를 읽거나 자신만의 진솔한 만행의 보고서를 작성하는 순간, 우리는 아주 조금씩이나마 더 나은 길로 발걸음을 옮길 수 있는 깨침을 얻을 것이다. 그럼으로써 삶은 비록 비틀거림의 연속이지만 그런 가운데서도 우리가 앞으로 나아가고 있다는 확신과 나아갈 수 있다는 희망을 갖게 될 것이다. 삶을 이끄는 두 개의 수레바퀴는 믿음과 희망이다. 인생이 단순히 소비되는 것이 아니라 만행의 길을 창조하는 여정이 될 때, 이와 같은 믿음과 희망은 더욱 견고해질 수 있을 것이다. 훌륭한 만행의 보고서로서의 시집의 출간은 바로 이런 점에서 더할 나위 없이 소중한 의미를 갖는 일이다.

제4부

시인평인(詩人平人)

1. 시와 성공

우리는 우리의 탄생과 궁극의 이유뿐만 아니라 그 의미에 대하여 잘 알지 못한다. 다만 확실한 것은 지금 우리가 여기에 이렇게 생생한 생명으로 현존한다는 사실뿐이다. 그리고 또한 확실한 것은 이와 같은 우리들이 너 나 할 것 없이 주어진 세계 속에서 성공적인 삶을 살고 싶은 소망을 간직하고 하루하루를 살아간다는 사실이다. 우리들의 성공적인 삶에 대한 소망은 너무나도 강렬하고 끈질겨서 우리들은 그 누구라도 아주 특별한 사건이 없는 한, 생을 중도하차하지 않고 자연사하는 순간까지 인내심 있게 살아간다.

나는 방금 '성공적'이라는 조금 어색한 용어를 사용하였다. 그러나 잘 생각해보면 이 용어가 그리 어색하거나 부적절하다고 보기는 어렵다. 우리들은 누구나 이 세계에서, 화이트헤드의 표현대로, '살기(to live)'를, '잘 살기(to live well)'를, '더 잘 살기(to live better)'를 원한다는 의미에서 이 '성공적'이라는 용어를 사용한 것이고, 그런 의미를 이해한다면 이 용어는 무리 없이 수용될 수 있기 때문이다.

그렇다면 산다는 것은, 잘 산다는 것은, 더 잘 산다는 것은 어떤 것일까? 이에 대하여 쉽게 답하기는 어렵다. 다만 우리가 이와 같은 소망을 갖고 있다는 점에 동의한다면, 이러한 성공적 삶의 갈래를 먼저 밝혀봄으로써 앞의 물음에 조금 가까이 다가갈 수는 있을 것이다.

우리들은 하나의 생물체로서 신체적 성공을 꿈꾼다. 신체적 성공이란 건강한 몸으로 오랫동안 살고 싶다는 것이다. 이와 같은 성공에의 꿈은 어느 것보다도 본능적인 것이라서 굳이 다른 설명을 더 붙일 필요가 없다.

다음으로 우리들은 하나의 사회적 존재로서 이른바 사회적 성공을 꿈꾼다. 사회란 인간의 신체적 성공을 위하여 차후에 조성된 산물처럼 보이지만, 그것은 이미 그 자체로 파괴할 수 없는 독자적인 실체이자 생명체가 되어 규범(제도)과 가치를 창출하고 강요하며 주도해 나아간다. 이와 같은 사회적 성공의 내용은 정치적 지위, 경제적 부, 윤리적 관계, 사회적 가치의 내면화 등에서의 성공으로 나누어볼 수 있을 것이다. 이 네 가지의 성공을 한꺼번에 성취하였을 때 적어도 그 사람의 사회적 삶은 매우 만족스러운 차원에 있다고 할 수 있다.

그러나 우리는 삶의 성공이라는 문제에 대해 이야기할 때 앞서 말한 신체적 성공과 사회적 성공 이외에 한 가지 사실을 꼭 덧붙여야만 한다. 그것은 우리들이 자각하든, 그렇지 않든 간에 우리들 모두는 정신적 성공을 꿈꾸고 있다는 점이다. 정신적 성공이란 내면적 성공 혹은 영적 성공이란 말로 바꾸어볼 수도 있을 것이다. 이런 표현이 조금 모호하다면, 사회가 만든 삶 대신에 '자기 자신을 산 삶', '자율 속에서 영위한 삶', '자생적인 자유와 평등과 평화를 내재화시킨 삶', '우주의 흐름과 일치한 우주적 삶' 등이 이것을 의미한다고 부연해볼 수 있을 것이다.

이와 같은 정신적 성공과 앞에서 언급한 신체적 성공 및 사회적 성공은 그 순서와 높낮이를 따질 수 없을 만큼 다 같이 중요하다. 우리가 진정 잘 살아갔다면 이 세 가지 소망을 모두 충족시킬 수도 있을 것이다. 그런데 이 세 가지 소망은 상호간에 긴밀한 관련성을 갖고 있으면서, 때로는 상보적인가 하면, 때로는 상충적이기도 하다.

그렇다면 시는 어떤 성공을 꿈꾸며 만들어진 장르일까? 시를 씀으로써, 그것도 좋은 시를 씀으로써 우리는 어떤 성공을 이룩하고자 하는 것일까? 우리가 지금까지 교육받은 것에 따른다면 우리는 대뜸 정신적 성공을 위한 것이라고 답하고자 할 것이다. 이것은 물론 틀린 말은 아니다. 그러나 시를 쓰는 일이 정신의 일일 뿐만 아니라 몸의 일이자 우주의 일이기도 하다면 그것은 신체적 성공을 이룩하는 데에도 다소간이나마 기여할 수 있을 것이다. 시인은 정신의 부름에 따라 시를 쓰기 이전에 몸의 요구에 따라 시를 쓰는지도 모르기 때문이다.

이러한 신체적 성공 이외에 시인은 시를 씀으로써 얼마간의 사회적 성공을 기대할 수도 있다. 시인과 시라는 말 자체가 이미 사회적 명칭이 아닌가. 그리고 이에 깃든 사회적 지위와 관념을 시인들은 누리고 있으며, 시집이 시장 속에서 유통되며 만들어내는 작지만 분명하게 실재하는 부의 질량도 그들에게 영향을 미치지 않는가. 그리고 시인이란 사회적 이름으로 창조한 그들의 담론의 영향력도 상당하지 않은가. 이와 같은 측면에서 시인의 사회적 값은 그렇게 작지만은 않다.

이제 정신적 성공과 관련된 점을 살펴볼 차례이다. 시를 쓰는 일은 앞의 두 가지 성공과도 유관하지만, 그러나 더욱더 큰 관련을 갖고 있는 것은 이 세 번째 영역이다. 인간들은 그 누구나, 신체적 성공과 사회적 성공이 성취되었다 하더라도, 정신적 성공을 이룩하지 못한다면 진정한 자유와 평화, 안심과 고요를 누릴 수가 없다. 신체적 성공과 사회적 성공이 안전을 담보한다면, 정신적 성공은 안심을 선사하기 때문이다. '안전(安全)과 안심(安心)', 이것은 두려움을 근간으로 삼아 진화해온 인간들이 그토록 소망하는 삶의 양대 축이다.

이렇게 볼 때 시인들의 시쓰기가 정신적 성공에 닿아 있다는 것은 새로이 특기할 만한 점이다. 그들도 분명 이 땅에서 잘 살기를 소망하는 수많은 인간 군상의 일원이지만, 이들이 특별하게 관심을 갖는 정신적 성공에의 꿈은 자신과 그들이 함께 살아가는 이 땅의 인간들로 하여금 정신적 성공이 부재하는 삶이란 빛(지혜)이 없는 열(열정)과 같이 반쪽의 삶에 지나지 않는다는 것을 끊임없이 일깨워주고 있기 때문이다.

방금 언급한 정신적 성공, 달리 말하여 내적 성공 혹은 영적 성공이란, 이런 점에서 성공의 최종 단계이다. 이 성공이 앞의 두 가지 성공—신체적 성공과 사회적 성공—보다 월등하게 더 나은 것이라고 말하기는 곤란하다. 그러나 이 성공에의 욕구가 최종적인 것이라는 점만은 확실하다. 따라서 이것은 조금 사치스러워 보일 수도 있다. 그러나 그렇기 때문에 이것은 긍정적인 의미에서 아주 멋있어 보일 수도 있다. 정신적 성공이 생존의 1차적 차원인 안전보다 그 이후의 차원인 안심의 세계에 이바지한다고 말한 것이 바로 이 점들을 환기시킨다.

부연하자면, 분명한 것은 인간 조건으로 볼 때 생존의 성공인 안전 다음에 정신적 성공인 안심이 요구되는 것이지, 그 반대일 수는 없다는 것이다. 그러나 안심 없는 안전은 언제나 양(陽)이 없는 음(陰)처럼 탁하고 우울하다. 안전에 근본적인 위협이 된다면 시인은 시집을 팔아서 세 끼의 식사를 해결해야 하지만, 시집을 모두 팔아버린 인간의 몸은 영혼 없는 육체처럼 뒤뚱거린다. 나는 신체적 성공과 사회적 성공을 무시한 정신적 성공에 대한 과장을 경계한다. 그러나 그런 과장만 경계한 다면, 시가 추구하는 내적, 정신적 성공은 아무리 강조하여도 지나침이 없을 것이다. 그것은 우리가 진정 잘 산다는 것이 무엇인지를 고처(高處)에서 알려주고 있기 때문이다.

2. 시와 심호흡

살아 있는 모든 존재는 호흡을 한다. 호흡을 한다는 것은 숨을 내쉬고(呼) 들이쉰다는 것(吸)이다. 우주도, 별들도, 자연물도, 인간도, 세포도 모두 길고 짧은 호흡을 한다. 이 모든 존재는 호흡을 통하여 자기 자신을 균형 있는 역동적 존재로 만들어 나아간다. 호흡은 우주의 원리인 음양의 상호성과 대대성(待對性)을 구현하는 행위요, 생명이 부패하거나 정체하지 않고 무상(無常)의 길을 가게 하는 동력원이다.

우주는 빅뱅이라는 탄생과 블랙홀에서의 죽음이라는 행위를 통하여 상상을 초월한 긴 시간을 단위로 호흡한다. 지구는 동지에서 숨을 내쉬기 시작하여 하지에서 숨을 들이쉬기 시작하는 순환적이며 반복적인 호흡으로 그 생명을 유지해간다. 인간들의 하루는 자시(子時)에서 숨을 내쉬기 시작하여 오시(午時)에서 숨을 들이쉬기 시작하는 율동으로 호흡한다. 이런 우주 속에서 살아가는 모든 생명들은 한편으로 우주율에 맞추면서 다른 한편으로 그들만의 독자적인 생명률에 의거하여 호흡한다.

호흡을 함으로써 모든 생명들은 탁기(濁氣)를 내보내고 청기(淸氣)를 받아들인다. 받아들인 청기는 생의 에너지를 활성화시키고, 내보내진 탁기는 정화되고 재생되어 다시 호흡의 리듬 속으로 편입된다.

인간의 신체 속엔 세 가지 길이 있다. 식도, 기도, 경락이 그것이다. 식도는 물질인 음식을 받아들이는 길이요, 기도는 물질을 태울 공기를 받아들이는 길이며, 경락은 정신을 태울 영기(靈氣)가 유통하는 길이다. 인간에게 이처럼 식도, 기도, 경락의 세 가지 길이 있다는 것은 매우 상징적이다. 인간들은 이 세 가지의 길이 막힘 없이 유통될 때 신체적, 정신적, 영적 양생(養生)이 가능하다고 볼 수 있다.

이 세 가지 길의 유통은 어느 하나가 다른 어떤 것보다 우월하지 않으며 다 같이 중요하다. 어느 한 가지가 정상을 유지하지 못할 때, 우리의 몸엔 이상 징후가 나타난다. 그리고 이 세 가지 길은 서로 상보적인 관계를 유지하며 깊숙이 서로 관여하고 있다.

삶은 그러므로 이 세 가지 길을 보살피는 일이라고 말해볼 수 있다. 그런데 우리는 곧잘 이 세 가지 길 가운데 앞의 두 가지 길만 의식하고 살아간다. 더 어리석게는 이 세 가지 길 가운데 맨 앞에 언급한 식도만을 보살피며 살아간다. 사실 정신이 크게 발달되지 않은 많은 생명들은 식도와 기도만을 보살피며 살아가도 아무 문제가 없다.

문제는 또 하나의 다른 길을 부록처럼, 아니 특권처럼 가지고 있는 인간에게 있다. 영기를 호흡하지 않고는 인간들이 온전하게 살아갈 수 없기 때문이다. 인간들은 이런 영기의 호흡 작용을 위하여 예술 행위를 하고, 도를 닦는다. 다른 것들도 이런 호흡의 구현 행위이지만, 방금 언급한 두 가지 행위가 이를 위한 가장 대표적인 것이다.

시인들의 시쓰기는 경락을 유통시키는 '마음 호흡', 즉 심호흡(心呼吸)이자 심호흡(深呼吸)으로 비유해볼 수 있다. 마음도 생명체인지라 호흡을 하지 않으면 굳고 딱딱해지며 부패한다. 호흡이 제대로 이루어지지 않으면 그 속엔 탁기와 체기만이 가득하여, 생이 빛나며 흐를 수가 없다.

시를 씀으로써, 그리고 시를 읽음으로써 우리는 이런 영적 심호흡을 적극적으로 행하는 것이다. 심호흡은 눈에 보이지 않아 식도나 기도의 일만큼 직접적이지 않지만, 심호흡의 진수를 체득한 사람은 그 매력과 신비를 역설하지 않을 수 없다. 시가 지닌 세속적 값이 그리 크지 않음에도 불구하고 시인들이 시쓰기에 몰입하는 것은 이런 심호흡의 세계를 알아버렸기 때문이라고 볼 수 있다. 존재의 가장 아래쪽에 이르기까지 심호흡을 해본 사람은 그 탁기의 배출과 청기의 흡입이 주는 쾌적감이 어떤 것인지를 안다. 그리고 그것이 인생을 어떻게 고양시키는지를 안다. 시쓰기가 무엇이냐는 질문이 갑자기 들이닥친다면, 다른 세세한 것은 뒤로 밀어놓더라도, 시쓰기란 심호흡(心呼吸)이며 심호흡(深呼吸)이라는 말을 해보는 것이 좋을 것이다. 그럼으로써 시에 대한 기존의 관념적이면서도 경직된 개념의 한계를 얼마간 넘어설 수 있을 것이다.

3. 시와 우주심(宇宙心)

우리들은 이 세상에 태어나자마자 얼떨결에 삶과 죽음이라는 두 개의 선물을 받는다. 그 선물은 너무나도 갑작스럽고 거대한 것이라서 거절할 겨를도, 살펴볼 겨를도 없다. 비록 그것을 찬찬히 살펴볼 겨를이 주어진다 하더라도 우리는 벌써 생의 한가운데로 육박해 들어온 이 선물을 현명하게 되돌릴 방법을 찾기가 어려워 난감하기 이를 데 없다. 이런 두 개의 선물을 두고 우리는 이들이 운명처럼 찾아왔고, 그것은 인간의 운명이라고 말할 수 있을 뿐이다.

우리는 삶과 죽음이라는 두 개의 선물을 뜨거운 감자처럼 받아들고 일생을 살아간다. 그것을 거절하거나 내려놓을 수 없다는 현실 앞에서, 우리는 이들을 달래며, 이들과 타협하거나 화해하며, 이들의 비밀에 귀를 기울이기도 하면서 생을 꾸려가는 것이다.

시를 쓴다는 것은 이와 같은 선물을 받아들고 스스로 소외 없는 삶을 살아가고자 하는 힘겨운 노력의 일환이다. 그런 점에서 시쓰기는 우리가 이 땅에서 행하는 다른 어떤 진지한 행위와도 크게 다르지 않다. 우리들은 각자의 능력과 취향에 따라 누구는 농사를 지음으로써, 누구는 장사를 함으로써, 누구는 정치를 함으로써, 누구는 문화적 행위를 함으로써 이 선물의 불가항력적인 힘을 다스려보고자 하는 것이다.

우리는 이 땅에서 틈 없는 삶, 소외 없는 삶을 살고자 하지만, 그것은 결코 쉽지 않다. 자아와 자아 사이는 물론, 자아와 세계 사이엔 늘 마뜩찮은 소외의 시공간이 내재한다. 이 소외의 시공간을 간과하거나 방치하자니 그 크기와 무게만큼 삶은 일그러지고, 그것을 치유하자니 바른길은 쉽게 발견되지 않는다. 그렇다면 어떻게 해야 할까?

시인들의 시쓰기가 시작되는 아주 근원적인 이 물음과 고민의 자리 앞에서 나는 우주심 혹은 무극장의 문제에 대하여 사유해보고자 한다. 우주도 마음이 있는가? 우주도 우리가 추측할 수 없을 만큼 깊고 넓은 마음을 갖고 있다. 그것을 나는 우주심(宇宙心)이라고 부르기로 한다. 우주심은 추상적인 것 같지만 구체적인 감각으로 느낄 수 있고, 그것은 먼 곳에 있는 것 같지만 실로 우리가 살아가는 어느 곳에나 편재한다. 이런 우주심을 다른 말로 무극, 태허 혹은 무극장이라 부르기도 한다. 이렇게 이미 동양사상 속에서 익숙해진 철학적 용어를 끌어들이면 우주심이 무엇을 말하는가 하는 점은 한결 명료해질 것이다.

우주심과 무극장을 토대로, 태극의 원리에 입각하여 만들어진 대표적인 무예가 태극권이다. 태극권은 관념적인 머리로 하는 것이 아니라 기감(氣感)으로 생동하는 우리들의 구체적인 몸을 통하여 수행하는 무예이다. 따라서 우주심과 무극장의 실체 및 작용을 우리는 태극권이 구현하는 몸의 움직임에서 생생하게 실감할 수 있다. 태극권의 권법은 무극장에서 시작하여 무극장으로 돌아간다. 무극장과 무극장 사이에 태극장, 개합장, 승강장, 허보 등의 분화 과정이 들어 있지만 결국 이들은 무극장으로 종결되는 것이다. 무극장은 우주 생성 원리의 처음이자 마지막이다. 순환론적 사유를 동원하자면 그것은 마지막이자 처음이다. 그러나 이것은 시간상의 개념을 이끌어들였을 때 가능한 말일 뿐, 무극장은 우주의 근원이며 토대이며 중심이며 뿌리이므로 모든 분화 과정 속에 편재한다.

불안, 결여, 우울, 고독 등과 같은 감정 일체를 포괄하는 인간들의 소외감은 이 우주심 혹은 무극장으로부터 떨어져 나온 결과로 생긴 것이다. 우리는 어머니의 몸(자궁)에서 탯줄을 끊고 이 세상에 나왔다. 그것은 인간 탄생과 생명 분화의 상징적인 예이다. 그러나 우리의 현실적인 의식은 그 자리와 그 사실을 기억하고자 하지 않는다. 의식의 채찍질은 우리로 하여금 삶이란 앞으로 전진하는 것이고, 당신은 독립된 우월한 개체라고 속삭이고 있기 때문이다. 이것은 틀린 것도 나쁜 것도 아니다. 우리에겐 그런 속성이 있고, 그것은 우리들의 삶을 앞으로 나아가게 만드는 양적(陽的) 동력원이기 때문이다.

그러나 우리는 외형상 이탈한 듯이 보이지만, 실상 어머니의 몸이 상징하는 우주심 또는 무극장이라고 부를 수 있는 우주적 모체와 이어졌던 탯줄의 기억을 회복하고 그 관계를 재생하여야 한다. 우주심과 무극장에 탯줄을 잇는 일은 퇴행인 듯 보이지만, 그것은 퇴행이라기보다 자신의 삶을 무한 소급하여 우주의 근원과 하나가 되는 일이다.

생의 근원으로 소급할수록 우리의 시야는 넓어지고, 시야가 넓어질수록 우리는 무엇이든 포괄할 수 있는 중화 작용의 확대로 더욱 영활(靈活)해진다. 도피로서의 퇴행이 아니라, 자발적인 퇴행을 감행하며 뒤로 물러나 근원에 가까이 도달할수록 우리의 가시거리가 길어지고 우리의 앞마당은 넓어지는 것이다. 우리는 앞으로 전진하여 무엇인가를 점령함으로써 가시거리와 앞마당을 넓힐 수도 있지만, 그와 반대로 퇴행하여 내어놓음으로써 이들을 가능케 할 수도 있는 것이다.

　　시인들의 시쓰기는 이 우주심 혹은 무극장과의 합일을 심층적으로, 또는 무의식적으로 갈망하기 때문에 이루어진다고 볼 수 있다. 물론 수많은 시인들은 이 사실을 자각하지 못할 것이다. 그들은 다만 쓸 수밖에 없는 시간을 개인적으로 맞이할 것이고, 그런 시간의 임재 속에서 고뇌할 것이다. 그러나 그 이면을 가만히 들여다보면, 그들의 시쓰기는 우주심 혹은 무극장과의 틈 없는 만남을 이룩하고 싶다는, 거기에 탯줄을 대고 싶다는 소망을 지속적으로 반영하고 있는 것이다. 이러한 우주심 혹은 무극장과 합일된 자리에서 삶을 바라볼 때, 우리의 심안(心眼)은 밝아지고, 심안의 밝아짐은 시안(詩眼)의 밝아짐으로 이어진다. 이것은 근시안적인 우리의 내면이 원시안적인 능력을 얻는 일이고, 현미경으로 본 세상 속에서 조급해하던 우리가 망원경 하나쯤을 확보한 것과 같은 것이다. 그리고 현미경과 망원경을 자유자재로 호환할 수 있게 되는 것과 같은 일이다.

　　조금 큰 표현을 과감하게 쓴다면 이런 경지를 가리켜 득도의 경지라고 말할 수 있을 것이다. 이때 우리는 세계로부터 소외된 객체의 자리에서 비로소 세상의 주인공이 되는 자리로 들어서게 되고, 그와 같은 주인공이 됨으로써 우리 또한 우주심처럼 세상을 포용할 수 있는 능력이 생기기 때문이다.

시를 쓴다는 것은 외형상 세속의 일이다. 그러나 시쓰기가 특별히 내적, 정신적, 영적 성공과 이어진 행위라는 점을 염두에 두고 보면, 시쓰기는 세속의 일을 넘어서고자 하는 행위임에 틀림없다. 이런 초월에의 욕구는 궁극적으로(근원적으로) 우주심 혹은 무극장과의 합일을 지향하고 있으며, 그것의 합일이란 정말로 난해한 것이기에 시인들은 수행하듯 오늘도 시를 쓸 수밖에 없는 것이라 생각한다.

4. 시와 평인지기(平人之氣)

시인의 정체성에 대해 생각해본다. 시인은 어떤 사람이 되기를 꿈꾸는 것일까? 시인이란 명칭은 그 자체가 시인의 정체성을 알려주는 지표이기도 하다. 시인은 시를 쓰는 사람이라는 사전적 정의가 이 속에 명시적으로 포함돼 있기 때문이다.

그러나 시를 쓰는 사람이라는 뜻에서의 시인이라는 생각은 너무 외연적이고 평면적이다. 시인은 분명 시를 쓰는 사람이지만, 그는 시를 씀으로써 무엇엔가 도달하고자 하는 또 다른 내적 꿈을 갖고 있는 사람이다.

한의학의 고전인 『황제내경소문(皇帝內經素問)』의 「상고천진론(上古天眞論)」을 보면 네 가지 유형의 인간상이 나온다. 진인(眞人), 지인(至人), 성인(聖人), 현인(賢人)이 그것이다. 비록 차이는 있지만 이들은 모두 삶과 몸 속에 천진(天眞; 조금도 꾸미지 않은 자연 그대로의 상태, 자연 그대로의 진기(眞氣), 자연의 원기(元氣))의 기운을 내장시켜 음양의 균형을 성취한 사람들이다. 그들은 인간의 건강을 꿈꾸는 의학적 목표로서의 양생(養生)의 삶을 모범적으로 살아간 사람들이다. 참고로 밝히자면 방금 열거한 네 가지 유형의 인간 가운데 진인이 최고의 수준에 도달해 있고, 이어서 지인, 성인, 현인이 뒤따른다.

그렇다 하더라도 이들은 모두 자연의 신비로운 음양 원리에 순응하고 그것을 삶과 신체 속에 체화하여 '평인지기(平人之氣)' 혹은 '평인지상(平人之象)'을 보여줬다는 점에서 동일하다. '평인'이란 다른 말로 하면 '화평지인(和平之人)'을 뜻하거니와, 이 두 가지 말이 가리키는 바는 음과 양이 체내에서 조화를 이루고, 기와 혈이 화평하여, 건강하고 무병한 정상의 인간상을 구현하고 있다는 것이다.

그런 점에서 평인 혹은 화평지인이 되는 것은 인간 모두의 목표이자 의학의 목표이다. 시와 시인을 말하는 자리에서 왜 이런『황제내경』속의 의학적 인간상을 언급하는가 하는 점이 궁금할 것이다. 나는 인간의 근원적인 내적 욕구는 시인들의 경우나 다른 일을 하는 사람들의 경우나 다르지 않다고 본다. 오직 다른 것은 바깥으로 나타난 외양의 다채로운 차이일 뿐이라고 생각한다.

또한 다음과 같은 의문을 제기할 수도 있을 것이다. 의학적 인간상은 신체적, 생리적 차원에서 그 모범이 설정되는 것인데 시인과 시쓰기라는 정신적 차원의 문제를 두고 이와 같은 신체적, 생리적 차원에서의 인간상을 논의하는 것이 무슨 의미가 있느냐고 말이다. 일견 맞는 말 같지만, 그러나 자연의 원리와 인간의 원리가, 신체의 원리와 정신의 원리가 상동성을 띠고 있다는 가설에 동의한다면,『황제내경』에서 이

상으로 삼는 인간상은 전체적인 차원에서 음양의 균형을 이룩하며 살아가는 인간의 환유가 될 것이다.

시인은 자신의 내적 정체성을 표현하는 자리에서 앞서 언급한 평인지기를 성취한 성인, 지인, 성인, 지인 등과 같은 존재 이외에도 구도자, 수행자, 예인, 장인, 기술인, 철인, 사상가, 미학자, 계몽인, 언어 탐구자, 정신노동자, 서비스인, 상인 등과 같은 존재를 떠올리며 그 자신을 규정해 보일 수 있을 것이다. 이런 규정 행위는 그것이 어떤 것이라도 다 그 나름의 타당성과 의미가 있는 것이므로 누군가의 평가의 대상이 될 수 없다. 다만 공감의 영역이 다를 수 있을 뿐이다. 그리고 이 모든 정체성의 내용은 각 개인의 자기 절실성에 토대를 두고 있는 것이자 사회 속에서도 기여하는 몫을 가지고 있는 것이다.

그럼에도 불구하고 이 모든 외양의 다양성 아래에서는 화평지인이 되고 싶다는 꿈이 작동하고 있다는 점을 말하지 않을 수 없다. 그것에의 도달과 그것의 완성이 지극히 힘든 것은 사실이지만, 그런 욕구가 그들로 하여금 다양한 정체성의 설정과 그것에의 도달을 꿈꾸도록 만드는 것이다.

완전성의 환유인 신적 존재가 온전한 음양의 비율을 유지하고 있다면, 인간들은 그가 누구든지 간에 태어나면서부터 음양 비율의 편차를 현실적으로 운명처럼 받아들이고 살 수밖에 없다. 그런 점에서 인간은 누구나 불완전하고 유한한 존재이다. 이와 같은 음양의 비율의 편차가 클수록 인간들에게 찾아오는 내적 고통의 양은 크다. 『주역의 과학과 도』의 저자인 이성환의 말처럼 인간들은 누구나 조금은 찌그러진 공처럼 음양 비율이 어긋난 상태에서 이 세상을 뒤뚱거리며 굴러가고 있는 것과 같은 존재이다. 이런 사정은 시인의 경우라고 해서 예외가 아니다. 어쩌면 자기표현을 그만큼 강렬하게 지속하는 시인들의 실상은 이런 편차가 더욱 큰 것인지 모른다는 추측도 가능하다. 그러나 이것은 우울한 일이 아니다. 그들은 그럴수록 더 역동적인 시쓰기를 지속하며 자신들을 승화시켜 나아갈 것이기 때문이다.

시인들은 화평지인을 꿈꾸면서 주로 시쓰기로 그들의 양생을 도모한다. 이때 시쓰기는 그들에게 자기치유와 자기완성의 훌륭한 도구가 된다. 결여가 시쓰기를 가능하게 한다는 말은 바로 음양 비율의 편차가 시쓰기의 원동력이라는 말과 다르지 않으며, 결여는 충만함을, 음양 비율의 편차는 그것의 균형을 꿈꾸고 있다는 말과 동일하다.

시인들은 화평지인이 될 때까지 무엇인가를 격하게, 다채롭게 표현할 것이다. 음의 속성이 강한 사람은 양의 속성을 그리워하면서, 양의 속성이 과도한 사람은 음의 속성을 그리워하면서 말이다. 그러나 그리움이 곧 현실이 될 수는 없는 만큼 음의 속성이 편중된 사람은 음인답게, 양의 속성이 무거운 사람은 양인답게 자신을 드러낼 수밖에 없을 것이다.

겉으로 드러난 의식의 차원만을 중시하고 살아온 시인이라면, 나의 이런 말을 듣고 자신의 정체성이 침해받는 것 같은 혼란 속에서 놀라거나 불쾌해할지 모르겠다. 그러나 우리들의 존재의 심층을 조용히 들여다보면, 그리고 그 속에서 들려오는 소리에 귀를 기울여본다면, 나의 이런 말에 얼마간 공감할 수 있을 것이라 생각한다.

5. 시와 연금술

연금술이란 무엇인가? 그것은 이 세상의 어떤 비루한 것들도 끌어 안고 발효시켜 금과 같은 존재로 재탄생시키는 일이다. 그런 점에서 연 금술은 끝까지 세상을 낙관하는 일이요, 세상을 긍정의 땅으로 바꿀 수 있다는 가능성을 보여주는 일이며, 삼라만상을 금과 같은 존재로 빛나 게 하려는 숭고한 마음과 노력이 깃든 고차원의 행위이다.

연금술사는 그의 품안으로 존재를 깊이 품어 안고, 마치 닭이 알을 품어 부화시키듯이 오랜 시간 그들을 보듬고 매만져서 그들에게 날개 를 달아준다. 그러나 그것은 기교나 기술에 의한 일이 아니다. 생의 가 장 근원적인 자리에서 인(仁)과 성(誠)에 의하여 이른바 순정한 염력(念 力)을 바탕으로 지(智)가 탄생되는 이치와 같은 것이다.

선불교 정신의 기본을 이루는 것은 계(戒), 정(定), 혜(慧)이다. 계는 수행자로서 자율적으로 계율을 지키는 것이다. 계율을 지킨다는 것은 스스로 근신하고 삼가면서 자기 자신을 엄격히 관리하는 일이다. 자신의 몸과 마음이 계율을 지킴으로써 반듯한 나무처럼 지심(地心)을 획득하게 되면, 수행자는 이어 화두에 집중한다. 집중이라는 선정의 상태는 무아의 몰입과 같다. 그와 같은 몰입 속에서 모든 존재는 연금술사의 용광로에서처럼 순정한 상태로 정화되고, 사기(邪氣)가 넘볼 수 없는 정밀한 상태가 된다. 이런 몰입의 시간을 거치면 수행자의 마음속엔 지혜가 깃든다. 그는 비로소 지혜의 말을 꺼낼 수 있고, 지혜의 삶을 살 수 있게 되는 것이다.

선불교의 수행자는 이런 점에서 연금술사와 다르지 않다. 그들은 모두 존재와 생을 최고의 순정한 열락의 단계로 만개시키고자 하는 사람들이다.

그런가 하면 우리의 몸엔 선도에서 말하는 정기신(精氣神)이라는 세 가지 보물이 있다. 이들은 각각 하단전, 중단전, 상단전에 기거하고 있다. 한의학은 물론 국선도에서 이 정기신의 유통과 활성화는 매우 중요한 과제이다. 정기신에 대한 동양학자 조용헌의 비유는 매우 인상적이다. 그는 하단전에 깃들어 있는 정을 원유와 같은 것으로, 중단전의 기를 원유가 어느 정도 걸러진 경유와 같은 것으로, 상단전에 깃든 신을 모든 불순물이 정화되고 맑게 빛나는 휘발유와 같은 것으로 비유하고 있다. 정이 약하면 기도, 신도 만족스러울 수 없지만, 기와 신으로의 고양을 지향하지 않는 정은 탁하고 동물적이다. 정의 육체성, 기의 인간성, 신의 신성성이 지닌 상관관계는 이러한 것이다.

정을 신으로 승화시켜 인간의 몸과 삶에 신명이 깃들게 하는 일은 앞서 언급한 연금술사가 금과 같은 세계를 창조하는 것이나, 선불교의 수행자가 지혜의 경지에 이르는 것과 다르지 않다.

그렇다면 나는 왜 이런 긴 이야기를 했을까? 그것은 시인의 시쓰기도 진정한 시인의 경우엔 이들의 모습과 다르지 않다는 것을 말하기 위해서이다. 시인들은 자기 자신은 물론 세계 전체를 품어 안는다. 품어 안는 행위는 고통스럽지만 그것을 극진한 보살핌 속에서 지혜의 꽃으로 만개시키는 일은 감격스럽다. 지혜란 삿되지 않은 인간 정신의 총화가 빚어낸 최종의 산물이다. 그것은 한 존재가 최종적으로 영글게 한 정신의 씨앗과 같은 것이다. 이러한 지혜의 세계는 경전이라는 무거운 책 속에 성문화되어 있다. 최고의 가르침이라는 의미에서의 종교(宗敎)는 이런 경전의 말들을 구체화하여 가르치고 음미하며 탐구한다.

그렇다면 시인의 언어는 경전의 언어와 같은 것일까? 그리고 시집은 경전이라는 지혜서와 같은 것일까? 이 양자가 빈틈없이 등가를 이룬다고 말하기는 곤란하지만, 그 정신 작용과 지향성은 상당히 가깝다고 볼 수 있다.

시인은 그런 점에서 지혜의 언어가 지닌 힘을 무한대로 발휘하는 주술사와 같은 측면도 지니고 있다. 그들의 언어가 지닌 지혜의 신명한 빛은 무딘 노력과 거친 열정 그리고 맹목에 가까운 승부욕으로만 세상과 맞대결하는 속인들의 언어적 힘과 구별된다. 주술에 의하여 우리의 마음은 신성한 존재 혹은 그 세계와 접속된다. 그런 접속은 존재의 전환을 가져오고, 우리는 그런 경험 속에서 놀라운 순간을 체험한다.

시인이 지닌 주술사적인 힘은 이성적 합리와 논리만으로 도달할 수 없는 세계로 우리를 이끈다. 그런 이끌림 속에서 우리는 앞서 말한 존재의 전환을 경험하는 것이려니와 그것을 가리켜 우리는 감동이니 전율이니 감전이니 감격이니 하는 말로 부르는 것이다.

시를 쓰는 일뿐만 아니라 우리들의 인생 전체가 진정 더 나은 세계를 소망한다면, 비록 외형적 차이가 있을지언정 내적으로는 연금술사의 마음으로 살아가는 것과 같다고 할 수 있다. 시인이 아니더라도 모든 인간은 더 나은 금빛과 같은 자아와 세계를 꿈꾸며 매진한다. 이렇게 본다면 시인의 일도 그런 인간사의 한 부분을 차지하는 셈이다. 그런 가운데서도 시인들의 그런 매진은 조금 더 집중적이고 심각할 때가 많이 있다는 점이 두드러지는 것이다.

6. 시와 욕망

우주도, 자연도, 만물도, 인간들의 삶과 그들이 만들어낸 문화도, 그리고 여기서 논하고 있는 시도 어찌 보면 그 원리는 매우 심플하다. 오직 그 외양이 만상으로 드러나는 까닭에, 우리는 미로를 헤매는 듯한 현기증 속에서 살아갈 뿐이다.

시란 욕망의 한 형태라고 규정해본다. 욕망이란 그것이 어떤 것이든지 간에 자신의 생명과 자신이 속한 생명계를 잘되게 하려는 뜻을 품고 있다. 다만 그런 뜻이 반드시 동일한 결과를 가져오지 않는다는 데에 어려움이 있을 뿐이다.

시를 욕망과 관련지어 논의할 때 시쓰기의 원천과 시의 역할을 상당히 잘 이해하도록 도와주는 것이 심리학자 에이브럼 매슬로의 욕망이론이다. 매슬로는 5단계 욕망 이론을 주장하였다. 그리고 그것은 이미 많은 사람들에게 알려졌고, 많은 사람들은 이 이론의 적절성에 공감을 표시하였다.

매슬로가 말하는 다섯 가지 욕망, 곧 생존의 욕구, 안전의 욕구, 사회적 소속의 욕구, 사회적 인정의 욕구, 자아실현의 욕구는 단계성을 띠고 있다. 이 다섯 가지 욕구는 열거한 순서대로 인간 생존에 직접적이고 우선적이라는 것이다. 그러나 그 직접성과 우선성이 곧 가치의 순서를 의미하는 것은 아니다. 인간은 그 욕구를 발전시켜 최종 단계인 자아실현의 욕구까지를 성취할 수 있을 때 최대의 만족감을 얻을 수 있고, 온전한 인간상에 도달할 수 있기 때문이다.

실제로 인간의 욕구는 매우 다채롭고 복잡한 것 같지만 그 심층을 들여다보면 매슬로가 제시한 다섯 가지 욕구로 환원될 수 있을 것이다. 인간들은 우선 식사와 수면 그리고 배설을 통하여 생물로서 생존하기를 바랄 것이고, 이어서 타 존재들의 공격으로부터 안전하기를 희원할 것이고, 이런 생명상의 욕구가 충족되면 다음 단계로 사회적 동물답게 어떤 사회의 커뮤니티 속으로 소속되기를 바랄 것이고 또한 그 커뮤니티로부터 자신의 존재를 '괜찮은 인간'이라고 인정받기를 원할 것이다. 그러나 지금까지 언급한 네 가지 욕구는 외부의 무엇인가에 의탁해야 하고, 그들의 시선과 영향력으로부터 자유롭지 못하므로, 온전한 만족보다 '결여'를 품고 충족되는 욕망의 형태이다. 이 네 가지 욕구는 우리가 죽는 날까지 우리로 하여금 결여감을 느끼도록 하는 긴장된 욕구이다.

이에 반하여, 자기실현의 욕구는 그 자체로 자발성과 자족감을 지닌 욕망의 형태이다. 이 단계에서 인간들은 다른 존재의 시선과 영향력을 초월하여 그 자신의 영혼과 독자적으로 소통한다. 그들은 여기서 자기 자신을 살게 되며, 그런 삶을 통하여 스스로 노니는 자유(自遊)의 경지에 이른다. 이것은 누가 시켜서 사는 삶이나 그런 행위가 아니다. 그것은 그 자신의 내적 구원을 위하여 스스로 창조하는 생성의 삶이자 행위이다. 이런 삶과 행위에는 주어진 한계와 강요되는 정답이 없다. 그는 스스로 창조하는 주체이자 생성하는 주인공이다. 이와 같이 자발적이고 영활(靈活)한 삶과 행위가 이루어질 때 그 주변에는 아우라와 같은 환한 기운이 감돈다. 이 기운은 존재의 심층을 밝힌 자가 보여줄 수 있는 에너지이다.

시쓰기는 방금 위에서 언급한 제5단계의 욕망을 실현하고자 하는 데 가장 큰 비중을 두고 있다. 시를 씀으로써 시단의 커뮤니티에 소속될 수도 있고, 그 시단의 구성원들로부터 인정받는 사회적 기쁨을 누릴 수도 있으며, 간혹은 그것을 통해 직접적이지는 않으나 생존과 안전의 욕구를 충족시킬 수도 있을 것이다. 하지만 진정한 시인들에게 이런 것들은 모두 부차적이다. 그들의 시쓰기와 존재 의미는 외부의 어느 것에도 휘둘리지 않는 자기만의 자율적 정부를 세우고 그 속에서 자족의 시민이 되는 데 있다. 앞의 제1단계에서 제4단계까지의 욕망이 활동하는 데서 인간들은 그 성취를 통해 포만감을 느낄 수 있다. 그러나 방금 언급한 제5단계의 욕망이 충족되는 데서 인간들은 포만감과 다른 충만감을 체험할 수 있다.

충만감의 자율성은 시인들로 하여금 어떤 역경 속에서도 시쓰기를 꿈꾸게 만든다. 그리고 비록 시인은 아닐지라도 이 세상의 인간들로 하여금 시적인 세계를 그리워하게 만든다. 생존의 법칙 혹은 생의 법칙이 그렇듯이, 제5단계의 욕구를 보살피거나 충족시키지 않는다 하여 즉각적으로 우리에게 생으로부터의 이탈이나 죽음이라는 절박한 위기가 오는 것은 아니다. 제5단계의 욕구가 충족되지 않더라도, 시라고 하는 존재를 의식하지 않는다 하더라도, 우리의 삶은 그런대로 약간의 결여감과 소외감 속에서 삐거덕거리며 진행되고 있는 것이다.

이런 점에서 제5단계의 욕망에 뿌리를 내리고 있는 시쓰기는 매우 고급한 욕망이자 사치스러운 욕망이고 잉여의 욕망이기도 하다. 그러나 이런 욕망의 실현을 위한 삶이 있고 그런 욕망의 소중함을 인정하는 사람이 있는 한, 시쓰기의 중요성은 항상 역설될 수 있다.

한 편의 시를 쓰거나 읽지 않아도 삶은 계속될 것이다. 그러나 시쓰기와 시읽기가 제5단계의 욕망을 자극하고 실현시키며 삶 속으로 들어올 때, 그 삶은 윤기를 얻을 것이다. 시의 자리는 그런 점에서 위험한 아름다움이 깃드는 곳이다.

7. 시와 진아(眞我)

나는 누구인가? 이 물음만큼 난감하면서도 지속적으로 제기되는 물음은 드물다. 나는 누구인가라는 이 물음을 던지는 그 순간부터 우리는 누구나 철학자가 되고 또 시인이 된다.

그런데 나는 누구인가라는 이 물음은 곧바로 너는 누구인가, 그들은 누구인가, 우리는 누구인가, 자연은 무엇인가, 우주는 무엇인가와 같은 물음으로 이어진다. 그러나 이 물음들은 실상 나는 누구인가라는 물음에 대한 답을 얻기 위한 차후적인 것이다.

나는 누구인가? 누구도 단정적으로 말하기 어렵다. 나는 외형상 60조 개나 된다는 세포들의 결합물이고, 학생, 선생, 엄마, 아빠, 과장, 사장 등과 같은 사회적 이름을 지니고 사는 존재이지만, 그것이 나라고 선뜻 말하기는 곤란하다.

나는 누구인가? 나는 있는가? 그렇다면 나는 어떻게 있는가? 이렇게 질문을 덧붙여보아도 뾰족한 수가 나타나지 않는다.

그러나 우리는 죽는 순간까지 진아(眞我)란 무엇인가라고 물음을 제기하며, 위대하다고 말할 수밖에 없는 나르시시즘을 원동력으로 삼아 나는 이렇게 있다고 그 유일성과 존재성을 주장하고 표현한다.

시쓰기란 진아를 찾고자 하는 물음이자 그것에 도달하고자 하는 갈망이며, 나라는 존재가 그 물음에 대한 답의 제출과 관계없이 지금, 여기에, 이렇게, 살아 있다는 존재감의 표출이다.

우리는 살아 있는 한, 나를 입증하고 표현하며 역설한다. 이때 나는 세계의 중심이다. 내가 부재하는 세계는 그 역동적인 움직임을 금세 멈춘다. 모든 것이 정지태로 변모하는 것이다. 나는 살아 있다고 계속하여 파장을 내보낸다. 시는 그런 파장의 한 모습이다. 시는 내가 정지태로 음화되는 것을 막는 항산화제와 같다.

그러나, 그렇다고 하여 나의 생생한 현재성이 곧 진아의 실상을 알려주는 전모라고 말할 수는 없다. 나는 '환(幻)'의 힘에 의하여 운영되는 현상계의 일원이고, 나는 이 현상계의 법칙과 가치에 침윤된 존재이기 때문이다.

현상계는 그것이 환이라 하더라도 힘이 있다. 그 힘은 상상을 초월하여 이 세상의 모든 인간을 사로잡고 좌지우지한다. 우리는 현상계의 마음으로 표현하고, 현상계의 언어를 사용하며, 현상계의 법칙을 따른다. 시가 인간의 마음의 표현이라는 점에서, 그리고 그것이 이 세상의 언어를 사용하고 이 세상의 법칙 속에 있다는 점에서, 시는 분명 현상계의 활동이자 그 파장이다.

그러나 진아, 곧 실상(實相)과의 여여(如如)한 만남에 대한 꿈은 사라지지 않는다. 현상계의 인위성과 방편성을 넘어선 세계에 대한 그리움은 지속된다.

현상계에서 나는 자아 발견을 이룩하지만 그 자아 발견은 개체성을 토대로 하고 있다. 자아 발견은 인류사 속에서 놀라운 사건이다. 자아 몰각의 상태에서 미숙한 존재로 무명의 상태를 살던 인간들은 자아 발견이라는 어마어마한 사건을 통하여 개화된 문명 속의 독립된 존재가 된 것이다. 하지만 자아 발견이 현상계의 일인 한에 있어서 그것은 자아 팽창과 자아 과잉으로 이어지기가 쉽다. 여기서 자아는 비대해지고 그 비대함은 더욱 큰 결여와 대립을 낳는다. 너무나 큰 나, 너무나 무거운 나, 너무나 높은 나, 너무나 강력한 나, 너무나 화려한 나는 멈출 줄 모르고 증식하는 이상성 세포와 같이 된다.

여기서 시인들의 자기 입증과 자기 표출은 그 과도함으로 인하여 병적 징후를 드러내게 된다. 그런 징후가 오기 전에, 또는 그런 징후를 직감하면서 진정 생각이 있는 시인들은 존재의 심층에서부터 들려오는 진아의 목소리를 듣는다. 이때 자아 발견은 자아 팽창과 자아 과잉으로 이어지지 않고, 자아 해체와 자아 초월로 이어진다. 나란 있되 없는 존재이며, 독립돼 있되 중중무진의 무한 연기 속에 있는 존재임을 깨닫는 것이다.

나란 존재가 타 존재와 연기 속에 혼융될 때, 현상계가 현상계 너머의 공(空)인 세계와 합일될 때, 나는 무아의 존재가 된다. 무아란 없되 있는 존재이며 진아의 다른 이름이다. 무아 속에서 나는 있는 나와 없는 나를 함께 보며, 이 양자가 서로 다르지 않다는 것을 깨닫는다.

그때 나는 나를 주장하되 주장하지 않으며, 나를 표현하되 표현하지 않고, 언어를 사용하되 사용하지 않는다. 이런 모순의 신비와 고처(高處) 속에서 나의 주장과 나의 표현과 나의 언어는 살아난다. 살아난다는 것은 생명력을 얻게 된다는 것이다.

시인들은 지금도 무수한 말을 내놓는다. 그러나 진정한 시인은 언어를 내놓되 내놓지 않는다. 그들은 자아의 모순성과 언어의 모순성이 지닌 역설을 체화하고 있기 때문이다. 그런 점에서 진아를 찾는 일은 시인의 심층적 소망이며, 이 일이 성취되었을 때 그들의 언어는 현상계의 관념과 상을 포용하면서도 그것을 넘어선다.

8. 시와 멋

식물학자이며 미생물학자인 프랑스의 클로드 귀댕은 그의 저서『살아있는 모든 것의 유혹』(최연순 옮김, 휘슬러, 2006)에서 생명 진화의 역사는 유혹의 역사라고 주장한다. 유혹에서 성공해야 모든 생명은 자연선택과 성선택이라는 생존의 우월성과 자손의 번식에서의 성공을 이룩할 수 있다는 것이다.

그는 이런 관점에서 호모 사피엔스로서의 인간 종을 다음과 같이 규정한다.

> 호모 사피엔스는 연약하기 짝이 없는 동물이다. 연약하고, 상처받기 쉬우며, 끊임없는 불안과 두려움에 떠는 동물이다. 굶주림과 목마름, 추위 혹은 더위 그리고 자신이 알지 못하는 모든 것을 두려워하며 살아가는 존재다. 다른 짐승한테 잡아먹힐까 봐 걱정스럽고, 타인이 무섭고, 거울 속에 비친 자신조차 낯설고 버겁게 느껴진다. 무엇이 부족하지 않을까, 충분히 갖지 못한 것은 아닐까 전전긍긍하고 공

포에 떨며 사는 존재가 바로 인간이다. 머리 위로 하늘이 무너질까 걱정하는 연약한 인간으로서 너무 당연한 현상이 아닌가.

역설적이게도 인간은 바로 이 두려움에서 삶을 지탱하는 힘을 받는다. 미지의 것에 대한 두려움 때문에 인간은 극한상황에서 한 발짝 뒤로 물러서서 알려고 노력한다. 지식의 나무에 매달린 금단의 열매가 인간에게 왜 그토록 중요한 의미를 갖겠는가? 인간은 영양처럼 빠르지도 않고, 코끼리처럼 힘이 세지도 않다. 때문에 인간은 세계를 생존하기 좋은 환경으로 길들이기 위해 유혹이라는 카드를 내민다. 이들은 타인과 세상의 모든 존재, 심지어는 자기 자신과도 타협을 한다. (159~160쪽)

이런 주장에 동의한다면, 인간들의 시쓰기는 연약하기 짝이 없는 호모 사피엔스가 두려움과 불안의 극복을 위하여 만들어낸 행위이다. 그러니까 시쓰기는 다윈 이후 생물학자들을 사로잡은 진화론의 두 가지 항목인 자연선택과 성선택에 보탬이 되는 행위로 작용하고 있는 것이다.

실제로 자연선택과 성선택에서 성공하기 위한 유혹의 전략으로 시쓰기는 얼마나 큰 효력을 발휘하는 것일까? 실용성이 의심되는 공작의 화려한 꼬리처럼 보이는 게 시쓰기인데, 그 행위가 과연 얼마나 사람들을 사로잡을 수 있는 것일까?

인간이 타인을 유혹하는 데 중요한 수단으로는 세 가지가 대표적이다. 부(富), 권(權), 귀(貴)가 그것이다. 부는 밥과 돈 그리고 경제의 다른 이름이다. 권은 물리적 힘과 사회적 지위 그리고 정치적 능력의 다른 이름이다. 끝으로 귀는 가치와 의미 그리고 문화적 멋스러움의 다른 이름이다. 그러니까 이 자리에서 시쓰기의 유혹 능력은 가치와 의미를 찾는 문화적 멋스러움의 값이 얼마나 되느냐고 바꾸어 말하는 것이 가능하다.

귀하다는 것은 어떤 환경 속에서도 자신의 내적 가치를 잃지 않으려고 하는 것이다. 그것은 극단적으로 자신의 내적 가치를 세속의 어떤 값으로도 환산하거나 교환하려고 하지 않는 고고함과 우아함의 모습인 것이다. 값을 매길 수 없는 가치, 값으로 교환하기를 거부하는 가치의 창출을 지향하는 것이다.

다시 물어보자. 그렇다면 이런 귀(貴)의 힘은 자연선택과 성선택이라는 이 진화의 장 속에서 얼마나 큰 힘을 발휘하는 것일까? 한 인간이 부와 권과 귀를 모두 지니고 있다면 그보다 더 대단한 유혹의 힘은 없을 터이지만, 그렇지 않을 때 귀는 부와 권에 비하여 상대적으로 어떤 힘을 발휘할 수 있는 것일까?

거칠게 말하자면, 위기의 시대엔 부와 권이 매혹적이다. 이런 힘을 가진 사람들이 자연선택과 성선택에서 유리하다. 그러나 안정과 평화의 시대엔 이들의 유혹적 힘 못지않게 귀의 힘도 대단하다. 문화적 멋스러움은 경제적 부와 정치적 권력 이상으로 유혹적이고 변별적인 것이다.

이런 점에서 시쓰기라는 문화적 멋스러움의 세계는 유혹의 직접적인 힘은 아니지만 인간을 유혹할 수 있는 고차원적인 힘이라고 할 수 있다. 경제적 부가 지닌 힘과 정치적 권력이 지닌 힘 앞에서 사람들은 긴장한다. 그리고 대립적인 시기심이 은밀히 작동한다. 그러나 문화적 멋스러움의 힘 앞에서 사람들은 감동한다. 그때의 감정은 시기심이라기보다 동화적인 부드러움이다.

또 다르게 말하자면 경제적 부와 정치적 권력을 지닐 때 사람들은 강해진다. 강함도 중요한 유혹의 요건이다. 그러나 문화적 멋스러움을 구현하고 체화할 때 우리는 고아(高雅)해진다. 고아함은 또 한 차원에서의 유혹의 요건이다.

여기서 잠시 생각나는 것이 있다. 그것은 장끼나 공작새의 경우처럼 진화생물학의 근간인 생존의 차원에서 보면 매우 이상스럽게만 여겨지는 아름다움의 비효율적인 자기표현이 실은 자연선택보다 성선택을 앞에 두고 진화된 진화생물학의 고차원적 전략의 하나라는 것이다. 어쩌면 시도 그러한 것인지 모른다.

어쨌든 21세기의 우리 사회와 그 속에서 이루어지는 우리들의 삶은 이제 경제적 부와 정치적 권력 못지않게 문화적 멋스러움의 힘을 생성할 때이다. 강함의 긴장된 힘을 존중하면서도 부드러움의 감동적인 힘을 창조할 때, 그리하여 '진정으로' 강한 존재가 되는 것을 지향할 때인 것이다.

시쓰기는 이런 사회적 욕구와 필요성에 부응할 수 있는 중요한 문화적 행위이다. 말할 것도 없이 이 때의 시쓰기는 그것 자체로서 진정한 것이어야 한다.

9. 시와 자기 조직화

삶은 영원한 자기 조절의 과정이다. 조절(調節)이란 한 존재가 생명체로서 순행하며 원활하게 유통할 수 있도록 끊임없이 허실(虛實)을, 진퇴(進退)를, 승강(昇降)을, 산합(散合)을 조정해가는 일이다.

우리들의 자기 조절에는 조신(調身), 조식(調息), 조심(調心), 조정(調精), 조식(調食), 조기(調氣), 조리(調理) 등이 있다. 먹고 숨쉬는 일, 몸과 마음의 상태, 정력과 기의 정황, 길과 이치의 실제 등 모든 것이 조절의 대상이다. 이들이 잘 조절되어야만 한 존재는 제 모습을 갖출 수 있다.

모든 존재는 제 모습인 실상을 회복할 때 가장 아름답고 빛난다. 다시 말하면 자기답고 온전한 신체, 마음, 정신, 영혼, 생각, 심리, 정서, 언어 등을 구족할 때, 모든 존재는 건강하고 청정한 자아가 되는 것이다.

시쓰기는 한 생명의 자기 조절 과정 속에서 이루어지는 행위이다. 자기 조직화의 운동과 같다. 달리 말하자면 한 존재가 자기치유를 해가는 과정과 같다.

혹자는 질문할 것이다. 그렇다면 시인들은 환자인가, 라고 말이다. 환자의 개념을 어떻게 규정하느냐에 따라 다르겠지만, 시인이 아니더라도 이 땅의 모든 인간들은 태초부터 지금까지 신체적, 정신적 불균형 속에서 허덕이며 살아간다. 그런 점에서 시인들뿐만 아니라 우리들은 누구나 환자의 속성을 띠고 있다. 우리는 여러 곳이 아프고, 그런 가운데서 영위되는 우리들의 삶은 늘 미흡하다.

불교에 따르면 인간이란 지수화풍이 인연 따라 모이고 흩어지는 일이다. 때가 되면 모이고, 또 때가 되면 이들은 흩어진다.

동양의 음양오행론을 보면, 인간이란 존재는 목화토금수의 속성으로 구성되었다. 그리고 삶이란 음양의 만남과 이별의 과정이다. 그런데 문제는 인간의 몸이 지수화풍으로 구성되었든, 목화토금수의 속성으로 구성되었든, 이들 사이의 구성 비율과 역학 관계가 온전하지 못하다는 데 있다. 그리고 비록 그들의 구성이 온전하다 하더라도 환경의 변화에 따라 그 온전성은 늘 영향받고 있다는 것이다.

이와 같은 온전성의 상실 앞에서 그 존재를 온전하게 회복시켜 순행, 유통, 균형 상태를 이루고자 하는 생명체의 노력을 자기 조직화의 과정, 토화 작용, 중화 작용 등과 같은 말로 부를 수 있다. 인간의 몸과 삶 속에서 이런 과정과 작용은 한시도 멈추지 않는다. 앞서 사용한 조신, 조식, 조심, 조정, 조식, 조기, 조리 등과 같은 말들은 모두 이런 과정과 작용의 한 이름이다.

인간의 몸과 삶은 그 조절이 제대로 이루어지지 않으면 한열조습(寒熱燥濕)과 같은 몸의 중심을 이루는 기운이 과도해지거나 부족해진다.

한열조습은 신체적 징후 같지만, 이것을 환유적인 것으로 사용한다면, 인간의 몸과 삶에서 일어나는 모든 일들의 징후를 알려주는 지표라 할 수 있다.

몸과 삶이 너무 차가워졌을 때, 존재는 식는다. 식어서 얼어붙은 몸과 마음으로 우리는 어떤 생명도 잉태할 수 없다. 몸과 삶이 너무 뜨거워졌을 때, 존재는 끓어 넘친다. 끓어 넘침으로써 과열된 몸과 마음 속에서 어떤 생명도 뿌리를 내리고 안정될 수 없다. 몸과 삶이 너무 건조해졌을 때, 존재는 딱딱해진다. 딱딱해진 몸과 마음 속에서 생명의 피를 수혈받는다는 것은 불가능하다. 몸과 삶이 너무 축축해졌을 때, 존재는 늪과 같이 흐물거린다. 흐물거림으로써 형태의 긴장을 잃은 몸과 마음 속에서 생명은 침윤될 뿐 상승의 기운을 얻지 못한다.

한 인간으로서 타고난 원기가 대단할수록, 그리고 집착과 사욕에서 물러나 관조와 공욕(公欲)의 넓이를 키울수록 자기 조직화의 토화 작용과 중화 작용은 원활하게 이루어진다. 그럼으로써 존재는 균형 속에 건강성을 유지하게 되고, 내외적 질병은 자력으로 치유되는 신비가 창조되게 된다.

시쓰기가 이런 자기 조직화, 토화 작용, 중화 작용, 조절 작용 등의 일환으로 이루어지는 것이라고 할 때, 시쓰기는 개체로서뿐만 아니라 우주적 차원의 생태적 건강성을 도모해가는 생명의 작용과 다르지 않다. 시는 육체와 구별되는 정신적 인간들의 우월한 인공적 창조 능력이 빚어낸 문화적 가공품만이 아니라 밥을 먹고, 숨을 쉬고, 마음을 조절하고, 기를 생성해가는 종합적 유기체로서의 인간 생명체가 자기 조절적인 생명의 흐름 속에서 자연스럽게 드러낸 의미 있는 한 작용인 것이다.

우주도 생명체로서 자기 조직화의 길을 간다. 별들도, 지구도, 자연도 다 그런 길을 간다. 인간도 여기서 예외가 아니다. 이들과 관계를 맺고 호흡을 맞추면서 인간이란 생명도 그 길을 쉬지 않고 가는 것이다. 그런 가운데서 나타난 수많은 행위 가운데 하나가 시쓰기이고, 시쓰기는 그런 점에서 한 생명체가 자기를 치유해가는 안간힘인 것이라고 볼 수 있다.

10. 시와 무의식의 소리

    당신은 왜 시를 쓰는가? 당신은 왜 이런 시를 썼고 또 쓰고 있는가? 당신은 왜 이런 시적 이미지를 사용하는가? 이와 같은 질문을 시인에게 던지면 그들은 매우 당혹스러워할 것이다. 우리들 모두가 우리들의 행위의 이면과 저변을 알 수 없듯이, 그들 또한 자신들의 시쓰기가 지닌 안쪽과 아래쪽을 알기 어려운 것이다.

    이런 상황에서 시쓰기를 무의식의 문제와 연관시켜 논의해볼 수 있다. 이미 전문가들의 집단 속에서는 물론 일상인들의 삶 속에서도 상식처럼 통용되고 있는 이 말을 조금 더 진지하게 성찰하여 시쓰기의 문제와 연관시켜볼 수 있는 것이다.

    무의식은 존재의 뿌리이다. 눈에 보이지 않지만 지표 아래 한 세상을 이루고 있는 심층이자 심연, 그것이 무의식이다. 빛의 뿌리가 어둠이고, 샘물의 뿌리가 지하수이며, 어른의 뿌리가 어린 시절이고, 현재의 뿌리가 무한의 과거사이듯, 지금, 이 자리에서 드러난 모든 것들은 그 아래 존재의 뿌리를 내장시키고 있는 것이다. 무의식을 온전히 알기는 어렵지만, 무의식이 우리들의 삶에 엄청난 영향을 미친다는 것은 누구나 짐작하기 어렵지 않다. 무의식은 바닷속의 빙산처럼 그 존재를 가시적으로 드러내지는 않으나 확고하게 존재하며 그의 역할을 수행한다.

무의식은 의식과 경계를 이루고 있는 듯하지만 실상 낮과 밤처럼 은밀하게 연결돼 있다. 하루의 오전을 양 속의 양의 시간이라고, 오후를 양 속의 음의 시간이라고, 자정 이전을 음 속의 음의 시간이라고, 새벽 시간을 음 속의 양의 시간이라고 부르면서 이들을 뱀이 제 꼬리를 물고 있는 우로보로스의 원처럼 파악하듯이, 의식과 무의식도 서로 깊이 연속돼 있는 것이다.

시인들의 시쓰기를 이 무의식의 문제와 연관시켜 이해해보고자 할 때 자크 라캉의 무의식 이론이 큰 도움을 줄 수 있다. 라캉은 우리들의 정신세계를 실재계, 상상계, 상징계로 구분하였다. 실재계는 존재의 죽음 속에서나 가능한 무의 세계, 상상계는 제3자가 끼어들어 사회를 구성하기 이전의 열락의 모성적 혹은 나르시시즘적 세계, 상징계는 아버지로 표상되는 제3자가 개입되면서부터 금기와 제도와 규범으로 형성된 사회적 혹은 오이디푸스적 세계를 뜻한다. 나는 실재계를 제1의 무의식으로, 상상계를 제2의 무의식으로 부르면서 상징계에 들려오는 이들의 목소리에 주목해보고자 한다.

시인의 시쓰기는 외형적으로 볼 때 상징계의 일이다. 그들은 상징계의 사람으로, 상징계의 언어를 사용하며, 상징계의 커뮤니티에 그들의 말을 내어놓는다. 그런 점에서 그들의 시쓰기는 상징계에서의 성공적인 삶을 희구하는 행위로 보인다.

하지만 자크 라캉의 무의식 이론에 귀를 기울여보면, 시쓰기는 영원히 상상계를 그리워하는 행위이다. 더 나아가서는 실재계를 그리워하는 행위이다. 이미 너무 성장하여 상상계로 돌아갈 수 없는 인간들이 상징계 속에서 상상계의 집을 찾고, 지으려는 행위이다. 또한 이미 산 자로서의 목숨을 부여받은 생명들이 상상계 속에 실재계의 집을 꾸며보려는 행위이다.

상징계는 구성된 것으로서 방편이고 환상인지라, 그것이 제아무리 대단한 힘을 가진 것 같아도 상상계 또는 실재계를 향한 시인들의 꿈을 온전히 만족시켜줄 수 없다. 상징계는 틈과 상처와 어긋남투성이이고, 그런 가운데서 이루어지는 시인들의 시쓰기는 '봉합'하여 아무렇지도 않은 듯 자신들을 달래며 삶을 영위해 나아가는 안쓰러운 행위일 뿐이다.

그렇다고 상징계에서 과감히 물러나거나 상징계를 온전히 해체할 수는 없다는 데 문제가 있다. 시인들은 물론 우리들 모두는 일단 상징계에 진입한 이상, 그 세계를 다 살아내야 할 운명을 지니고 있기 때문이다. 그 세계를 다 살아낼 때, 비로소 우리는 죽음이라는 거대한 사건을 통하여 음택(陰宅)이 상징하는 모성적이며 나르시시즘적인 세계로, 우주가 상징하는 광활한 실재계에 무의 일원으로 돌아갈 수 있기 때문이다.

상상계를 경험한 사실과 실재계를 존재의 거대한 뿌리로 삼아 탄생한 우리들은 순환하는 사계의 생명들처럼 그 씨앗과 같은 최초의 시간을, 생명이 존재의 뿌리로 돌아가는 겨울과 같은 대지적 몽상의 시간을 잊지 못한다.

시를 쓰면서 시인들은 살고 싶다고 말하지만, 그것은 역으로 모성적 혹은 나르시시즘적 세계로 퇴행하고 싶다는 소망의 표출이며, 더 심각하게는 죽음 충동이 이끄는 대로 밤처럼 모든 것이 전일성의 세계로 무화되는 실재계의 삶을 살고 싶다는 이야기이다.

시인들은 죽음이 오기 전까지 노래 부를 것이다. 그들은 이 노래 속에 그들의 충족되지 않는 꿈을 언제나 담아낼 수밖에 없을 것이다. 그들의 노래는 앞서 말했듯이 임시적으로나마 자신들의 찢어진 삶을 '봉합'하는 안쓰럽지만 진지한 방식이다.

시인들을 포함한 우리들 모두는 의식과, 의식하는 내가 존재의 전부인 것처럼 생각하고 행동한다. 그러나 이것은 얼마나 단순하고 표피적인 생각이며 행위인가. 지표 아래 어마어마한 물과 불과 돌과 미생물이 숨어 있듯이, 우리들의 의식 아래에는 우리가 짐작할 수 없는 개인적, 인류사적, 우주적 무의식이 살아 있는 것이다.

삶은 직선처럼 보이지만 온 자리로 되돌아가는 일이다. 하루가 그렇듯이, 한 달이 그렇듯이, 일 년이 그렇듯이, 육십갑자가 그렇듯이, 삶은 다른 반복을 계속하며 제자리로 돌아가는 일이다. 그 제자리 속엔 상상계와 실재계가 위대한 어머니처럼 살아서 기다리고 있다. 그런 어머니의 목소리를 들으며 시인들을 포함한 우리들 모두는 이 상징계에서 호된 성인식을 치르고, 학교 공부를 잘 마친 학생처럼 귀가하는 것이라

할 수 있다.

이런 점에서 시는 의식을 지닌 개체로서의 자아가 단독으로 쓰는 것 같지만, 실은 무의식의 영향력 속에서 이루어지는 전인간적, 전생명적, 전우주적 율동과 같다고 볼 수 있다. 시쓰기를 이렇게 생각할 때, 시쓰기는 호승심(好勝心)으로 타오르는 단절된 개체의 상징계적 주장 혹은 절규 이상의 의미를 가질 수 있다.

11. 시와 무위(無爲) 그리고 허(虛)

시를 쓰는 일이 현실 사회에서 무력한 것이라고 말하면서도 신춘문예를 비롯한 수많은 신문과 잡지의 등단 코너에는 시인 지망생들이 몰려들고 있으며, 시 잡지의 수도 증가하고, 발표되는 시 작품의 양도 늘어나며, 시인의 수도 점점 불어나고 있다. 최근 들어 더욱더 시인들은 독자들이 있건 없건 시를 써대고, 시 잡지는 그들의 시를 게재하고, 출판사는 이러저러한 방식으로 시집을 출간하니, 이런 현상을 두고 어떤 진단과 해석을 가하는 것이 바람직할까.

어떤 이들은 시쓰기를 세속적 출세와 이익의 도구로 삼기도 할 것이다. 그런가 하면 또 적잖은 이들은 시에 대한 왜곡된 환상을 내면화하고 그것의 모방과 실현을 위해 허둥대기도 할 것이다.

그럼에도 불구하고 누가 숙제를 내준 것도 아니고, 회사원처럼 의무로서의 업무를 수행해야 하는 것도 아니며, 나날의 생존과 직결된 숨가쁜 당면 과제도 아닌데, 수많은 사람들이 자발적으로 고행하듯 시쓰기에 전력하는 이유는 도대체 무엇일까?

또한 이 땅의 시민들이 시의 적극적인 독자는 되지 못한다 하더라도 그들의 삶이 전개되는 구석구석에서 시적인 것을 그리워하고, 그런 것과의 만남 속에서 순간적이나마 전율을 느끼는 것은 무엇 때문일까?

나는 시쓰기와 시읽기의 자발성과 영속성 그리고 확장성은 자신의 삶 속에, 그리고 이 땅에서 벌어지는 우리들의 세상 속에 무위, 허, 자연 등의 세계를 깃들게 하려는 데서 비롯된다고 생각한다.

무위는 인위의 대립적 개념이다. 무위는 삿된 기운으로 조작하지 않는 자연 그대로의 행위를 가리킨다. 허는 채움과 대립되는 상태이다. 허라고 하는 것은 유정에 의한 물화 작용이 아니라, 무심 혹은 무정에 의한 기화 작용을 뜻한다. 자연은 인공과 대립된다. 자연이 스스로 그러한 상태의 우주적 흐름을 존중하는 것이라면, 인공은 인간중심주의에 의하여 인위적으로 만들어지고 장식된 문명의 산물이다.

인위는 누군가의 시선을 의식할 뿐만 아니라 가능하면 그들의 시선을 사로잡으려는 불순한 의도성과 눈속임을 저변에 깔고 있다. 인위의 과도함 앞에서 우리는 피로해지고 긴장하며 대상과 대립한다. 그럼에도 불구하고 세상은 인위의 양을 늘려가고, 인위는 토양 좋은 땅 위의 식물처럼 놀랍게 증식해간다. 인위의 일대 전쟁이 벌어진 풍경이다.

포만감에 토대를 둔 채움의 활약은 어떠한가. 보이는 빈터이든, 보이지 않는 빈터이든 빈터를 용납하지 않고 물화의 세계로 잠식하고 마는 것이 이 시대의 속성이다. 이런 세계 앞에서 우리는 숨을 쉴 수 없다. 생명 탄생과 성장의 숨길을 찾을 수가 없다. 모든 것이 딱딱하고 막혀 있기 때문이다. 그럼에도 불구하고 지금 이 순간에도 세상은 물화된 것들로 채워지고 있다. 그 끝을 아는 사람은 거의 없다.

자연의 대립적 존재인 인공의 경우는 어떠한가. 인공은 문명의 원천이 되었고, 인공의 고향이자 주거지인 도시는 인공 아닌 것들을 찾아볼 수 없게 완벽해졌다. 그 속에서 인간의 마음도, 인간의 외양도 스스로 그러한 자연성을 상실하고 인공적인 것에 적응해가고 있다. 인공은 화려하고 세련된 얼굴을 하고 있으나, 생명을 낳고 품고 치유할 수 없는 불모성을 띠고 있다. 그런 세계에 대한 적응력을 키우는 일은 중요하나, 그런 적응력이 스스로 그러한 자연성을 창조하지는 못한다.

무위, 허, 자연 등을 멀리하고 그와 대립적인 것들로만 이루어진 세상은 낮만 있고 밤이 없는 세상, 태양만 있고 달이 없는 세상, 24시간 내내 불을 밝힌 철야 근무의 빌딩만 즐비한 세상, 아스팔트만 있고 흙과 풀과 나무가 없는 세상, 자아만 있고 타자가 없는 세상, 현재만 있고 무한이 없는 세상, 여기만 있고 무변이 없는 세상, 그런 세상과 같은 것이다.

이런 삶과 세상을 스스로 경계하며 시를 쓰는 일은 무위, 허, 자연 등을 자신들의 삶과 세상 속에 창조하고 깃들게 하는 일이다. 시쓰기란 외형상 인위의 양태를 띠고 있지만, 그 인위를 도구로 삼아 실은 무한히 솟구치는 바벨탑의 인간중심적 욕망을 순치시키고 발효시키고 달래고 가라앉히는 일이다. 마치 푸들거리며 막무가내로 솟구치는 배춧잎을 왕소금으로 절여 참하고 매력적인 고요의 기운을 한껏 만들어 내듯이 말이다. 시인들은 늘 되묻는 사람들이다. 그들이 되묻는 반성적 물음은, 나는, 우리는 진정 잘 살고 있는가, 라는 것이다. 이런 물음 앞에서 시인들은 인간과 인간사의 본래적 욕구라 할 수 있는 도구적 인위가, 기교적 인공이, 탐욕적인 채움이 과도하게 질주하는 것을 바라보면서, 그것들의 질주가 가져올 부작용을 예견하며, 무위, 자연, 허 등과 같은 세계를 불러내는 것이다.

문화 마케팅, 문화산업, 예술경영, 예술산업, 예술 마케팅, 시의 실용화, 시 마케팅 등과 같은 말이 난무하며 문화인과 예술인과 시인들을 혼란스럽게 하는 때이다. 그러나 한 가지 분명한 것은 문화, 예술, 시 등이 그 존재 이유를 지닐 수 있는 것은 앞서 말한 바 무위, 허, 자연 등을 자신들의 몸속에 품어 안고 보이지 않게 인간과 세상을 살려내는 음덕(陰德)을 발휘하는 데 있는 것이라는 점이다.

만약 문화가, 예술이, 시가 그 음덕을 자발적으로든 타율적으로든 상실하거나 무시하게 된다면, 그리하여 기교와 장식과 삿된 욕망만 요란한 채 호객 행위에 나서게 된다면, 이들의 말로는 물론 세상의 말로 또한 비극적일 것임은 어렵지 않게 상상할 수 있다.

어느 것에도 이용당하거나 도구화되지 않는 세계를 이 땅에 거주하게 해야 한다. 그것이 부재할 때 우리는 자율신경실조증에 걸린 사람들처럼 제 몸을 스스로 가누거나 치유할 수 없는 비극에 처하게 된다. 시인들의 시쓰기가 이런 소망에 뿌리를 내리고 있다는 것을 시인들 자신은 물론 이 땅의 모든 사람들이 인지해야 한다. 그들이 하지 않음으로써 하는 '무용지용(無用之用)'의 음덕을 이해하고, 그런 세계를 이 땅에서 함께 키워가고 존중하는 일에 눈을 떠야 한다.

이런 점에서 시쓰기는 언제나 밖으로 생색이 나는 일이 아니다. 그러나 이런 일과 그 정신이 부재하는 한, 세상은 참을 수 없을 만큼 조열(燥熱)하기만 하여 어떤 생명도 건강하게 성장할 수 없는 여름의 메마른 대지와 같다. 진정한 밝음(明)은 해와 달의 속성이 함께 존재할 때 이루어진다. 죽음을 긍정으로 품어 안은 사람의 얼굴처럼, 무위와 허 그리고 자연의 세계를 능동적으로 사랑하며 품어 안은 사람은 참으로 밝은 존재가 될 수 있는 것이다. 말하자면 해의 마음(日心)과 달의 마음(月心)을 함께 지닌 존재가 되어 존재의 온전성을 회복하게 되는 것이다.

12. 시와 표현

인간의 내면은 느낌(情)과 생각(識)의 생산지이며 유입소이고 저장고이다. 눈을 뜨고 있는 대낮에는 물론 잠을 자는 밤 시간에까지도, 미숙한 어린 시절은 물론 노현자(老賢者)라고 불리어 지나침이 없을 나이 지긋한 시절에 이르기까지, 인간들의 내면은 이와 같은 느낌과 생각들로 한 시도 조용한 날이 없다.

이 느낌과 생각들은 인간들로 하여금 늘 무엇인가에 대한 호오(好惡)와 시비(是非)의 마음 속에서 살도록 만든다. 호오와 시비는 그러한 인간들의 욕망을 꿈틀대게 하는 원천이다. 인간들은 어떤 대상과 상황, 존재와 시간 앞에서도 무심하게 그냥 있지 못한다. 우리들의 감정은 욕망의 도움을 받아 그 앞에서 움직이기 시작하며, 생각 또한 욕망의 충동 속에서 의미를 따지고, 가치를 매기며 작동하기 시작한다. 이것은 한편으로 인간들이 살아 있다는 사실을 적나라하게 알려주는 지표이지만, 다른 한편으로 그들의 생이 고단하고 분주할 수밖에 없다는 암시

이기도 하다.

모든 느낌과 생각은 무게와 부피를 갖고 있다. 뿐만 아니라 그것들은 얽혀 있고, 맺혀 있고, 비대해 있고, 수척해 있고, 탁해 있고, 왜곡돼 있기 일쑤이다. 이런 느낌과 생각들은 크고 작은 콤플렉스를 이루며, 그 콤플렉스들은 해결을 요구한다.

여기서 콤플렉스란, 불교적 용어로 말할 때, 번뇌와 망상이다. 불교 수행자들은 느낌과 생각의 산물인 번뇌와 망상을 이기고 실상만을 만나고자 수행한다.

그런데 이와 같은 느낌과 생각이 우리의 안쪽에서 끝도 없이 생성되고, 또 안쪽으로 유입된다는 것은 역으로 그들을 다스리거나 바깥으로 내보내야 한다는 것을 의미한다. 우리의 안쪽은 유기체의 그것과 같아서 들어온 것은 반드시 내보내서 음양의 조화를 이루어야 한다. 따라서 끝없이 생성되고 유입되는 느낌과 생각들을 내보내지 않고 안쪽에만 담고 있는 것은 불가능하다.

시인이 아니더라도, 모든 인간들은 그들의 이와 같은 느낌과 생각들을 바깥으로 내보낸다. 그와 같은 일은 감정과 생각의 배설이라고 부를 만큼 아주 자연스러운 일이다. 우리는 땀을 흘리듯, 눈물을 쏟듯, 기침을 하듯, 느낌과 생각에 있어서도 표현을 통해 배출한다.

인간들은 이런 느낌과 생각을 다양한 기호에 의존하여 표현한다. 좁은 의미의 언어뿐만 아니라 몸짓, 상징물, 색, 리듬, 도표, 소리 등, 느낌과 생각을 표현하는 데 쓰이는 모든 것들은 다 기호의 자격을 갖는다. 인간들은 이와 같은 기호로써 자신들의 느낌과 생각을 수시로 표현한다. 시인들의 시쓰기도 이와 같은 느낌과 생각의 기호적인 배출 행위 또는 표현 행위의 일종이다. 다만 그들의 표현 행위가 조금 독특한 것은 그것이 실생활의 직접적 효용성을 한껏 넘어선 자리에서 이루어진다는 것과, 그 표현의 과정과 방식이 다른 경우에 비해 적잖게 이색적이라는 점이다.

시인들은 느낌과 생각을 실용적인 차원 너머에서 드러내는 데 매우 적극적이고 재주가 있다. 그리고 독자들은 이런 표현 행위 속에서 실용성 너머의 세계를 만날 때의 기쁨을 맛본다. 시인들의 이와 같은 표현 행위가 존재한다는 것은 이런 표현 행위의 존재 의미가 작지 않다는 사실을 뜻하는 것이기도 하다.

보통 인간들이 자신들의 느낌과 생각을 드러내는 이유를 언어학에서는 여섯 가지로 나누어 설명하고 있다. 첫째는 정보나 지식 등을 전달하기 위하여, 둘째는 자신의 감정이나 생각이나 태도를 표현하기 위하여, 셋째는 다른 사람들과의 친교를 위하여, 넷째는 수사적, 미적 기능을 위하여, 다섯째는 타인에게 명령을 하기 위하여, 여섯째는 어떤 언어에 대하여 설명하는 메타언어적 기능을 위하여 인간들은 언어 활동(기호 활동) 혹은 표현 행위를 한다는 것이다.

이 가운데서 둘째의 표현 기능과 넷째의 수사적, 미적 기능을 제외한다면, 나머지 기능은 모두 실용적인 차원에 속할 것이다. 여기서 실용적이라는 말은 무엇인가 직접적이며 명확한 목적을 곧바로 달성하는 데 그 뜻이 있다는 것이다.

그렇게 본다면 시인들의 시쓰기는 언어 활동이자 기호 활동이고 자기표출 활동으로서 앞의 여섯 가지 언어적 기능 가운데 표현 기능과 수사적, 미적 기능에 집중하는 행위라고 볼 수 있다.

이 두 가지 기능 가운데 표현 기능에 있어서는 한 시인이 무엇을, 왜, 표현하는가 하는 점이 문제적이다. 그리고 후자의 수사적, 미적 기능에 있어서는 이들을 어떻게 표현하는가 하는 방법의 문제가 중요하다. 이 장에선 방법의 문제를 남겨두고 '무엇을, 왜'라는 표현의 문제에 대해서만 논의하고자 한다.

그렇다면 시인들은 시쓰기라는 표현 행위를 왜 하는 것이며, 그것을 통하여 무엇을 꿈꾸고 있는 것일까 생각해보기로 하자. 일반적으로 우리가 무엇인가를 표현한다는 것은 나의 주관에 의하여 내 마음속에 형성된 느낌과 생각을 바깥으로 드러낸다는 것이다. 대상이나 사실은 그 자체로 아무런 느낌도 생각도 갖고 있지 않은 가치중립적 존재이다. 그러나 인간들은 그런 대상과 사실 앞에서 어떤 느낌과 생각은 물론 그것들에 대한 가치의 판단까지도 포함하여 갖게 된다. 그 느낌과 생각 그리고 가치 판단이 환상의 일종일 뿐만 아니라 방편적인 것에 불과한 것이라 할지라도 그것들은 우리가 생을 의욕적으로 살게끔 만드는 원동력이 되기도 한다. 그러나 세상엔 공짜가 없기 때문에 그런 환상과 방편성에 의지하는 만큼 우리들의 삶은 망상과 번뇌로 복잡하고 고달프다. 느낌 없이, 생각 없이, 실상만을 인지하며 무심의 삶을 살고 갈 수 있다면 얼마나 좋을까. 사실 인간을 제외한 수많은 생명들이 다 그렇게 살다가 간다.

느낌과 생각이라는 이 주관적인 마음의 작용은, 따라서 앞서 언급한 대로 불교적인 시각에서 본다면 인간적 번뇌와 망상의 원천이다. 그것은 없앨수록 좋다. 그러나 그렇게 하는 것은 결코 쉽지 않다. 만약 불교적 의미에서의 득도를 한다면, 그때서야 비로소 이들이 사라진 차원에서 무심(無心), 무정(無情), 무욕(無慾), 무사(無私)의 삶을 걸림 없이 살수 있다.

그러나 이런 삶은 세속에서 가능하지 않다. 가능하다 하더라도 고행에 가까운 수행을 한 후에야 도달할 수 있는 삶이다. 또한 그것에 도달하였다 하더라도, 우리는 여전히 세속의 인간이기 때문에 끊임없는 복습으로 자기수련을 계속해 나아가야 한다. 이러한 세속 한가운데의 우리들은 몸은 물론 느낌과 생각도 푹 쉬게 하지 못한다. 몸의 단식도 어렵지만 느낌과 생각의 단식은 더욱 하기 어렵다. 그렇다면 문제는 이런 느낌과 생각을 가능하면 어떻게 잘 다스리느냐 하는 것과, 그것을 표현한다면 어떻게 '의미 있게' 표현하여 자기 자신은 물론 인간들 일반의 삶에 기여할 수 있느냐 하는 것이다.

나는 방금 '의미 있게 표현한다'는 말을 사용하였다. 그렇다면 의미 있게 표현한다는 것은 어떤 뜻을 갖고 있는 것일까? 다시 말하여 의미 있는 느낌과 생각이란 어떤 것을 가리키는 것일까?

조금 추상적이기는 하나, 우선 이 물음에 대하여 자기 자신은 물론 인간들이 하나의 유기체로서 평형성(호모스테시오스)을 갖도록 하는 느낌과 생각이 그것이라고 말하고자 한다. 이런 느낌과 생각이 창조되게 하기 위하여 꼭 필요한 것은 '발효의 과정'이다. 이 발효의 과정을 거친다는 것은 그 느낌과 생각이 시인의 내적인 마음밭에 깊이 심어져

오랜 창조적 고뇌의 시간을 거친 후, 그로부터 새싹이 돋아나는 신비에 까지 이르게 되었다는 것을 뜻한다. 다시 말하면 한 인간의 실존적 심층에서 긴 시간을 보낸 후, 자생적인 신생의 싹을 드러내는 데까지 도달하였다는 뜻이다.

이와 같은 발효의 조건 가운데 가장 근원적인 것은 그 시인의 내면에 불성, 영성, 신성, 허, 무위, 무극, 우주심 등을 지향하는 꿈이 있어야 한다는 것이다. 이들은 모든 느낌과 생각들이 발효되게끔 이끄는 삼라만상의 본향과 같다. 그 본향의 품안에서 모든 것들은 부화된다. 이런 의미에서 발효란 크게 죽은 후에 크게 살아나는, 이른바 대사저인(大死底人)의 단계 후에 오는 활인(活人)의 세계이다. 크게 죽지 않은 느낌이나 생각들은 모두 날것과 같다. 그 날것의 느낌과 생각 속에는 사욕(私慾)과 사기(邪氣)가 너무 강하게 들어 있다.

이런 발효의 시간 후에 재생된 느낌과 생각은 앞서 말한 유기체로서의 시인 자신은 물론 인간들과 그들이 살아가는 세계의 평형성을 유지하는 데 기여한다. 인간이란 개체로서는 물론 다른 존재와 크고 작은 연기 혹은 관계 속에서 끝없는 유기적 평형성을 이룩하고자 한다. 시인의 발효된 느낌과 생각의 표현, 즉 의미 있는 느낌과 생각의 표현은 이런 일에 기여한다. 그것은 유기체로서의 인간이 갖는 거의 본능적인 것이므로, 발효된 느낌과 생각의 표현은 인간사 속에 언제나 필요하고, 그런 표현에 대한 갈증과 공감으로 인간사는 건강성을 유지해 나아간다.

앞서 말했듯이 시인뿐만 아니라 인간이라면 누구나 느낌과 생각을 표현한다. 그러나 시인들의 그것이 좀 더 특별한 것은 그것이 실존적인 발효의 과정을 거침으로써 삶에 뿌리를 깊이 내렸다는 점에서의 지심(地心)과, 그 뿌리 위에서 신생의 싹을 고유하게 틔웠다는 점에서의 천심(天心)을 지니고 있다는 점이다. 지심과 천심으로 거듭난 느낌과 생각, 그것이 시인들의 시쓰기에 드러난 느낌과 생각의 특징이며, 이러한 세계에의 도달을 꿈꾸는 마음이 바로 그들의 시쓰기를 가능하게 한다.

13. 시와 언어

　인간은 도구를 만드는 존재이며, 그 도구를 다양하게 사용할 줄 아는 존재이다. 인간들의 도구 창조 능력과 사용 능력은 지구상의 어떤 생명들과도 비교할 수 없을 만큼 탁월하기에 인간을 가리켜 특별히 '호모 파베르'라는 말로써 그 특징을 규정짓기도 한다.

　인간이 만든 도구는 문명사를 이룬다. 언어는 인간이 만든 수많은 도구 가운데 최상품이자 문명사의 핵심을 구성한다. 조금 과장하여 말한다면, 인류사 이래 발명된 도구 하나하나와의 비교에 있어서는 물론 그 모든 도구들을 합하여도 수준의 탁월성과 작용의 효용성에 있어서 언어를 능가하지 못할 것이다. 언어가 있음으로써 인간사의 문명이 시작되었고, 그 언어를 통하여 인간의 문명이 내밀해지고 풍요로워졌으며, 또한 그 언어에 의지하여 인간이란 고급한 사회가 형성, 발전, 유지되었다.

　시는 인간이 만든 수많은 도구들 가운데 언어를 사용하는 한 양식이다. 언어란 좁은 의미의 말과 글에서부터 몸짓, 표지, 수식, 색채, 음표 등에 이르기까지 의미를 주고받는 모든 기호를 다 포함하는 개념이다. 시는 이런 광의의 기호를 다 도구로 사용할 수 있다.

그러나 이 정도의 말로, 시가 언어와 갖는 관계성은 물론, 시의 언어가 지닌 특성을 충분히 설명하였다고 하기는 어렵다.

시가 언어를 도구로 사용한다는 것은 외형상으로만 볼 때 언어를 사용하는 다른 많은 양식과 시가 다르지 않다는 것을 의미한다. 말하자면 시라고 하는 양식도 언어를 사용하는 다른 많은 양식과 마찬가지로 일종의 '언어 행위'이자 '문명 행위'이며 '사회 행위'라는 것을 말해주는 것이다.

이런 점에서 시는 사회적 존재이자 문명의 존재인 인간의 언어 활동 가운데 하나이다. 또 달리 말한다면 시란 언어를 사용할 줄 아는 인간들의 사회 행위이자 문명 행위 가운데 하나이다. 이런 말을 하는 것은 언어를 도구로 사용하는 시가 다른 인간 행위와 맺고 있는 공통성 및 보편성을 항상 기억하는 것이 필요하기 때문이다.

그러나 언어를 사용하는 각 행위 및 양식이 그러하듯이, 시 또한 언어를 사용한다는 점에서 다른 행위 및 양식과 공통성 혹은 보편성을 갖고 있는 것 못지않게 그것대로의 특수성을 갖고 있다. 그렇다면 시의 언어가 지닌 특수성은 무엇일까, 시인에게 언어란 어떤 존재일까, 이 점에 대하여 살펴보기로 한다.

시가 언어라는 도구를 사용한다는 점에서 시는 문명 행위의 일종이다. 이 점은 이미 앞에서 언급하였다. 여기서 문명 행위란 편리성과 효율성을 근저에 두고 이루어지는 행위라는 뜻이다. 그러니까 언어만큼 인간의 편리성과 효용성에 기여한 도구가 따로 없다는 것이다. 이런 편리성과 효율성을 추구하려는 인간의 노력은 눈물겨웠다. 이들은 인간의 생존 문제와 직결된 것이기 때문이다. 생존이란 승부의 문제를 넘어 생사의 문제와 밀착된 것이라서 어떤 수식어도 이 앞에서는 무력할 수밖에 없다.

그러나 시에서 도구로 사용되는 언어는 분명 문명 행위의 일환이지만 그것 이상의 다른 세계를 지향하고 있다. 즉 시의 언어는 문명사의 세계와 더불어 문화사의 세계를 꿈꾸고 있는 것이다. 여기서 문화사는 예술사를 포함하는 개념으로 사용한다. 요컨대 문명이 편리성과 효율성을 근저에 지니고 있는 반면, 문화는 정서, 정신, 영혼 등과 같은 내면세계의 고양감을 꿈꾸고 있다. 인간이란 한편으로 편리성과 효율성을 중시하는 존재이다. 이것의 실현도 아주 좋은 일이다. 하지만 다른 한편으로 인간은 방금 말한 정서, 정신, 영혼 등과 같은 내면세계의 고양감을 무한으로 꿈꾸는 존재이다. 어찌 보면 편리성과 효율성에는 한계가 있을 것이다. 하지만 내면세계의 고양감에는 한계가 없다. 그 꿈은 제한할 수 없는 것이어서 무한(無限)이자 무변(無邊)의 것과 같다고 말할 수밖에 없다.

인간이 잘 산다는 것의 의미는 크게 두 가지로 나뉜다. 하나는 편리성과 효율성 속에서 생존의 안전성을 높여가는 것이요, 다른 하나는 내면세계의 고양감을 통하여 삶의 평화, 행복, 안심, 고요 등과 같은 정신적 높이를 체화시켜가는 것이다. 이 두 가지는 다 같이 중요하다.

유물론자가 전자만을 중요하다고 주장하는 것도, 유심론자가 후자만을 분리시켜 역설하는 것도 바람직하지 않다. 가장 바람직한 것은 이 양자를 조화롭게 결합시켜 인간의 삶을 진정 잘 사는 단계로 이끌어가는 것이다.

그렇더라도 어떤 우악스러운 사람이 나타나 강제성까지 띠면서 이 양자 가운데 더 중요한 한 가지만을 선택하라고 강요한다면 대부분의 사람들은 유물론적 생존의 안전성을 택할 것이다. 그것은 자연스러운 일이다. 인류사의 전개 과정을 보더라도 문명은 문화보다, 생존은 생활보다, 현실은 꿈보다 앞서 있기 때문이다.

그런 점에서 시의 언어는 잉여성을 지닌다. 그러나 조금만 더 깊이 들어가면 잉여는 필수가 되고, 잉여로 인하여 인간의 삶이 완전해지는 아이러니가 탄생된다. 인간은 의미가 없으면 살 수도 없을 뿐만 아니라 죽을 수도 없다는 말처럼, 내면세계의 고양감이 정지되는 순간 인간은 죽음과도 같은 권태와 무기력 속으로 빠져든다. 그런 점에서, 문화는, 시의 언어는 남을 이기기보다 자기 자신을 이기게 만드는 힘이다. 남을 이기기는 어렵지만, 쉽다. 그러나 자신을 이긴다는 것은 쉬운 듯하나 아주 어렵다. 문화로서의 시의 언어가 놓여 있는 자리는 바로 여기이다.

도구를 잘 사용하는 고수를 가리켜 우리는 장인이라고 부른다. 시를 쓴다는 것은 그런 점에서 언어의 고수이자 장인이 되기를 꿈꾸는 일과 마찬가지이다. 마차를 잘 다루는 고수도 존경스럽다. 칼을 잘 다루는 고수도 역시 감탄을 금치 못하게 만든다. 붓을 잘 다루는 고수도 사람들을 감동시킨다. 이런 예는 무한정으로 들 수 있다. 인간이 만들어낸 어떤 도구도 그것을 잘 사용하는 고수의 차원에 올라설 때, 그로부터 한 존재의 완성에서나 가능한 신기(神技)를, 아니 신기(神氣)를 느낄 수 있기 때문이다. 이때 도구는 더 이상 인간과 분리된 수단으로서의 도구가 아니다. 그것은 편리성과 효율성은 물론 인간 내면세계의 고양감을 끝 간 데까지 보여주는 문화 혹은 예술의 영역을 성취했기 때문이다.

시쓰기는 그런 점에서 언어의 기술로 그치지 않는다. 시쓰기를 통하여 언어의 고수가 되었을 때, 그때 시인의 언어는 시인의 발효된 몸의 연장(延長)이 된다. 이때 시는 언어로 쓴다기보다 몸으로 쓰는 것이 되고, 언어는 문명어라기보다 한 존재의 삶의 절실한 기혈(氣血)이자 호흡(呼吸)이 된다.

좋은 시에서 우리는 언어라는 도구가 시인과 온전히 하나가 되어 전일적인 율동으로 피어나는 현실을 볼 수 있다.

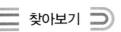 찾아보기

작품, 도서

인명, 용어

ㅇ

◆◆◆ 정효구 鄭孝九

1958년 출생. 충북대학교 사범대학 국어교육과를 졸업하고 서울대학교 대학원 국어국문학과에서 석사학위와 박사학위를 받았다. 1985년 『한국문학』 신인상을 받으며 문학평론 활동을 시작했다.

『존재의 전환을 위하여』(청하, 1987), 『시와 젊음』(문학과비평사, 1989), 『현대시와 기호학』(느티나무, 1989), 『광야의 시학』(열음사, 1991), 『상상력의 모험 : 80년대 시인들』(민음사, 1992), 『우주공동체와 문학의 길』(시와시학사, 1994), 『20세기 한국시의 정신과 방법』(시와시학사, 1995), 『백석』(편저, 문학세계사, 1996), 『20세기 한국시와 비평정신』(새미, 1997), 『몽상의 시학 : 90년대 시인들』(민음사, 1998), 『한국현대시와 자연탐구』(새미, 1998), 『시 읽는 기쁨』(작가정신, 2001), 『한국현대시와 문명의 전환』(국학자료원, 2002), 『시 읽는 기쁨 2』(작가정신, 2003), 『재미한인문학연구』(2인 공저, 월인, 2003), 『정진규의 시와 시론 연구』(푸른사상사, 2005), 『시 읽는 기쁨 3』(작가정신, 2006), 『한국현대시와 평인(平人)의 사상』(푸른사상사, 2007), 『마당 이야기』(작가정신, 2009), 『맑은 행복을 위한 345장의 불교적 명상』(푸른사상사, 2010), 『일심(一心)의 시학, 도심(道心)의 미학』(푸른사상사, 2011), 『한용운의 『님의 침묵』, 전편 다시 읽기』(푸른사상사, 2013) 등의 저서가 있다.

현재 충북대학교 국어국문학과 교수로 재직하고 있다.

붓다와 함께 쓰는 시론

근대시론을 넘어서기 위하여

초판 1쇄 인쇄 · 2015년 11월 3일 | 초판 1쇄 발행 · 2015년 11월 12일
초판 2쇄 인쇄 · 2016년 9월 10일 | 초판 2쇄 발행 · 2016년 9월 20일

지은이 · 정효구
펴낸이 · 한봉숙
펴낸곳 · 푸른사상사

주간 · 맹문재 | 편집 · 지순이, 김선도 | 교정 · 김수란
등록 · 1999년 7월 8일 제2-2876호
주소 · 경기도 파주시 회동길 337-16(서패동 470-6) 푸른사상사
대표전화 · 031) 955-9111~2 | 팩시밀리 · 031) 955-9114
이메일 · prun21c@hanmail.net
홈페이지 · http://www.prun21c.com

ⓒ 정효구, 2015
ISBN 979-11-308-0568-9 93810
값 25,000원

붓다와 함께 쓰는 시론

근대시론을 넘어서기 위하여